Inhalt

Die Gestalten der Handlung

PHILO VANCE

JOHN F.-X. MARKHAM
    Bezirksstaatsanwalt des Staates New York

ERNEST HEATH
    Sergeant bei der Mordkommission

ARCHER COE
    Sammler von Chinaporzellan

BRISBANE COE
    Sein Bruder.

RAYMOND WREDE
    Kunstliebhaber und Freund der Coes

HILDA LAKE
    Archer Coes Nichte

SIGNOR EDUARDO GRASSI
    Beamter im Mailänder Museum für orientalische Altertümer

LIANG TSUNG WEI
    Koch im Hause Coe

GAMBLE
    Butler im Hause Coe

LUKE ENRIGHT
    Importkaufmann.

MAJOR JULIUS HIGGINBOTTOM
    Sportsmann und Hundefreund

ANNIE COCHRANE
    Dienstmädchen.

HENNESSEY
    Detective bei der Mordkommission

BURKE
    Detective bei der Mordkommission

SNITKIN
Detective bei der Mordkommission
SULLIVAN
Detective bei der Mordkommission
EMERY
Detective bei der Mordkommission
GUILFOYLE
Detective bei der Mordkommission
CAPTAIN DUBOIS
Fingerabdruckexperte
DETECTIVE BELLAMY
Fingerabdruckexperte
PETER QUACKENBUSH
Polizeifotograf
DR. EMANUEL DOREMUS
Polizeiarzt
SWACKER
Sekretär des Bezirksstaatsanwalts
CURRIE
Vance' Butler

Kapitel 1
Das verschlossene Schlafzimmer

(Donnerstag, 11. Oktober, 8 Uhr 45 morgens)

Genau drei Monate waren seit dem spektakulären Ende des Mordfalls Skarabäus* vergangen, als Philo Vance zu dem Fall gerufen wurde, der wohl unter allen, die ihm in den vier Jahren begegneten, die John F.-X. Markham Bezirksstaatsanwalt des Staates New York war, der raffinierteste und rätselhafteste war.

So unglaublich, so allem Anschein nach unerklärlich und widersprüchlich war alles daran, daß die Polizei schon im Begriff war, den Fall als unaufklärbar zu den Akten zu legen. Und diese Entscheidung wäre nur zu verständlich gewesen, denn selten in der Kriminalgeschichte unserer Tage hat es ein Verbrechen gegeben, das in solchem Maße gegen alle Gesetze der Vernunft verstieß, nach denen die Menschheit sonst lebt und denkt. Es paßte, um es mit den Worten des wackeren und tüchtigen Sergeanten Ernest Heath von der Mordkommission zu sagen, »hinten und vorne nicht zusammen«. Es hatte einen Ruch von schwarzer Magie, von Voodoopriestern und Hexensabbat – und wo die Ermittler auch ansetzten, binnen kurzem waren sie mit ihrem Latein am Ende.

Tatsächlich hatte der Fall auf den ersten Blick alles von dem, was Hobbykriminologen gern das perfekte Verbrechen nennen. Und allen Machenschaften des Mörders arbeitete noch ein Gewirr der unglaublichsten Umstände zu, als hätte ein übermütiger, perverser Gott es darauf angelegt, dem Täter bei jeder kleinen Schwäche, die sein Plan aufweisen mochte, auszuhelfen, und binnen kurzem war die ganze gräßliche Geschichte ein einziger Irrgarten, aus dem niemand mehr herausfand.

* DuMonts Kriminal-Bibliothek Band 1108

Doch gerade das Übermaß des Aufwands, mit dem der Mörder sich auch noch von der letzten Spur eines Verdachts reinwaschen wollte, brachte den winzigen Riß in der undurchdringlichen Mauer des Geheimnisses hervor, durch den Vance dann den ersten schwachen Lichtschein sah. Diesem Schimmer folgte er, und am Ende hatte er das Rätsel gelöst. Die Aufklärung dieses Verbrechens dürfen wir wohl die scharfsinnigste und hellsichtigste Arbeit nennen, die Vance in seiner gesamten kriminologischen Laufbahn gelungen ist. Das entlegene Fachwissen, das er so gern ansammelte, und sein geradezu übersinnliches Einfühlungsvermögen in dic menschliche Natur schärften ihm den Blick für die scheinbar unbedeutenden Indizien und führten schließlich zu einer wahrhaft atemberaubenden Lösung des Falles.

Schon seit Jahren züchtete Vance Scotchterrier. Sein Zwinger lag in New Jersey, eine Autostunde von New York. Er verbrachte beträchtliche Zeit dort, studierte Stammbäume, versuchte durch Züchtung bestimmte Züge herauszuarbeiten, die für ihn den idealen Terrier ausmachten, und beobachtete, ob seine Theorien aufgingen. Kein anderes Freizeitvergnügen betrieb er mit solchem Aufwand, und das einzige, was ein ähnliches Leuchten in seine Augen brachte wie ein prachtvolles Cézanne-Aquarell, das er entdeckte und für sich erwarb, oder ein seltenes chinesisches Jadeobjekt, das er zwischen modernen Imitaten aus geschliffenem Glas fand, das waren seine Hunde, wenn sie bei einem Wettbewerb auf dem Siegertreppchen standen.

Ich vermerke diesen Umstand – diese Liebhaberei, wenn man so will –, weil Vance' Fähigkeit, einem Terrier ins Gesicht zu blicken und dessen Ahnenlinie und Qualitäten zu bestimmen, der eine von zwei Faktoren war, die ihn zur Auflösung des unglaublichen Falles befähigten, den ich hier aufzeichnen will.

Der andere Faktor war seine Kennerschaft auf dem Gebiet der chinesischen Keramik. In seiner Wohnung an der 38. Straße besaß er eine kleine, doch sehenswerte Sammlung chinesischer

Altertümer – Museumsstücke, erworben auf seinen zahlreichen Reisen – und hatte über die monochromen Keramiken der Sung- und Mingzeit mehrere Artikel für Kunst- und Fachzeitschriften verfaßt.

Scotties und Chinaporzellan! Eine ungewöhnliche Kombination, das konnte man sagen. Aber wären diese beiden so gegensätzlichen Interessen nicht zusammengekommen, dann wäre der geheimnisvolle Mord an Archer Coe in seinem alten Brownstonehaus an der 71. Straße wohl für alle Zeiten ungelöst geblieben.

Zunächst ließ sich alles recht unspektakulär an – niemand hätte gedacht, daß der Fall soviel Aufsehen erregen würde. Doch schon eine Stunde nach dem Anruf, den Markham von Coes Butler erhielt, steckten die Bezirksstaatsanwaltschaft und die New Yorker Polizei mitten in einem Mordfall, wie die Stadt ihn verwickelter kaum je gesehen hatte.

Es war kurz nach halb neun am Morgen des 11. Oktober, als bei Vance die Türglocke erklang; Currie, der alte englische Butler und Kammerdiener, ließ Markham ein und führte ihn in die Bibliothek. Ich wohnte damals vorübergehend bei Vance in seiner Dachgartenwohnung. Für mich als sein Rechts- und Finanzberater war in den letzten drei Monaten viel Arbeit liegengeblieben, denn gleich nach der Auflösung des Mordfalls Skarabäus war Vance zu einer Mittelmeerkreuzfahrt aufgebrochen und hatte darauf bestanden, daß ich ihn begleitete. Seit Jahren, fast seit unserer gemeinsamen Harvard-Zeit, regelte ich für Vance alle juristischen Fragen und verwaltete seine Finanzen (ein Posten, der ebensosehr freundschaftlicher wie geschäftlicher Natur war), und seine Angelegenheiten hielten mich beschäftigt genug – so beschäftigt sogar, daß die achtwöchige Abwesenheit mir manche Überstunde bescherte.

An jenem Herbstmorgen war ich um sieben Uhr aufgestanden und hatte einen großen Stapel eingelöster Schecks und Bankauszüge vor mir, als Markham ins Zimmer kam.

»Lassen Sie sich nicht von der Arbeit abhalten, van Dine«, sagte er mit einem knappen Nicken. »Ich werfe den Faulenzer selbst aus dem Bett.« Auf seinem Gesicht spielte eine gewisse Besorgnis, als er in Vance' Schlafzimmer, das gleich neben der Bibliothek lag, verschwand.

Ich hörte, wie er Vance mit knappen Worten weckte, und Vance quittierte es mit einem dramatischen Stöhnen.

»Ein Mord vermutlich«, kam Vance' Stimme klagend herüber, und dann gähnte er. »Nur eine Bluttat kann erklären, daß Sie zu so unchristlicher Stunde in meinem Boudoir auftauchen.«

»Ein Mord ist es nicht …« hob Markham an.

»Nicht? Ja, ist es denn schon so spät?«

»Es ist acht Uhr fünfundvierzig«, klärte Markham ihn auf.

»So früh – und doch kein Mord!« (Ich hörte, wie Vance sich aufrichtete.) »Was kann es sein … Doch nicht etwa Ihr Hochzeitsmorgen?«

»Archer Coe hat sich umgebracht«, entgegnete Markham, nun schon ein wenig gereizt.

»Donnerwetter!« Inzwischen war Vance auf den Beinen. »Das ist ja noch kurioser als ein Mord. Ich kann es gar nicht erwarten, daß Sie mir mehr davon berichten … Kommen Sie, setzen wir uns, bis ich meinen Kaffee getrunken habe.«

Markham kehrte in die Bibliothek zurück, gefolgt von Vance in Sandalen und einem prachtvollen chinesischen Morgenrock. Vance läutete nach Currie und bestellte türkischen Kaffee, und zugleich machte er es sich in einem großen Queen-Anne-Sessel gemütlich und zündete sich eine seiner geliebten *Régie*-Zigaretten an.

Markham setzte sich nicht. Er blieb am Kamin stehen und betrachtete seinen Gastgeber mit forschenden, zusammengekniffenen Augen.

»Was haben Sie vorhin gemeint, Vance«, fragte er, »als Sie sagten, Coes Selbstmord sei kurioser als ein Mord?«

»Nichts Esoterisches, mein Alter«, schnurrte Vance. »Aber wenn jemand dem alten Archer einen kleinen Schubs ins Jenseits gegeben hätte, wäre das nicht weiter bemerkenswert gewesen. Das fordert er schließlich schon sein ganzes Leben lang heraus. Nicht gerade die Art von Mann, die man als Mitmensch heiß und innig liebt. Aber daß er aus eigenen Kräften in den Abgrund gesprungen sein soll, wundert mich doch sehr. Er war ganz und gar kein Selbstmörder – viel zu egozentrisch dazu.«

»Da haben Sie recht. So etwas muß wohl auch mir durch den Kopf gegeistert sein, als ich dem Butler sagte, er solle nichts unternehmen, bevor ich da bin.«

Currie brachte den Kaffee, und für eine Weile war Vance ganz mit dem tiefschwarzen Gebräu beschäftigt. Schließlich sagte er:

»Erzählen Sie mehr. Wieso hat man Sie überhaupt verständigt? Und was flüsterte der Majordomo Ihnen ins Ohr? Warum sind Sie hier und reißen mich aus meinem Schlummer? Warum das alles? Warum überhaupt etwas? Warum warum? Sehen Sie denn nicht, daß ich es kaum aushalte vor Ungeduld?« Und Vance gähnte und schloß die Augen.

»Ich bin unterwegs zu Coes Haus.« Markham ärgerte sich über die lässige Art. »Ich dachte, Sie wollen vielleicht mitkommen. ›Hinübertrotten‹, wie Sie immer so gern sagen.« Es klang sarkastisch.

»Genau die angemessene Gangart«, konterte Vance. »Aber warum mit verbundenen Augen trotten? Seien Sie großmütig und klären Sie mich auf. Die Leiche läuft uns schon nicht fort, auch wenn wir ein wenig später kommen.«

Markham zögerte, dann zuckte er mit den Schultern. Er war ungeduldig, aber zugleich wollte er auch, daß Vance ihn begleitete. Er machte sich, wie er selbst sagte, seine Gedanken.

»Also gut.« Er gab nach. »Kurz nach acht Uhr heute morgen rief mich Coes Butler – dieser Umstandskrämer Gamble – bei mir zu Hause an. Er war entsetzlich aufgeregt, seine Stimme war heiser vor Angst. Unter zahlreichen Nuns und Denns ließ er mich wissen, daß Archer Coe sich erschossen habe, und fragte mich, ob ich sofort zum Haus kommen könne. Mein erster Impuls war, ihn an die Polizei zu verweisen; aber ein Gefühl sagte mir, daß ich es nicht tun solle, und ich fragte, warum er denn bei mir anrufe. Er antwortete, Mr. Raymond Wrede habe ihm dazu geraten ...«

»Ah!«

»Offenbar hatte er Wrede zuerst angerufen – wie Sie wissen, ein enger Freund der Familie –, und Wrede war bereits im Hause.«

»Und Wrede riet ihm: ›Rufen Sie Mr. Markham an.‹« Vance nahm einen tiefen Zug von seiner Zigarette. »Zweifellos geisterte auch Wrede etwas durch den Kopf ... Hat er mehr gesagt?«

»Nur daß die Leiche in Coes Schlafzimmer eingeschlossen ist.«

»Von innen verschlossen?«

»Genau.«

»Erstaunlich!«

»Gamble brachte Coe um acht Uhr das Frühstück, wie jeden Tag; er klopfte, aber er erhielt keine Antwort ...«

»Und da blickte er durchs Schlüsselloch. Tja, ja, das tun die Butler immer. Wenn ich wieder einmal eine freie Minute habe, Markham, werde ich mir ein Schloß ausdenken, bei dem Butler nicht durchs Loch schauen können. Haben Sie sich das schon einmal vor Augen geführt, wieviel Unglück durch Butler über die Welt kommt, die durch Schlüssellöcher linsen?«

»Nein, Vance, das habe ich nicht«, erwiderte Markham genervt. »Solche Spekulationen überlasse ich Ihnen – meine Geisteskräfte reichen dazu nicht aus ... Doch ohne Zweifel ist es Ihrer Saumseligkeit zuzuschreiben – der Tatsache, daß das undurchsichtige Schlüsselloch noch nicht erfunden ist –, daß Gamble Coe in seinem Sessel sitzen sah, einen Revolver in der Hand, ein Einschußloch in der rechten Schläfe ...«

»Und ich wette, Gamble hat Ihnen auch erzählt, daß das Antlitz seines Dienstherrn leichenblaß war, was?«

»In der Tat.«

»Was ist mit Brisbane Coe? Warum hat Gamble Wrede gerufen, wo doch Archers Bruder im Haus war?«

»Brisbane Coe war eben nicht im Haus. Er ist derzeit in Chicago.«

»Ah! Praktisch für ihn ... Und als Wrede kam, riet er Gamble, sich direkt an Sie zu wenden, weil er wußte, daß Sie Coe kannten. Stimmt's?«

»Ich würde es vermuten.«

»Und da Sie wiederum wußten, daß ich ein paarmal bei Coe zu Gast gewesen war, dachten Sie, Sie nehmen mich mit, und wir machen ein Kolloquium daraus.«

»Kommen Sie nun mit oder nicht?« fragte Markham, nun schon beinahe wütend.

»Oh, unbedingt«, antwortete Vance milde. »Aber Sie werden doch nicht erwarten, daß ich im Schlafrock gehe.« Er erhob sich und ging wieder in Richtung Schlafzimmer. »Ich werfe mir nur eben ein paar passende Gewänder über.« An der Tür hielt er noch einmal inne. »Und ich will Ihnen auch verraten, warum Ihre Einladung mich so reizt. Für drei Uhr heute nachmittag hatte ich eine Verabredung mit Archer Coe. Ich sollte mir zwei Pfirsichblütenvasen ansehen, die er kürzlich erworben hatte. Vierzig Zentimeter hoch. Und, Markham, ein Sammler, der gerade zwei Pfirsichblütenvasen dieser Größe erstanden hat, der bringt sich nicht am nächsten Tage um.«

Mit dieser Bemerkung verschwand Vance, und Markham stand da, die Hände hinter dem Rücken verschränkt, und starrte mit gerunzelter Stirn die Schlafzimmertür an. Dann steckte er sich eine Zigarre an und begann im Zimmer auf- und abzugehen.

»Würde mich gar nicht wundern, wenn Vance recht hätte«, murmelte er, mehr zu sich selbst. »Er sagt genau, was mir durch den Kopf geht.«

Einige Minuten darauf kehrte Vance im Straßenanzug zurück.

»Sehr freundlich von Ihnen, daß Sie mich mitnehmen«, sagte er und schenkte Markham sein schönstes Lächeln. »Ich muß schon sagen, die Möglichkeiten dieses Falles faszinieren mich ... Und übrigens, Markham, es könnte sich als nützlich erweisen, wenn wir unseren streitlustigen Sergeant* zur Hand hätten.«

»Da haben Sie recht«, stimmte Markham zu und setzte seinen Hut auf. »Danke für die Anregung. Aber ich habe ihn bereits verständigt. Er ist unterwegs zum Ort des Geschehens.«

Vance hob übermütig die Augenbrauen.

»Oh, pardon! ... Na, dann sollten wir sehen, daß wir ebenfalls dorthin pilgern.«

Wir stiegen in Markhams Wagen, der draußen wartete, und in rascher Fahrt ging es die Madison Avenue stadtauswärts. Wir durchquerten den Central Park zur Westseite und nahmen den Ausgang 72. Straße. Wir bogen in die 71. Straße und hielten vor der Hausnummer 98.

Das Haus der Coes war ein alter Brownstonebau über die Breite von zwei Parzellen, errichtet zu einer Zeit, zu der New Yorker Architekten noch etwas von Würde und Komfort verstanden. Es fügte sich in die Umgebung ein, auch wenn die meisten anderen Häuser der Straße eine einfache statt der doppelten Front hatten, nur sieben Meter breit statt der vierzehn beim Hause Coe. Die Untergeschosse lagen etwa einen Meter unter Straßenhöhe, mit einem noch tiefer liegenden gepflasterten Weg davor. Steinstufen mit breiten steinernen Balustraden führten hinauf zum Hauptgeschoß, und den Eingang jedes Hauses bildete ein klassisches Vestibül.

* Vance spricht von Sergeant Ernest Heath von der Mordkommission, der auch in den anderen Fällen, an denen Vance beteiligt war, die polizeilichen Ermittlungen übernommen hatte.

Wir stiegen die Treppe zum Coe-Haus hinauf, und die Tür öffnete sich für uns, bevor wir die Hand nach dem altmodischen Klingelknopf aus Messing ausstrecken konnten; Gamble sah uns mit rotem Gesicht und Leidensmiene an. Unter einer Reihe von eleganten Verbeugungen öffnete der Butler die schwere Eichentür und ließ uns ein.

»Ich danke Ihnen, daß es Ihnen möglich war zu kommen, Mr. Markham.« Die Stimme hatte etwas unangenehm Unterwürfiges. »Ein schlimmes Unglück, Sir, und ich wußte wirklich nicht, was ich tun sollte ...«

Markham schob den Diener beiseite, und wir traten in den nur schwach erleuchteten Flur. Er war ganz mit einem schweren, dicken Teppich belegt, und eine Reihe dunkel gewordener Ölbilder wirkte wie gewaltige schwarze Flecken auf der trüben Tapisserie der Wände. Wenn man eintrat, blickte man auf eine breite, mit einem Läufer bedeckte Treppe, die in das ganz im Dunkel liegende Obergeschoß führte. Rechts verbargen sich hinter zwei schweren kastanienbraunen Vorhängen eindeutig Schiebetüren; ihr Pendant zur Linken war zurückgezogen, und durch die offene Tür blickten wir in ein mit antiken Möbeln jeder erdenklichen Stilrichtung vollgestopftes Wohnzimmer.

Aus diesem Raum kamen nun zwei Männer und begrüßten uns. Den ersten erkannte ich sogleich als Raymond Wrede. Ich hatte ihn schon mehrfach im Hause Coe gesehen; meist hatte ich Vance begleitet, wenn Archer Coe zur Besichtigung eines ganz besonderen »Funds« an Chinaporzellan oder einer neuerworbenen Bronze eingeladen hatte. Wrede war, wie ich wußte, ein Intimus der Familie, und insbesondere war er mit Hilda Lake befreundet, Archer Coes Nichte. Er war ein gelehrter Mann Ende Dreißig, schon leicht ergraut, mit einem ausgeprägt langen, ruhigen und asketischen Gesicht. Er wußte einiges über die Keramiken des Fernen Ostens – was sich wohl aus der langen Bekanntschaft mit Coe ergeben hatte –, auch wenn seine eigene Sammelleidenschaft antiken Öllampen galt; er besaß eine Privatsammlung mit erlesenen Stücken, für die (habe ich mir sagen lassen) das Metropolitan Museum of Art ein kleines Vermögen geboten hatte.

Als er uns an diesem Morgen begrüßte, war etwas Verstörtes in seinen weit auseinanderstehenden grauen Augen.

Er verneigte sich förmlich vor Markham, dem er einmal vorgestellt worden war, nickte mir kurz zu und streckte dann Vance die Hand zur Begrüßung entgegen. Dann, als sei es ihm eben erst eingefallen, wandte er sich zu dem Mann hinter sich und machte uns, auch wenn es eher etwas von einem bloßen Hinweis hatte, mit ihm bekannt.

»Signor Grassi* … Signor Grassi wohnt schon seit einigen Tagen als Gast von Mr. Coe hier im Haus. Er vertritt das Mailänder Museum für orientalische Altertümer.«

Grassi verneigte sich tief, blieb jedoch stumm. Er war ein gutes Stück kleiner als Wrede, schlank, makellos gekleidet, mit schimmerndem schwarzen Haar, das er glatt zurückgekämmt hatte, und einem auffällig blassen Teint, der die großen leuchtenden Augen um so mehr zur Geltung kommen ließ. Das Gesicht war gleichmäßig, mit vollen, wohlgeformten Lippen. Die manikürten Hände bewegte er mit geradezu feliner Anmut. Mein erster Eindruck war der eines zu weichen Mannes, doch diese Einschätzung sollte sich binnen kurzem radikal ändern.

Markham vergeudete keine Zeit mit Förmlichkeiten. Abrupt wandte er sich an Gamble.

»Was haben Sie uns zu sagen? Ein Sergeant und der Polizeiarzt werden jeden Moment hier sein.«

* Später erfuhr ich, daß Grassi ein entfernter Verwandter des berühmten italienischen Arztes war, der zusammen mit Bastianelli nach Studien von Ronald Ross nachwies, daß die Anophelesmücke – eine Moskitoart – das einzige Insekt ist, von dem der Malariaerreger übertragen wird, und daß dies die einzige Art ist, auf die sich die Krankheit ausbreitet.

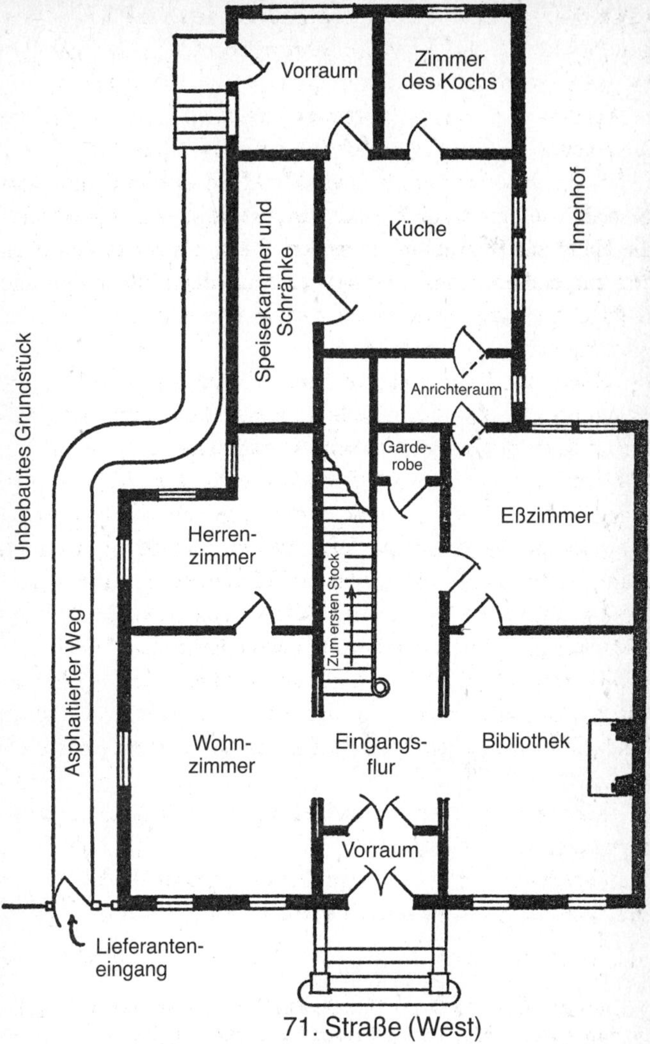

Haus Coe, Grundriß untere Etage

»Nur das, was ich Ihnen schon am Telefon berichtet habe, Sir.« Unter der servilen Oberfläche steckte, das war nicht zu übersehen, ein zutiefst verängstigter Mann. »Als ich den Herrn durchs Schlüsselloch sah, da wußte ich, daß er tot war – es war ein entsetzlicher Anblick, Sir –, und mein erster Gedanke war, die Tür aufzubrechen. Doch dann fand ich es ratsam, zuerst die Meinung anderer einzuholen, bevor ich eine solche Verantwortung übernahm. Und da Mr. Brisbane Coe in Chicago ist, rief ich Mr. Wrede an und bat ihn, sogleich herüberzukommen. Mr. Wrede war so freundlich und kam, und nachdem er den Herrn gesehen hatte, schlug er vor, ich solle zuerst Sie verständigen, Sir, bevor etwas anderes unternommen würde …«

»Man sah deutlich« – übernahm Wrede –, »daß der arme Coe tot war, und ich fand es besser zu warten, bis die Polizei eintraf.«

Vance beobachtete ihn genau.

»Aber welchen Schaden hätte es anrichten können, wenn Sie sich Zugang verschafft hätten?« fragte er sanft. »Da der Riegel von innen vorgeschoben war, lag Selbstmord auf der Hand – nicht wahr?«

»Da mögen Sie recht haben, Mr. Vance.« Wrede wirkte verlegen. »Aber irgendwie – instinktiv – hatte ich das Gefühl, daß man besser …«

»Genau das – genau das.« Vance holte sein Zigarettenetui hervor. »Auch Sie hatten Ihre Zweifel – obwohl alles nach Selbstmord aussah.«

Wrede fuhr zusammen, dann starrte er Vance an.

»Coe«, fuhr Vance fort, »war ja nicht gerade der Typ, der sich umbringt, oder?«

»N-nein.« Wredes Blick blieb fest.

Vance zündete sich eine Zigarette an.

»Ich persönlich finde, Sie haben genau das Richtige getan.«

»Auf!« Markham ging an die Treppe und gab Gamble ein knappes Signal. »Führen Sie uns nach oben.«

Der Butler drehte sich um und stieg die Treppe hinauf. Markham, Vance und ich folgten, Wrede und Grassi blieben unten. Oben am Treppenabsatz suchte Gamble einen Moment lang, bis er den Lichtschalter gefunden hatte. Eine elektrische Lampe tauchte den oberen Flur in Licht. Unmittelbar vor uns befand sich eine große Tür, elfenbeinfarben lackiert. Gamble blieb am Schalter stehen und wies ohne ein Wort auf die Tür.

Markham trat vor, drehte versuchsweise den Knauf und rüttelte daran. Dann kniete er sich hin und blickte durchs Schlüsselloch. Als er sich wieder aufrichtete, machte er ein grimmiges Gesicht.

»Scheint, daß unsere Befürchtungen doch unbegründet waren«, sagte er leise. »Coe sitzt in seinem Sessel, ein schwarzes Loch in der rechten Schläfe, und den Revolver hat er noch in der Hand. Die Lampe brennt … Sehen Sie es sich an, Vance.«

Vance studierte eine Radierung, die an der Stirnwand des Treppenabsatzes hing.

»Ich glaube es Ihnen auch so, Markham«, brummte er. »Es hört sich ja nicht gerade nach einem schönen Anblick an. Und ich werde ihn wesentlich besser sehen können, wenn wir uns erst Zugang verschafft haben … Aber ich muß schon sagen! Ein früher Marin. Sehr delikat. Schon dieselbe Feinheit der Komposition, die wir in seinen späteren Aquarellen finden …«

Im selben Augenblick läutete es energisch an der Haustür, und Gamble eilte hinunter. Als er die Tür öffnete, stürmten Sergeant Ernest Heath und Detective Hennessey herein.

»Wir sind hier oben, Sergeant«, rief Markham.

Heath und Hennessey kamen die Treppe heraufgepoltert.

»Guten Morgen, Sir.« Der Sergeant begrüßte Markham mit einem freundlichen Winken. Dann legte er den Kopf schief und betrachtete Vance. »Hätte ich mir ja denken können, daß Sie hier sind. Unser Meisterdetektiv!« Er grinste gutmütig und sagte es mit echter Sympathie.

»Kommen Sie, Sergeant«, kommandierte Markham. »In

dem Zimmer hier liegt ein Toter, und die Tür ist von innen verriegelt. Brechen Sie sie auf.«

Ohne ein Wort warf sich Heath gegen die Querstrebe, knapp oberhalb des Knaufs, doch nichts bewegte sich. Er holte aus und rammte mit der Schulter dagegen.

»Helfen Sie mal, Hennessey«, sagte er. »Da steckt ein ordentlicher Bolzen dahinter. Gutes Holz.«

Die beiden Männer warfen sich gemeinsam gegen die Tür, und nun hörte man das Holz auf der anderen Seite splittern, und die Schrauben des Riegels gaben nach.

Als sie den Ansturm hörten, kamen Wrede und Grassi ebenfalls herauf, gefolgt von Gamble, und blieben hinter Markham und Vance stehen.

Noch zweimal nahmen Heath und Hennessey dramatisch Anlauf, dann flog die schwere Tür auf und öffnete uns den Blick in das Zimmer des Toten.

Kapitel 2
Der Tote

(Donnerstag, 11. Oktober, 9 Uhr 15 vormittags)

Der Raum am hintersten Ende des Hauses war schmal und langgestreckt, mit Fenstern zu zwei Seiten. Ein Erkerfenster lag gegenüber der Tür, ein großes Doppelfenster ging links nach Osten. Die dunkelgrünen Springrollos waren allesamt heruntergezogen, und kein Tageslicht kam herein. Trotzdem war es strahlend hell, denn ein enormer kristallener Kronleuchter, der in der Zimmermitte von der Decke hing, erleuchtete alles.

Am hinteren Ende stand ein gewaltiges Baldachinbett, und mir fiel auf, daß es unbenutzt war. Die Bettdecke war mit der Präzision eines Lineals zurückgeschlagen. Wie das Wohn- war auch das Schlafzimmer viel zu üppig möbliert. Rechts stand ein großer, mit Glastüren versehener Bücherschrank mit Quart- und Oktavbänden, und der nierenförmige Mahagonischreibtisch gegenüber der Tür war mit Büchern, Pamphleten und Papieren bedeckt – der Tisch eines Mannes, der viele Stunden am Tag daran zubrachte. Links von diesem Tisch, an der Ostwand, lag ein großer Kamin mit einem Sims aus Bronze und venezianischem Marmor, Empirestil, gestützt von zwei häßlichen Karyatiden. Gasbrenner verbargen sich hinter künstlichen Scheiten. An den Wänden hing mindestens ein Dutzend chinesischer Tuschebilder. Hätten nicht auch ein Bett und ein Frisiertisch darin gestanden, hätte man das Zimmer für den Salon eines Sammlers gehalten.

All diese Einzelheiten gingen uns jedoch erst später nach und nach auf. Zunächst waren aller Augen auf den leblosen Leib von Archer Coe gerichtet, auf dessen stilles wächsernes Gesicht und den gräßlichen schwarzen Fleck an der rechten Schläfe. Der Leichnam saß zusammengesunken in einem veloursbezogenen Sessel neben dem Schreibtisch. Der Kopf lag fast auf der linken Schulter, als hätte der Einschlag des Geschosses ihn in diese unnatürliche Lage gebracht.

Ein friedlicher Ausdruck lag auf den strengen Zügen mit der Adlernase, und die Augen des Toten waren geschlossen, als schliefe er. Die rechte Hand – diejenige, die dem Kamin am nächsten war – ruhte auf der Kante des Tisches und hielt noch einen mit Gravuren und Elfenbeingriff verzierten Revolver von recht großem Kaliber. Die linke Hand hing über die Polsterlehne des Sessels nach unten.

Hinter dem Schreibtisch stand ein Windsorstuhl mit aufrechter Lehne, und es kam mir seltsam vor, daß Coe nicht diesen, sondern den Sessel gegenüber der Tür gewählt hatte. Wollte er es am letzten Ort, an den er sich in diesem Leben setzte, gern bequem haben? Eine Antwort auf diesen müßigen Gedanken bekam ich erst viele Stunden später, und als sie im Zuge von Vance' Überlegungen kam, war sie ein wertvolles Glied in der Kette von Schlußfolgerungen, die schließlich zur Auflösung dieses seltsamen und rätselhaften Falles führen sollten.

Der tote Coe war in einen grünen Seiden-Hausmantel gekleidet, der ihm bis fast an die Knöchel reichte, doch an den lang ausgestreckten Füßen hatte er ein Paar schwerer, hoher Straßenschuhe, noch bis oben geschnürt und mit einem Knoten versehen. Wieder huschte mir eine Frage durch den Sinn: Warum trug Coe keine Pantoffeln zum Hausmantel? Auch die Antwort auf diese Frage sollte ihren Beitrag zur Klärung des Rätsels leisten.

Vance näherte sich sogleich dem Toten, ergriff seine Hand und studierte das Einschußloch im Kopf. Dann ging er zur Tür, an der nun der Riegel baumelte, musterte sie einen Moment lang, besah sich die schwere eichene Einfassung und den Türsturz und wandte sich dann nachdenklich wieder dem Zimmer zu. Die Stirn hatte er in Falten gelegt. Bedächtig griff er zum Etui und holte eine weitere Zigarette hervor. Als er sie angezündet hatte, ging er zur Westwand des Zimmers und betrachtete

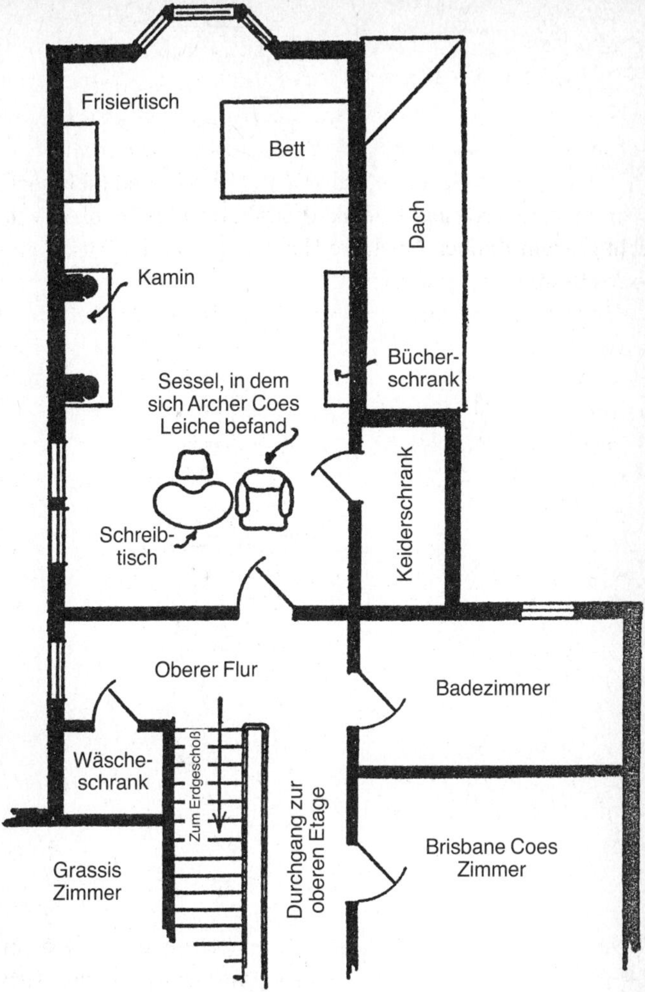

Grundriß von Archer Coes Schlafzimmer

ein verblaßtes Gemälde aus dem China des neunten Jahrhunderts, eine Darstellung des Ucchushma.*

Wir anderen hatten uns inzwischen um Coes Leichnam versammelt und studierten ihn schweigend. Wrede und Grassi schienen erschüttert, nun wo sie dem Tod wirklich ins Auge sahen. Wrede wandte sich an Markham.

»Ich hoffe, mein Rat an Gamble, zuerst Sie zu verständigen, bevor wir die Tür aufbrechen, erweist sich nicht als falsch. Denn wenn er noch einen Funken Leben in sich gehabt hätte …«

»Oh, er war mausetot, schon vor Stunden«, versicherte Vance ihm, ohne daß er den Blick von dem Bild abwandte. »Wir können Ihnen dankbar sein.«

Mit einem Ruck wandte Markham sich um.

»Was wollen Sie damit sagen, Vance?«

»Nun, wäre die Tür aufgebrochen worden und anteilnehmende Freunde wären in Scharen ins Zimmer gestürmt und hätten sich bemüht, den Toten wieder zum Leben zu erwecken, wären wohl alle Indizien, die hier eingeschlossen waren, zerstört worden, und dann wäre es nicht leicht gewesen, noch dahinterzukommen, was gestern abend wirklich hier geschah.«

»Also für mich ist das ziemlich klar, was gestern abend hier los war.« Es war Heath, der sich ein wenig herausfordernd zu Wort meldete. »Der Bursche hat sich hier eingeschlossen und sich dann eine Kugel in den Kopf gejagt. Und selbst Sie, Mr. Vance, können da keine große Geschichte draus machen.«

Langsam drehte Vance sich um und schüttelte den Kopf.

»Aber nein, Sergeant«, sagte er freundlich. »Nicht ich bin es, der Ihnen einen Strich durch diese hübsche Rechnung macht.«

»Nicht?« Heath klang nach wie vor kampfeslustig. »Wer ist es dann?«

* Ucchushma war der »Dämonentöter«, und viele Darstellungen von ihm haben sich erhalten. Vielleicht die beste findet sich im Britischen Museum.

»Die Leiche«, antwortete Vance.

Bevor Heath etwas erwidern konnte, wandte Markham, der Vance aufmerksam beobachtet hatte, sich an Wrede und Grassi.

»Ich muß Sie beide bitten, unten zu warten ... Hennessey, bitte gehen Sie mit ins Wohnzimmer und sorgen Sie dafür, daß die Herren es nicht verlassen, bevor ich die Erlaubnis dazu gebe ... Sie verstehen«, fügte er an Wrede und Grassi gerichtet hinzu, »daß es notwendig sein wird, Sie zu der Sache zu befragen, sobald wir das Urteil des Polizeiarztes haben.«

Wrede ließ sich anmerken, daß er Markhams Aufforderung als Kränkung empfand, Grassi hingegen verneigte sich nur mit einem höflichen Lächeln; dann verließen beide den Raum und begaben sich nach unten, von Hennessey gefolgt.

»Und Sie«, richtete er sich an Gamble, »warten an der Haustür und führen Doktor Doremus herauf, sobald er eintrifft.«

Gamble warf noch einen gequälten Blick auf die Leiche, dann ging auch er.

Markham schloß die Tür, dann drehte er sich auf dem Absatz um zu Vance, der nun hinter Coes Schreibtisch stand und versonnen die Hand des Toten betrachtete, die noch immer den Revolver umklammert hielt.

»Worauf wollen Sie hinaus mit Ihren finsteren Andeutungen?« fragte er gereizt.

»Andeutungen sind es nicht«, erwiderte Vance gelassen, und sein Blick ruhte weiter auf Coes Hand. »Nur Spekulationen. Aber einige Aspekte dieses faszinierenden Verbrechens interessieren mich doch sehr.«

»Verbrechen?« Markham lächelte, doch ohne Heiterkeit. »Sicher, bevor wir herkamen, konnten wir mit dem Gedanken spielen – und ich war ja mit Ihnen einer Meinung, daß Selbstmord allem Anschein nach nicht zu Coes Temperament paßte –, aber Fakten sind und bleiben die einzig vernünftige Grundlage für uns. Und die Fakten, die wir hier finden, kommen mir recht eindeutig vor. Der Riegel war von innen vorgeschoben; es gibt keine andere Möglichkeit, in diesen Raum herein- oder aus ihm hinauszukommen; Coe sitzt hier mit dem Tatwerkzeug …«

»Sagen Sie doch Revolver, bitte«, unterbrach ihn Vance. »So ein alberner Ausdruck, ›Tatwerkzeug‹.«

Markham schnaubte.

»Also gut … Mit einem Revolver in der Hand und einem Loch in der rechten Schläfe. Es gibt keinerlei Spuren eines Kampfes; die Fenster sind geschlossen, Rollos vorgezogen, die Lichter brennen … Wie in Gottes Namen soll es denn da etwas anderes als Selbstmord gewesen sein?«

»Glauben Sie mir, ich weiß es nicht.« Vance zuckte müde mit den Schultern. »Aber daß es kein Selbstmord war, da bin ich mir sicher.« Er runzelte wiederum die Stirn. »Und das ist das Erstaunliche daran. Sehen Sie, Markham, es sollte doch Selbstmord sein – und trotzdem war es keiner. Eine teuflische Sache – aber nicht ohne Humor. Ein grimmiger, satirischer Humor. Jemand hat sich verrechnet – der Mörder pokerte, aber er hatte schlechte Karten … Verblüffend, das alles!«

»Aber die Fakten«, protestierte Markham.

»Oh, Ihre Fakten sind vollkommen in Ordnung. Sie sind schlüssig, wie Sie Juristen gerne sagen. Nur gibt es noch weit mehr davon.«

»Zum Beispiel?«

»Betrachten Sie die Pantoffeln dort.« Vance wies zum Fußende des Bettes, wo ein Paar roter Lederpantoffeln säuberlich abgestellt stand. »Und richten Sie dann Ihren Blick auf die schweren Halbstiefel, die der Tote trägt. Trotzdem hat er seinen Hausmantel an und sitzt im Sessel. Das paßt doch nicht zusammen, oder? Warum zog Coe, ein Genußmensch, stets allem Luxus zugetan, nicht seine Schuhe aus und gönnte sich für diesen großen Augenblick in seinem Leben etwas Bequemeres? Eilig hatte er es ja nicht, das sehen Sie selbst. Der Mantel – eine abscheuliche Farbe, finden Sie nicht auch? – ist ordentlich geknöpft, der Gürtel zu einer geradezu perfekten Schleife gebunden. Es ist doch wohl kaum zu vermuten, daß er sich mitten im Umziehen von der Straßen- zur Nachtgarderobe plötzlich zum Selbstmord entschied. Aber etwas muß es gegeben haben, Markham, das ihn vom Wechsel der Schuhe abhielt – etwas muß ihn dazu gebracht haben, sich zu setzen, die Beine auszustrecken, die Augen zu schließen, bevor er sich vollständig in die dazu passenden Kleider geworfen hatte.«

»Ganz überzeugend finde ich das nicht«, erwiderte Markham. »Ein Mann kann doch auch Straßenschuhe zum Hausmantel tragen.«

»Möglich wäre es.« Vance nickte. »Ich will in solchen Dingen nicht kleinlich sein. Aber wenn wir uns einmal vorstellen, daß Coe sich selbst umgebracht hat, warum hätte er sich dazu in diesen Sessel gegenüber der Tür setzen sollen? Ein Mann, der sich anständig erschießen will, würde sich doch instinktiv gerade hinsetzen, am besten so, daß er die Arme aufstützen kann, damit er eine ruhige Hand hat. Wenn er sich überhaupt an den Schreibtisch setzte, dann hätte es nähergelegen, daß er den Stuhl mit der geraden Lehne nahm, wo er beide Ellbogen auf die Tischplatte stützen konnte und dafür sorgen, daß der Schuß auch traf.«

»Den einen Arm hat er doch auf dem Tisch«, wandte Heath ein.

»Oh ja – und in recht merkwürdiger Haltung, nicht wahr? Wenn Sie sich einmal ansehen, wie tief er sitzt, wird Ihnen aufgehen, daß er unmöglich den Ellbogen auf dem Schreibtisch gehabt haben kann, als er abdrückte. Der Schuß wäre über seinen Kopf hinweggegangen. Er muß den Arm tiefer gehalten haben, als er feuerte – *wenn er feuerte*. Wir müssen also annehmen, daß er, nachdem die Kugel ihm ins Hirn gedrungen war, den rechten Arm hob und ihn so dekorativ auf dem Tisch ablegte, wie wir ihn jetzt finden.«

»Vielleicht ja, vielleicht aber auch nicht«, murmelte Heath, nachdem er eine Weile den Toten studiert und dann seine eigene rechte Hand an die Stirn gehalten hatte. Dann fügte er barsch hinzu: »Aber den Riegel vor der Tür, den können Sie nicht wegerklären.«

Vance seufzte.

»Ich wünschte, das könnte ich. Der Riegel macht mir entsetzliche Sorgen. Wäre die Tür nicht von innen verriegelt, könnte ich eher glauben, daß es Selbstmord war.«

»Also hören Sie!« Markham sah Vance mit verblüffter Miene an. »Jetzt reden Sie aber wirklich in Paradoxen.«

»Aber nein.« Vance schüttelte den Kopf. »Ein kluger Mann wie Coe würde es, wenn er sich umbringen wollte, nicht so einrichten, daß man nur mit Mühen an die Leiche herankommt. Was hätte er davon gehabt, daß er die Tür von innen verriegelte, so daß jemand sie aufbrechen mußte? Wenn er sich erschießen wollte, war das binnen einer Sekunde getan, und daß jemand ihn in seinem eigenen Zimmer störte, war ohnehin nicht zu erwarten. Hätte er sich umgebracht, dann hätte er gewollt, daß Gamble – oder ein anderer – ihn so schnell wie möglich fand. Er hätte es mit Sicherheit niemandem absichtlich schwergemacht.«

»Aber das widerspricht sich doch«, wandte Markham ein. »Wer außer Coe könnte die Tür denn von innen verriegelt haben?«

»Anscheinend niemand«, antwortete Vance mit einem wehmütigen Seufzen. »Das ist ja das Interessante an der Sache. Die Lage ist folgende: Ein Mann wird ermordet; der Mörder geht, das Opfer erhebt sich und verschließt die Tür hinter ihm; dann setzt sich der Tote in den Sessel und richtet alles so ein, daß es wie Selbstmord aussieht.«

»Na, das ist ja eine tolle Theorie!« schnaubte Heath. »Aber wir werden mehr wissen, wenn Doc Doremus da ist. Und ich würde wetten, er sagt, es war Selbstmord, und damit hat sich dann die ganze Sache erledigt.«

»Und ich«, erwiderte Vance sanft, »wette dagegen, Sergeant. Ich habe das übermächtige Gefühl, daß Doc Doremus uns sagen wird, daß es *kein* Selbstmord war.«

Heath sah Vance ungläubig an. Dann stieß er einen verächtlichen Laut aus.

»Wir werden sehen«, murmelte er.

Aber Vance war schon wieder mit anderem beschäftigt. Sein Blick wanderte über den Schreibtisch. Auf der einen Seite der Schreibunterlage lag eine Quartausgabe des »Li Tai Ming Ts'u T'ou P'u« von Hsiang Yuan-p'ien.* Ein goldener Brieföffner steckte zwischen den Seiten, und Vance schlug das Buch an der markierten Stelle auf, einer Seite mit einer großen Farbabbildung einer amphorenförmigen P'in-Kuo-Hung-Vase mit recht heller roter Glasur, die ein wenig ins Braungelbe spielte, aufgelockert mit olivgrünen Flecken und rotbraunen Sprenkeln.

»Sehen Sie, Markham«, sagte er, »Coe träumte offenbar noch kurz bevor er dieses Leben verließ von Pfirsichblüten, von seiner neuesten Erwerbung. Und man darf doch wohl annehmen, daß ein Mann, der sich umbringen will, nicht noch im letzten Augenblick mit seinem Steckenpferd beschäftigt ist – daß er Studien zur Keramik treibt, bis er sich die Kugel in den Kopf schießt.«

Markham antwortete nicht; er wartete ab.

»Und hier haben wir noch etwas, auch nicht ganz unbedeutend.« Vance wies auf einen kleinen Stoß unlinierten Briefpapiers mitten auf der Schreibunterlage. »Die Bögen liegen ein wenig schräg, so wie ein Rechtshänder sie sich zurechtlegen würde, wenn er etwas schreiben wollte. Und das oberste Blatt ist mit dem gestrigen Datum versehen – Mittwoch, 10. Oktober …«

»Ist das denn nicht das Übliche?« wandte Heath ein. »Diese Burschen, die sich umbringen, die hinterlassen doch immer einen Abschiedsbrief.«

* »Eine illustrierte Beschreibung angesehener Keramiken aus mehreren Dynastien«. (Englische Übersetzungen finden sich in Dr. S.W. Bushells bedeutendem Buch über die chinesische Keramik.)

»Aber, Sergeant«, erwiderte Vance mit einem Lächeln, »er hat ihn ja nicht geschrieben. Coe schrieb nur das Datum, zu mehr kam er nicht.«

»Dann hat er es sich eben anders überlegt.« Heath gab nicht nach.

»Gewiß. Aber in diesem Falle würde man vermuten, daß er die Feder wieder in ihren Halter gesteckt hätte. Und wenn Sie hersehen, können Sie selbst feststellen, daß der Halter leer und nirgends auf dem Tisch eine Feder zu sehen ist.«

»Vielleicht hat er sie in der Tasche.«

»Vielleicht.« Vance trat einen Schritt zurück, beugte sich vor und ließ den Blick über den Boden rund um den Schreibtisch wandern. Dann kniete er sich nieder und sah unter dem Tisch nach. Es dauerte nicht lange, bis er den Arm ausstreckte und unter dem rechten Schubladenblock einen Füllfederhalter hervorzog. Er erhob sich und hielt ihn in die Höhe.

»Er fiel Coe aus der Hand und rollte unter den Tisch.« Er legte ihn neben den Stoß Papier. »Wenn man etwas schreibt und es fällt der Federhalter hinunter, läßt man ihn doch in der Regel nicht liegen.«

Heath blickte nur finster vor sich hin, und Markham fragte:

»Sie meinen, Coe wurde überrascht, als er am Schreibtisch saß?«

»Überrascht? ... Man könnte es so nennen.« Vance schien selbst unschlüssig. »Aber es gibt keine Spuren eines Kampfes, und er sitzt im Sessel neben dem Schreibtisch. Die Züge wirken entspannt; die Augen sind friedlich geschlossen – und der Riegel zur Tür war von innen vorgeschoben ... Sehr merkwürdig, Markham.«

Er ging zu dem noch immer verdunkelten Fenster und wieder zurück und rauchte nachdenklich. Plötzlich blieb er stehen, blickte auf und sah Markham in die Augen.

»Überrascht – jawohl! Genau das! Aber nicht von draußen – nicht durch einen Eindringling. Es war unterschwelliger – und tödlicher. Etwas überraschte ihn, *als er allein war*. Etwas geschah – etwas Sinistres –, und er hielt im Schreiben inne, der Federhalter fiel ihm herunter, er vergaß ihn aufzuheben, erhob sich, setzte sich in den Sessel. Dann kam das Ende, schnell und unerwartet – *bevor er die Schuhe wechseln konnte* … Verstehen Sie? Die Schuhe sind ein weiteres Anzeichen, daß etwas Gräßliches geschehen sein muß.«

»Und die Waffe?« fragte Heath verächtlich.

»Ich würde bezweifeln, Sergeant, daß Coe die Waffe je gesehen hat.«

Kapitel 3
Eine verblüffende Entdeckung

(Donnerstag, 11. Oktober, 9 Uhr 30 vormittags)

In diesem Augenblick flog unten die Haustür auf und wurde mit einem lauten Knall wieder zugeworfen, und wir hörten eine schneidende Frauenstimme mit dem Butler reden.

»Morgen, Gamble. Nehmen Sie die Schläger und sagen Sie Liang Bescheid, daß er mir Tee mit Muffins macht.«

Dann hörten wir Schritte auf der Treppe, und Gamble rief in flehenden Tönen:

»Warten Sie, Miss Lake, nur einen Augenblick bitte.«

»Tee und Muffins«, erwiderte Miss Lake und kam weiter die Treppe herauf.

Markham, Heath und ich traten an die Tür, gerade als die junge Frau den Treppenabsatz erreichte.

Miss Hilda Lake war eine kleine, ein wenig stämmige Frau von etwa dreißig Jahren; sie wirkte kräftig, energisch und athletisch. Die blaugrauen Augen blickten fest und für meinen Geschmack recht hart; die Nase war klein und zu breit, als daß man sie schön genannt hätte; die Lippen waren voll, doch unsinnlich. Das mittelblonde Haar trug sie kurz und von der breiten, niedrigen Stirn zurückgekämmt. Unter dem Arm hatte sie einen weichen Filzhut. Gekleidet war sie in einen Tweedanzug und schwere braune Halbschuhe mit Gummisohlen, und die weiße Hemdbrust mit grüner Schleife machte den Eindruck des Maskulinen vollkommen.

Als sie oben anlangte und Markham sah, kam sie mit elastischen Schritten auf ihn zu und streckte ihm die Hand hin.

»Seien Sie mir gegrüßt«, sagte sie. »Was führt Sie zu so früher Stunde her? Geschäfte mit Onkelchen, nehme ich an.« Bei diesen Worten sah sie Heath und mich forschend an und runzelte die Stirn. »Ist etwas nicht in Ordnung?«

»Es ist etwas Schlimmes geschehen, Miss Lake«, antwortete Markham und wollte ihr den Weg ins Zimmer verstellen. »Seien Sie bitte so freundlich und warten Sie in …«

Doch mit einer wegwerfenden Handbewegung stürmte die junge Frau an uns vorbei in das Zimmer. Als sie Archer Coe sah, lief sie sofort zu ihm, kniete sich nieder und legte den Arm um ihn.

»He! Lassen Sie die Leiche in Ruhe!« Heath machte einen Satz, faßte sie recht unsanft an den Schultern und zog sie wieder auf die Füße.

Wütend drehte sie sich zu ihm um, beide Hände tief in den Taschen ihres Tweedjacketts, und funkelte ihn finster an, zum Kampf bereit.

Markham trat diplomatisch zwischen die beiden.

»Wir dürfen nichts anrühren, Miss Lake«, erklärte er, »bevor der Polizeiarzt nicht da ist.«

Sie blickte Markham forschend an.

»Ist cs auch gegen das Gesetz, wenn Sie mir sagen, was geschehen ist?« fragte sie.

»Wir wissen kaum mehr als Sie«, antwortete Markham milde. »Wir sind eben erst eingetroffen, und wir fanden Ihren Onkel, wie Sie ihn hier sehen.«

Sie wandte sich, noch immer die Hände in den Taschen, der leblosen Gestalt im Sessel zu und betrachtete sie.

»Und was *denken* Sie, was geschehen ist?« fragte sie mit harter, fester Stimme.

»Alles deutet auf Selbstmord hin …«

»Selbstmord?« Nun blickte sie wieder Markham mit kühlen Augen an. »Das glaube ich nicht.«

Vance, der hinten im Zimmer neben dem Bett gestanden hatte, kam nach vorn.

»Genau wie ich, Miss Lake«, sagte er.

Mit einem Ruck sah sie zu ihm auf, und die Augenbrauen hoben sich.

»Ah, guten Morgen, Mr. Vance. In der Aufregung des Augenblicks hatte ich Sie gar nicht gesehen … Sie haben ganz recht. Das ist kein Selbstmord.« Sie kniff die Augen zusammen. »Sie sind schon lange nicht mehr hiergewesen. Keramik und Mord, das sind in diesem Haus wohl die beiden einzigen Attraktionen für Sie.« (Ich hatte den Eindruck, daß eine gewisse Verachtung in diesen Worten mitschwang.)

Vance ging nicht auf den Vorwurf ein.

»Was spricht Ihrer Meinung nach gegen Selbstmord?« fragte er höflich.

»Die Antwort ist einfach«, entgegnete sie. »Mein Onkel war viel zu selbstsüchtig, als daß er freiwillig die Welt von seiner Gegenwart befreit hätte.«

»Aber Selbstsucht«, gab Vance zu bedenken, »ist oft gerade der Grund zu einem Selbstmord. Die Langeweile – das Gefühl, daß man niemanden findet, der einen wirklich zu schätzen weiß. Gerade dem Egozentriker liefert der Selbstmord den einen großen Augenblick des Triumphes.« Vance sprach mit der Distanz des Psychologen.

»Onkel Archer brauchte keinen Augenblick des Triumphes«, schnaubte Hilda Lake. »Für ihn war jede chinesische Tasse ein Triumph. Ein Stück wertloses Chün-Porzellan, das keinem Menschen auf der Welt etwas nützte, war für ihn mehr wert als für mich ein Sieg über Bobby Jones.«

»Und welchem Menschen auf der Welt würde *das* schon etwas nützen?« meinte Vance mit einem Lächeln.

»Oh, ich weiß, daß Sie auch für die alten Pötte schwärmen«, sagte sie gutmütig. »Es sollte ja keine Weisheit sein – ich wollte nur in einem Bild ausdrücken, warum ich nicht glaube, daß Onkelchen sich das Leben genommen hat.«

»Ich bitte um Verzeihung.« Vance verneigte sich. »Ich bin ganz Ihrer Meinung. Aber weder Mr. Markham noch Sergeant Heath teilen unsere Sicht. Sie wollen den Fall allen Ernstes als Selbstmord abtun.«

Sie sah zuerst Markham, dann Heath mit einem harten, kalten Lächeln an.

»Warum auch nicht?« fragte sie. »Es wäre so schön einfach – und würde uns haufenweise dummen Ärger ersparen.«

Markham störte sich am Tonfall dieser Frau.

»Wer, Miss Lake«, fragte er wie im Gerichtssaal, »hätte einen Grund gehabt, Ihrem Onkel den Tod zu wünschen?«

»Ich zum Beispiel«, antwortete sie ohne zu zögern und blickte Markham mutig ins Gesicht. »Sie können sich gar nicht vorstellen, wie lästig er mir war. Allem, was ich wollte, stand er im Wege, und er konnte mir das Leben zur Hölle machen, denn schließlich hatte er ja das Portemonnaie in der Hand. Was habe ich den Tag verflucht, an dem er zu meinem Vormund bestellt und ich von ihm abhängig wurde!« (Ihre Stimme klang bitter. Ein wütender, verschlossener Ausdruck kam in ihre Augen, und das kantige Kinn reckte sie nun ein wenig vor.) »Schon zehn Jahre lang geht das so, und an jedem einzelnen Tag davon wäre sein Tod ein Geschenk für mich gewesen. Jetzt wo er aus dem Wege ist, gehört mein Erbe mir, und ich kann tun und lassen, was ich will.«

Markham und Heath sahen sie mit verblüffter, empörter Miene an. Es war etwas Eiskaltes, Bitterböses an ihr – ein berechnender Haß, der noch gnadenloser war als ihre Worte. Zunächst schwiegen alle, doch Vance brach mit seiner lässigen, unaufgeregten Stimme den Bann.

»Ich muß schon sagen! Sie sind erfrischend in Ihrer Aufrichtigkeit, Miss Lake … Sollen wir denn diesen Ausbruch als Mordgeständnis auffassen?«

»Im Augenblick nicht«, antwortete sie ungerührt. »Aber wenn die Polizei es tatsächlich als Selbstmord hinstellen will, werde ich vielleicht später noch Anspruch auf die Tat erheben – um der Familienehre willen. Ich finde nämlich, ein guter, ehrlicher, begründeter Mord ist anständiger als ein feiger Selbstmord.«

Markham stieg das Blut ins Gesicht – Hilda Lakes anscheinend so leichtfertiger Ton brachte ihn in Wut.

»Das ist wohl kaum die Zeit für Frivolitäten«, tadelte er sie.

»Oh, ich weiß.« Sie sah ihn mit kalten Augen an. »Ich weiß, das Dekorum muß gewahrt sein … Nun, zum Leichenbitter bin ich nicht berufen. Aber unter den Umständen werde ich mich bemühen.«

Markham sah sie tadelnd an, doch ihr Blick blieb fest.

»Wer außer Ihnen«, fragte er und versuchte, seinen Ärger nicht spüren zu lassen, »hätte einen Grund gehabt, Ihren Onkel umzubringen?«

Die Frau blickte nachdenklich zur Decke und setzte sich auf die Schreibtischkante.

»Unmengen von Leuten.« Sie sagte es wegwerfend. »*De mortuis* und das ganze Getue – aber Onkel Archer wird ja kein besserer Mensch dadurch, daß er nun tot ist. Und es gibt eine lange Reihe von Leuten, die ihn lieber tot als lebendig sehen werden.«

Heath hatte bei diesem erstaunlichen Wortwechsel mit finsterer Miene dabeigestanden, seine lange schwarze Zigarre gepafft und die Frau feindselig und verwirrt angestarrt. Nun ergriff er aber doch das Wort.

»Wenn Sie Ihren Onkel sowieso nicht leiden können und wenn Sie froh waren, daß ihn einer umgebracht hatte, warum sind Sie dann zu ihm hingerannt und haben sich auf die Knie geworfen und haben getan, als ob es Ihnen werweißwie leid tut?«

Hilda Lake warf dem Sergeant einen vernichtenden und dabei doch amüsierten Blick zu.

»Mein lieber Herr Polizist, ich wollte einfach sichergehen, daß er auch wirklich tot ist.«

Markham trat vor.

»Ihre Taktlosigkeit schreit zum Himmel, Miss Lake«, sagte er mit zusammengebissenen Zähnen.

Vance hielt ihr sein Zigarettenetui hin.

»Nehmen Sie doch eine *Régie*«, sagte er.

»Nein, danke.« Nun betrachtete sie wieder den toten Archer Coe. »Ich rauche nur selten. Schlecht für die Bronchien – putscht die Nerven auf ... Ja«, sagte sie, als nehme sie den Faden des Gesprächs mit Markham wieder auf, »betrauern werden das Ableben des lieben Onkels nicht viele.«

Markham kam auf seine Frage zurück.

»Können Sie einen bestimmten Namen nennen, jemanden, dem Mr. Coes Tod gelegen käme?«

»Das wäre nicht nett«, antwortete sie. »Aber eins kann ich Ihnen sagen: Es gibt eine ganze Reihe von chinesischen Herrschaften, denen mein Onkel ihre Schätze abgegaunert hat und die sich die Hände reiben werden, wenn sie hören, daß es mit seiner Sammelei vorbei ist. Sie haben vielleicht selbst die Gerüchte gehört, Mr. Markham, die letztes Jahr nach Onkelchens Rückkehr aus China im Umlauf waren – daß er Friedhöfe geschändet und Urnen und Figuren aus den Gräbern geraubt habe. Er hat mehrere Drohbriefe bekommen.«

Markham nickte.

»Ja, daran erinnere ich mich. Ein oder zwei hat er mir gezeigt ... Meinen Sie wirklich, ein wütender Chinese hat ihn umgebracht?«

»Mit Sicherheit nicht. Die Chinesen sind vernünftige Leute, die würden nie jemanden für ein paar alte Teller umbringen.«

Gähnend kam Vance herangeschlendert und stellte sich zwischen Markham und Hilda Lake. Wieder hielt er ihr das Etui hin.

»Ach, nehmen Sie doch eine«, drängte er. »Manchmal beruhigen sie auch die Nerven, wissen Sie.«

Die Frau betrachtete ihn mit einem harten, mißtrauischen Lächeln. Einen Moment lang zögerte sie noch, dann nahm sie eine *Régie* und ließ sich von ihm Feuer geben.

»Und was halten *Sie* von der ganzen Sache, Mr. Vance?« fragte sie lässig.

»Tja, wenn ich das wüßte.« Er schlug einen lockeren Ton an. »Ihre Idee, daß Chinesen dahinterstecken könnten, ist ja höchst faszinierend. Ob wohl *objets d'art* aus dem Haus abhanden gekommen sind?«

»Würde mich nicht wundern.« Sie blies einen langen Rauchkräusel in Richtung Decke. »Ich persönlich wäre froh, wenn sie alle fort wären. Mir ist Wedgwood ohnehin lieber.«

Markham übernahm wieder.

»Lassen Sie uns doch vernünftig sein ... Wenn der Tod Ihres Onkels kein Selbstmord war, Miss Lake, wie erklären Sie es dann, daß die Tür von innen verschlossen war?«

Hilda Lake sprang von der Tischkante, mit verblüffter Miene.

»Von innen verschlossen?« fragte sie und ging zur Tür. »Ah, ich sehe. Sie mußten sie aufbrechen.« Sie stand eine ganze Weile da und betrachtete den Riegel, der nur noch an einer Schraube hing. »Das ist etwas anderes.«

»Wieso etwas anderes?« fragte Vance.

»Na, dann war es vielleicht doch Selbstmord!«

Unten ertönte eine Glocke, und wir hörten, wie Gamble die Haustür öffnete.

»Das wird der Polizeiarzt sein. Würden Sie wohl so freundlich sein und auf Ihr Zimmer gehen und dort warten?«

»Wird gemacht.« Sie ging zur Tür, die Hände weiter in den Taschen. An der Schwelle drehte sie sich noch einmal um. »Aber bitte schicken Sie Gamble mit dem Tee und den Muffins nach oben. Ich bin halb verhungert.«

Gleich darauf wurde Doktor Emanuel Doremus ins Zimmer geführt. Er war ein drahtiger, nervöser Mann, zynisch, bitter, stets in Bewegung. Er trug einen braunen Mantel und einen Derbyhut, den er weit in den Nacken geschoben hatte. Man hätte ihn eher für einen Börsenmakler gehalten als für einen Arzt.

Er grüßte uns mit einer Armbewegung und sah sich im Zimmer um. Dann wiegte er sich auf den Zehenspitzen und blickte Heath vorwurfsvoll an.

»Müssen Sie mich denn immer so schinden?« klagte er. »Ich saß gerade bei Bratkartoffeln und Wurst, als die Nachricht kam. Jedesmal holen Sie mich von einer Mahlzeit weg, Sergeant … Und was haben Sie diesmal für mich?«

Heath grinste und wies mit dem Daumen auf den toten Coe. Er kannte die mürrische Art des Doktors.

Doremus betrachtete den Toten ein paar Augenblicke lang mit gleichgültiger Miene.

»Die Tür war von innen verschlossen, Doktor«, erklärte Markham. »Wir mußten sie aufbrechen.«

Doremus seufzte tief und wandte sich wieder mit einem ärgerlichen Brummen an Heath.

»Und was soll das nun?« fragte er ärgerlich. »Hätte das nicht Zeit gehabt, bis ich mit dem Frühstück fertig war? Sie brauchten doch nur die Bescheinigung, daß Sie die Leiche abtransportieren können.« Aus der Tasche holte er einen kleinen Formularblock hervor. »Wenn Sie mir gesagt hätten, wie es hier aussieht, hätte ich einen Assistenten schicken können.« Nun klang er wirklich schlechtgelaunt.

»Mr. Markham hatte mir aufgetragen, Sie persönlich anzufordern, Doc«, sagte er. »*Ich* habe damit nichts zu tun.«

Doremus, der schon den Füllfederhalter gezückt hatte, sah Markham fragend an.

»Selbstmord«, erklärte er knapp. »Eindeutiger Fall. Ich kann Ihnen die ungefähre Todeszeit sagen, wenn Sie die wollen. Die übliche Autopsie …«

Vance steckte sich in aller Ruhe eine weitere Zigarette an.

»Wäre es denn sehr gegen Ihre Medizinerehre, Doktor«, fragte er lässig, »wenn Sie einen Blick auf die Leiche würfen?«

Doremus fuhr herum.

»Ich werde mehr als nur einen Blick auf diese Leiche werfen«, schnauzte er. »Ich werde sie sezieren. Sie bekommt eine Autopsie mit allem, was dazugehört. Was wollen Sie denn noch mehr?«

»Warum sind Sie so sicher«, beharrte Vance, »daß es Selbstmord ist, Doktor?«

Doremus stieß einen ungeduldigen Seufzer aus.

»Er hat die Waffe in der Hand, das Einschußloch sitzt an der richtigen Stelle, und daß er tot ist, ist nicht zu übersehen. Außerdem war die Tür …«

»Von innen verriegelt«, sprach Vance den Satz zu Ende. »Gewiß doch. Aber was ist mit der Leiche?«

»Was ist damit?« Doremus machte sich an das Ausfüllen des Formulars. »Die Leiche ist da drüben – sehen Sie sic sich an.«

»Ich habe sie mir schon angesehen.«

»Sie müssen wissen, Doc«, erklärte Heath mit einem zufriedenen Grinsen, »Mr. Vance und ich haben gewettet. Ich habe gewettet, daß Sie sagen, es ist Selbstmord, und er hat auf Mord gewettet.«

»Ich bin Arzt, kein Detektiv«, erwiderte Doremus bissig. »Der Bursche ist tot, mit einem Einschußloch in der rechten Schläfe. Genau die Art von Wunde, die entsteht, wenn jemand sich erschießt. In der rechten Hand hat er eine Waffe. Die Haltung stimmt – und die Tür war von innen verschlossen. Alles andere überlasse ich den Herren von der Mordkommission. Wenn die Kugel nicht zur Waffe paßt, werden wir das bei der Autopsie feststellen. Morgen bekommen Sie den Bericht. Dann können Sie Ihre eigenen Schlüsse daraus ziehen.«

Vance hatte sich in einen Sessel an der Westwand gesetzt und rauchte in aller Ruhe vor sich hin.

»Würden Sie uns den Gefallen tun, Doktor, und wenigstens einen Blick auf das Einschußloch werfen, bevor Sie zu Ihren Bratkartoffeln zurückkehren? Vielleicht interessiert Sie auch der Mund des Toten.«

Doremus starrte Vance einen Moment lang an; dann ging er zu Archer Coes Leiche und beugte sich darüber. Er studierte die Wunde eingehend, und ich sah, wie seine Augenbrauen sich hoben. Er schob das Haar an der linken Schläfe beiseite, und wir erkannten alle eine dunkle Wunde am Schädel gerade oberhalb des Haaransatzes. Doremus befühlte vorsichtig die Wunde, und nun hatte ich zum erstenmal den Eindruck, daß ein Mediziner am Werke war. Dann hob er Coes Oberlippe ein wenig und inspizierte allem Anschein nach seine Zähne, die aus der Ferne blutverschmiert wirkten. Er besah sich den Mund des Toten genauer, danach beschäftigte er sich noch einmal mit dem Einschußloch in der rechten Schläfe.

Dann richtete er sich auf, schob den Derby noch weiter in den Nacken und betrachtete Vance mit einem listigen Blick.

»Was geht Ihnen durch den Kopf?« fragte er knapp.

»Nicht das mindeste – mein Kopf ist das reinste Vakuum.« Vance gähnte. »Haben Sie etwas Interessantes gefunden?«

Doremus nickte, den Blick weiter auf Vance geheftet.

»Oh ja. Eine Menge.«

»Tatsächlich?« Vance lächelte verbindlich. »Und denken Sie immer noch, daß es Selbstmord war?«

Doremus steckte die Hände in die Taschen und verzog das Gesicht.

»Aber nein, unmöglich! ... Da stimmt etwas nicht – da stimmt eine ganze Menge nicht.« Er blickte hinüber zu Coes Leiche. »Er hat Blut im Mund und einen leichten Schädelbruch links am Stirnbein. Ein ziemlich schwerer Schlag mit einem stumpfen Gegenstand ... Verdammt merkwürdig!«

Markham, die Augen zusammengekniffen, trat vor.

»Was ist mit der Schußwunde in der rechten Schläfe?«

Doremus blickte auf, nahm eine Hand aus der Tasche und wies auf den Kopf des Toten.

»Mr. Markham«, sagte er mit Grabesstimme, »der Vogel war schon seit Stunden tot, als ihm jemand die Kugel in den Kopf gejagt hat!«

Kapitel 4
Ein unerwarteter Besucher

(Donnerstag, 11. Oktober, 10 Uhr vormittags)

Der einzige im Raum, den diese unglaubliche Auskunft nicht verblüffte, war Vance. Heath starrte die Leiche an, als rechne er halb damit, daß sie sich gleich erheben werde. Markham nahm die Zigarre aus dem Mund und blickte ein wenig benommen zwischen Vance und Doremus hin und her. Mir selbst, muß ich zugeben, lief es kalt den Rücken hinunter. Der Anblick des Toten, wie er dort saß mit dem Revolver in der Hand und der Schußwunde an der Schläfe, dazu die Nachricht, daß jemand ihm die Kugel erst nach seinem Tod in den Kopf geschossen hatte, schlug mich wie ein afrikanischer Zauber in den Bann. Das Irreale, Unnatürliche weckte in mir die verborgenen und urtümlichen Ängste, die tief im Inneren selbst des kultiviertesten Menschen schlummern.

Vance, wie gesagt, blieb ungerührt. Er nahm es mit einem leichten Nicken auf und zündete sich mit ruhigen Fingern eine weitere Zigarette an.

»'teressante Situation, was?« murmelte er. »Das ist doch nun wirklich nicht üblich, Markham, daß jemand sich nach dem Tode noch erschießt … Ich fürchte, die Selbstmordtheorie müssen Sie aufgeben.«

Markham legte die Stirn in Falten.

»Aber die verschlossene Tür …«

»Ein Toter verschließt auch keine Türen«, erwiderte Vance.

Mit schon leicht glasigen Augen wandte Markham sich an Doremus.

»Können Sie sagen, woran er gestorben ist, Doktor?«

»Wenn Sie mir die Zeit dazu lassen.« Doremus' Ton war mürrisch: die Richtung, die die Dinge nahmen, gefiel ihm nicht.

»Sagen Sie, Doktor«, schnurrte Vance, »wie sieht es denn bei unserem Opfer mit der Totenstarre aus?«

»Die ist schon weit fortgeschritten.« Als wolle er sein Urteil überprüfen, beugte sich Doremus von neuem über den Leichnam, versuchte zunächst den Kopf zu bewegen, faßte dann den Arm, der über die Sessellehne hing, und versetzte schließlich Coes ausgestreckten Füßen einen Tritt. »Jawohl, weit fortgeschritten. Acht bis zwölf Stunden tot.«

»Genauer können Sie es nicht sagen?« fragte Heath enttäuscht.

»Geben Sie mir eine Chance.« Allmählich wurde der Polizeiarzt ärgerlich. »Also gut, dann sehe ich ihn mir eben gleich hier genauer an … Helfen Sie mir mal, Sergeant, wir legen ihn auf das Bett …«

»Warten Sie, Doktor.« Vance kommandierte es geradezu. »Sehen Sie sich vorher noch die Hand auf dem Schreibtisch an. Hat er den Revolver fest in der Hand?«

Doremus warf dem anderen einen wütenden Blick zu, dann zögerte er, beugte sich über Coes Hand und machte sich an den Fingern des Toten zu schaffen.

»Doch, den hat er fest im Griff.« Unter Mühen bog er Coe die Finger auf und nahm ihm die Waffe aus der Hand, wobei er peinlich darauf achtete, daß seine eigenen Fingerabdrücke nicht daraufgerieten.

Heath trat vor und inspizierte die Waffe. Dann wickelte er sie in ein großes Taschentuch und legte sie auf die Schreibunterlage.

»Und, Doktor«, bohrte Vance weiter, »war Coes Finger fest an den Abzug gedrückt?«

»War er«, antwortete Doremus knapp.

»Dann dürfen wir uns vorstellen, daß Coe den Revolver in die Hand bekam, bevor die Totenstarre einsetzte, nicht wahr?«

»Sie können sich vorstellen, was Sie wollen.«

Wieder griff Markham diplomatisch ein.

»Ohne Ihre Hilfe, Doktor, können wir uns gar nichts vorstellen«, sagte er galant. »Die Frage, die Mr. Vance aufwirft, könnte von Bedeutung sein. Wir hätten gern Ihre Meinung dazu.«

Das beschwichtigte Doremus halbwegs.

»Na, dann will ich Ihnen mal was sagen. Er« – er wies auf den toten Coe – »könnte die Waffe genausogut in der Hand gehabt haben, als er starb. Ich war nicht dabei, ich kann es nicht wissen. Und wenn er die Waffe schon in der Hand hatte, dann hat sie ihm keiner hinterher hineingesteckt.«

»Wie hätte denn dann jemand abdrücken können?«

»Überhaupt nicht. Aber woher wollen Sie wissen, ob jemand abgedrückt hat? Erst bei der Obduktion wird sich herausstellen, ob die Kugel wirklich aus der Waffe stammt, die er in der Hand hatte.«

»Passen das Kaliber und die Wunde zusammen?«

»Glaube schon. Die Waffe ist eine 38er, und das Einschußloch hat die richtige Größe.«

»Und«, fügte Heath hinzu, »eine Hülse in der Trommel ist leer.«

Markham nickte, dann sah er wieder den Polizeiarzt an.

»Wenn sich herausstellt, Doktor, daß die Kugel in Coes Kopf aus dem Revolver stammt, den er in der Hand hielt, dann könnten wir doch, wie Mr. Vance eben sagte, davon ausgehen, daß jemand diesen Revolver dem Toten in die Hand drückte, bevor die Leichenstarre einsetzte.«

»Sicher könnten Sie das.« Doremus klang nun weitaus freundlicher. »Das hätte niemals echt ausgesehen, wenn jemand es erst später getan hätte.«

Vance ließ zwar müßig den Blick über das Zimmer schweifen, aber er hörte der Unterhaltung aufmerksam zu.

»Es gäbe noch eine andere Möglichkeit«, sagte er leise. »Weit hergeholt zugegebenermaßen, aber nicht undenkbar ... Man weiß, daß Menschen nach dem Tode noch die unmöglichsten Dinge getan haben.«

Aller Augen waren verblüfft auf ihn gerichtet.

»Jetzt kommen Sie mir nicht auch noch mit Spiritismus, Vance«, schnauzte Markham ihn an. »Was soll das heißen, Tote hätten unmögliche Dinge getan?«

»Es sind Fälle verbürgt, in denen Selbstmörder sich erschossen und dann die Waffe noch zehn Meter weit fortgeschleudert haben. Dr. Hans Gross in seinem ›Handbuch für Untersuchungsrichter‹ …«

»Aber das dürfte hier wohl kaum der Fall sein.«

»N-nein.« Vance nahm einen tiefen Zug von seiner Zigarette. »Da haben Sie recht. Nur so ein Gedanke.«

Markham blickte Vance einen Moment lang forschend an, dann wandte er sich wieder an Doremus.

»Ist Coe an dem Schlag auf den Kopf gestorben?«

Wiederum wiegte der Mediziner sich auf den Zehenspitzen und schürzte die Lippen. Wortlos machte er sich an eine weitere Untersuchung von Coes Kopf. Als er sich aufrichtete, blickte er Markham ins Gesicht.

»Das ist merkwürdig. Sicher, es sind Blutgefäße verletzt worden – wie es nach einem schweren Schlag auf den Kopf zu erwarten ist. Blut im Mund und so weiter … Aber, Mr. Markham« – Doremus sagte es seelenruhig –, »dieser Schlag auf das linke Stirnbein war nicht heftig genug, um einen Menschen damit zu töten. Ein Riß vielleicht, aber nichts Ernsthaftes – gerade soviel, daß er bewußtlos wurde … Nein, an Schädelbruch oder Hirnverletzung ist er nicht gestorben.«

»Und ebensowenig an dem Revolverschuß«, fügte Vance hinzu. »Höchst faszinierend! … Denn trotz allem ist der Ärmste ja nun tot, nicht wahr?«

Abrupt drehte Doremus sich zu Heath um.

»Kommen Sie, Sergeant.«

Er und Heath hoben Coes Leiche aus dem Sessel und trugen sie zum Bett. Gemeinsam zogen sie den Toten aus und hängten die Kleider über einen Stuhl, und dann begann Doremus mit seiner Untersuchung. Von Kopf bis Fuß untersuchte er den Leichnam auf Wunden oder Schürfstellen und tastete die Knochen auf mögliche Brüche ab. Der Tote lag auf dem Rücken, und als Doremus die rechte Seite absuchte, sahen wir, wie er innehielt und sich vorbeugte.

»Fünfte Rippe gebrochen«, erklärte er. »Und eine deutliche Prellung.«

»Aber das ist doch keine ernsthafte Verletzung«, wandte Markham ein.

»Oh nein. Kaum der Rede wert. Ein leichter Schmerz; vielleicht hat er es auch gar nicht bemerkt.«

»Aber es geschah vor seinem Tod?«

»Ja. Sonst hätte sich die Haut nicht verfärbt.«

»Und auch als er den Schlag auf den Kopf bekam, lebte er noch, nehme ich an.«

»Mit Sicherheit. Jemand hat ihn vor seinem Tod recht rauh angefaßt, aber daran ist er nicht gestorben.«

»Vielleicht gehören der Schlag auf den Kopf und die gebrochene Rippe zusammen«, meinte Vance. »Jemand schlug ihn nieder, und im Fallen stieß er sich.«

»Denkbar.« Doremus nickte, weiter mit der Leiche beschäftigt. Er sah sich Coes Handflächen an.

»War der Schlag auf den Kopf stark genug, daß er davon bewußtlos geworden wäre?« Vance hatte sich der Betrachtung der zahlreichen Möbelstücke zugewandt, und ich sah, wie aufmerksam er alles studierte.

»Oh ja«, antwortete Doremus. »Sogar sehr wahrscheinlich.«

Vance betrachtete eine schwere Teakholztruhe nahe dem Ostfenster. Er ging hin, öffnete den Deckel und sah hinein. Fast sofort schloß er ihn wieder.

»Und«, fragte Vance weiter und sah nun wieder den Polizeiarzt an, »hätte Coe sein Bewußtsein schon bald nach dem Schlag wiedererlangt?«

»Das ist nicht leicht zu sagen.« Doremus richtete sich auf und runzelte die Stirn. »Er könnte einen halben Tag im Koma gelegen haben, er könnte auch in ein paar Minuten wieder auf den Beinen gewesen sein. Hängt von den Umständen ab … Aber mich beschäftigt etwas anderes. Er hat ein paar Kratzer an den Fingern der rechten Hand und eine kleine Wunde an den Fingerknöcheln – alle noch frisch. Ich hätte vermutet, daß er sich mit dem, der ihm eins auf den Schädel gegeben hat, geprügelt hat. Aber die Kleider waren makellos – keinerlei Spuren eines Kampfes –, und das Haar ist frisch gekämmt …«

»Ja, und er hatte die Knarre in der Hand und saß friedlich in seinem Sessel«, fügte Heath hinzu, verwirrt und verärgert. »Jemand muß ihn hinterher zurechtgemacht haben. Feine Ganoven sind das.«

»Aber die Schuhe haben sie ihm nicht ausgezogen«, gab Markham zu bedenken.

»Deshalb hat er noch seine Straßenschuhe zum Hausmantel an.« Diese Bemerkung Heath' ging an Vance.

Vance sah ihn milde an.

»Warum sollte jemand einen Mann, den er gerade niedergeschlagen hat, umziehen und kämmen? Es ist ein schöner, gutherziger Gedanke, Sergeant, aber üblich ist so etwas nicht … Nein, ich fürchte, wir müssen uns eine andere Erklärung für Coes Haartracht und Garderobe einfallen lassen.«

Heath musterte Vance mit kritischem Blick.

»Sie meinen, er hat sich noch selbst umgezogen und das Haar gekämmt, nachdem ihm jemand den Schädel eingeschlagen hatte?«

»Wer weiß«, sagte Vance.

»Aber warum hätte er in diesem Falle denn nicht auch seine Schuhe gewechselt?« fragte Markham.

»Etwas kam dazwischen.«

Während die anderen sich mit diesen Spekulationen beschäftigten, hatte Doremus die Leiche umgedreht, so daß sie nun auf dem Gesicht lag. Ich beobachtete ihn und sah, wie er sich plötzlich vorbeugte.

»Aha! Das war es!«

Alle hielten den Atem an.

»Donnerwetter!« rief er aufgeregt. »Erstochen!«

Wir versammelten uns alle um ihn und blickten hinunter auf die Stelle des Leichnams, auf die Doremus mit dem Finger zeigte.

Gerade unterhalb von Coes rechtem Schulterblatt, nahe am Rückgrat, war ein kleiner rautenförmiger Einstich, etwa zwei Zentimeter im Durchmesser. Es war eine glatte Wunde, eingefaßt von schwarzem geronnenen Blut. Offenbar war kein Blut nach außen gedrungen. Das kam mir ungewöhnlich vor, und Markham mußte es wohl genauso empfinden, denn nach kurzem Zögern fragte er Doremus danach.

»Nicht alle Wunden bluten äußerlich«, erklärte der Arzt. »Das gilt besonders für glatte, schnelle Stiche; sie dringen durch die dünne äußere Hülle und gehen direkt in die inneren Organe – dabei gelangt oft kaum oder gar kein Blut nach draußen. Genau wie bei Prellungen. Die Blutung geht nach innen ... Die Wunde schloß sich sofort, und das verhinderte einen Blutfleck. Die Verletzung war innerlich. So einfach ist das ... Und damit wäre alles erklärt.«

Vance lächelte spöttisch.

»Tatsächlich? Das einzige, was wir erklärt haben, ist Coes Todesursache. Und das ist eine Erklärung, die alles nur komplizierter macht. Der Fall wird dadurch noch unmöglicher.«

Markham warf ihm einen grimmigen Blick zu.

»Das sehe ich nicht so«, sagte er. »Immerhin klärt es einen Punkt, um den wir uns Gedanken gemacht haben. Wir wissen jetzt, warum er sich nicht weiter umgezogen hat.«

»Ich frage mich ...« Vance drückte seine Zigarette in einem Aschenbecher auf dem Nachttisch aus und griff dann nach dem seidenen Hausmantel, in dem wir Coe gefunden hatten. Er hielt ihn hoch ans Licht und inspizierte ihn genau. Kein Riß, kein Loch war darin zu sehen. Wir alle sahen in benommenem Schweigen zu.

»Nein, Markham«, sagte Vance und legte den Mantel über das Fußende des Bettes. »Coe steckte nicht in diesem Hausmantel, als er erstochen wurde. Den hat man ihm erst später angezogen.«

»Wäre doch denkbar«, wandte Heath ein, »daß der Mörder die Hand unter dem Mantel hatte, als er zustach.«

Vance schüttelte mit kummervoller Miene den Kopf.

»Da vergessen Sie, daß der Mantel fest zugeknöpft war, Sergeant, und den Gürtel hatte Coe um die Taille … Aber lassen Sie uns sehen, ob wir nicht noch etwas herausfinden.«

Mit raschen Schritten ging er zum Kleiderschrank an der Westwand, dessen Tür nur angelehnt war. Er öffnete sie und ging hinein. Schon im nächsten Augenblick kam er mit einem Kleiderbügel wieder hervor, auf dem eine Jacke und eine Weste aus demselben anthrazitfarbenen Stoff hingen, aus dem auch die Hose, die Coe getragen hatte, bestand.

Vance befühlte die Jacke in der Gegend der rechten Schulter und fand ein Loch im Stoff, ein Loch von genau der Größe der Wunde in Coes Rücken. Ein ähnliches Loch fand sich in der entsprechenden Stelle der Weste.

Vance hielt die beiden Kleidungsstücke ans Licht und befühlte die beiden Risse mit den Fingern.

»Die Löcher«, sagte er, »fühlen sich an den Kanten ein wenig steif an, als sei etwas daran getrocknet. Ich könnte mir denken, diese Substanz wird sich als Blut erweisen … Ohne jeden Zweifel war Coe vollständig angekleidet, als er erstochen wurde, und das Messer oder der Dolch ließ beim Herausziehen Blut an diesen beiden Kleidungsstücken zurück.«

Er hängte den Bügel wieder in den Schrank.

Nach kurzem Schweigen sprach Markham aus, was wir wohl alle dachten.

»Wenn das so ist, Vance, dann muß der Mörder dem Erstochenen Jacke und Weste aus- und den Hausmantel angezogen haben.«

»Warum der Mörder?« entgegnete Vance. »Es scheint doch, als sei noch jemand anders hier gewesen, als Coe schon tot war, und habe ihm eine Kugel in den Kopf geschossen. Hätte nicht dieser hypothetische andere auch die Leiche neu einkleiden können?«

»Und was hilft uns diese Theorie?« fragte Markham barsch.

»Nicht das mindeste«, gestand Vance munter, »selbst wenn sie zutrifft – was wir natürlich nicht beurteilen können. Und unglaublich klingt sie ja, das gebe ich zu. Ich sage das nur, um Ihnen vor Augen zu führen, daß wir nicht gleich zu Anfang voreilige Schlüsse ziehen sollten. Und je näher ein Schluß liegt, desto mißtrauischer sollten wir sein. Denn an diesem Fall, mein lieber Markham, liegt nichts nahe.«

Doremus wurde es langweilig. Kriminologie war nichts für ihn; ihn interessierte nur die medizinische Seite, und nun wo die Todesursache gefunden war, hatte er seine Arbeit fürs erste getan. Er gähnte ausgiebig, streckte sich und griff nach seinem Hut, den er neben dem Bett auf den Fußboden gelegt hatte.

»Tja, das wär's für mich.« Er warf Heath einen schrägen Blick zu. »Ich nehme an, Sie wollen die Autopsie so schnell wie möglich?«

»Kann man sagen.« Der Sergeant war in eine Wolke aus Zigarrenrauch gehüllt. »Bis wann?«

»Heute abend – wenn es scin muß.« Doremus deckte ein Tuch über die Gestalt, die auf dem Bett ausgestreckt lag, und stellte die Bescheinigung zum Abtransport der Leiche aus. »Sehen Sie zu, daß er möglichst rasch im Schauhaus ist.« Er schüttelte uns allen herzlich die Hand und ging dann mit schnellen Schritten zur Tür.

»Eine Frage noch, Doktor.« Markhams Stimme ließ ihn innehalten. »Gibt es auch nur die entfernteste Möglichkeit, daß es doch Selbstmord war?«

»Was!« Doremus drehte sich auf dem Absatz um. »Nicht die geringste. Der Bursche ist von hinten erstochen worden – kann er unmöglich selbst getan haben. Gestorben an inneren Blutungen als Folge des Stichs. Er ist seit acht oder zehn Stunden tot – vielleicht auch länger. Die gebrochene Rippe und der Schlag auf die Stirn spielen weiter keine Rolle – die Verletzungen sind nicht groß. Die Kugel in der rechten Schläfe hat nichts zu bedeuten – da war er längst tot … Selbstmord? Pah!« Und mit einem letzten Winken war er verschwunden.

Eine Weile lang stand Markham nur da und blickte unglücklich zu Boden. Am Ende gab er Heath ein Zeichen.

»Dann sollten Sie wohl besser Ihren Leuten Bescheid sagen, Sergeant. Lassen Sie den Fingerabdruckexperten und den Fotografen kommen. Es bleibt uns nicht erspart … Sie übernehmen die Sache natürlich.«

Bevor Markham noch zu Ende gesprochen hatte, war Heath schon unterwegs zum Telefon, das auf einem Tischchen neben dem Schreibtisch stand. Im nächsten Augenblick hatte er bereits das Polizeipräsidium am Apparat. Er gab eine kurze Meldung zur Weiterleitung an die verschiedenen Abteilungen durch und ordnete dann an, daß die Gesundheitsbehörden sofort einen Wagen für Coes Leiche schicken sollten.

»Ich hoffe, Sir«, sagte er fast ein wenig bittend zu Markham, als er eingehängt hatte, »Sie lassen uns mit der Sache nicht allein. Das gefällt mir gar nicht, was da alles zusammenkommt. Es kann ja so ziemlich alles letzte Nacht hier passiert sein.« (Selten hatte ich den Sergeant so ratlos gesehen; und ich konnte ihn gut verstehen, denn bisher hatte es nichts an diesem Verbrechen gegeben, was nicht unverständlich und widersprüchlich gewesen war.)

»Nein, Sergeant«, versicherte Markham ihm. »Ich werde hierbleiben und tun, was ich kann. Es muß eine einfache Erklärung geben, und früher oder später werden wir sie finden ... Lassen Sie sich nicht entmutigen«, fügte er in aufmunterndem Ton hinzu. »Die Ermittlungen haben ja noch nicht einmal begonnen.«

Vance hatte sich in einen Clubsessel am Fenster gesetzt, rauchte friedlich und betrachtete die Zimmerdecke.

»Ja, Markham« – er sprach verträumt, doch trotzdem nachdenklich –, »eine Erklärung muß es geben, aber ich würde bezweifeln, daß sie einfach sein wird. Es gibt zu viele Widersprüche in dieser Gleichung, und jeder einzelne Faktor macht alle anderen unmöglich ...«

Er nahm einen tiefen Zug von seiner Zigarette.

»Lassen Sie uns zur Orientierung zusammenfassen, was wir wissen, bevor wir uns an die Befragung von Familie und Gästen machen ... Als erstes erhielt Coe einen Schlag auf den Kopf, der ihn vielleicht bewußtlos machte. Dabei stürzte er vermutlich auf einen harten Gegenstand und brach sich eine Rippe. Wir haben Anzeichen, daß dem eine tätliche Auseinandersetzung vorausging. Coe trug, dürfen wir annehmen, zu diesem Zeitpunkt noch seine Straßenkleider. Später – wieviel später, wissen wir nicht – wurde ihm eine seltsam geformte Stichwaffe durch Jacke und Weste in den Rücken gestoßen, und er starb an inneren Blutungen. Dem Erstochenen wurden Jacke und Weste ausgezogen und sorgfältig in den Kleiderschrank gehängt. Jemand zog ihm seinen Hausmantel an, knöpfte ihn zu und versah den Gürtel mit einer ordentlichen Schleife. Außerdem kämmte er ihn. *Der Unbekannte zog ihm jedoch nicht seine Pantoffeln an, sondern ließ ihn in Straßenschuhen.* Außerdem fanden wir Coe in entspannter Haltung im Sessel sitzen – in einer Haltung, die er unmöglich gehabt haben kann, als er erstochen wurde. Und die gebrochene Rippe beweist ja auch, daß er zumindest vorübergehend auf einem harten Untergrund gelegen haben muß ... Und dann, als wäre all das nicht schon unwahrscheinlich genug, wurde ihm, wie wir wissen, nachdem er durch den

Stich getötet worden war und bevor die Leichenstarre einsetzte, eine Kugel durch die rechte Schläfe geschossen. Die Waffe, aus der dieser Schuß vermutlich abgegeben wurde, drückte ihm jemand so fest in die Hand, daß der amtliche Äskulap sie ihm nur unter Mühen entwinden konnte. Und wir dürfen nicht den heiteren Ausdruck auf Coes Gesicht vergessen: das war nicht das Gesicht eines Mannes, der mit einem Angreifer gerungen und den dieser dann bewußtlos geschlagen hatte. Das, Markham, zählt zu den kuriosesten Umständen dieses Falles. Coe war in friedlicher oder zumindest entspannter Stimmung, als er dies Leben verließ …«

Vance paffte an seiner Zigarette, und seine Augen nahmen einen verträumten Ausdruck an.

»Soviel zur gegenwärtigen Lage, soweit sie Coes Leichnam und die Ereignisse betrifft, die zu seinem Ableben führten. Aber es gibt noch andere Aspekte, die wir berücksichtigen müssen. Zum Beispiel fanden wir ihn in einem Raum, dessen Tür mit einem stabilen Riegel von innen fest verschlossen war und der keinen anderen Zu- oder Ausgang außer dieser Tür hat. Alle Fenster sind geschlossen, alle Rollos heruntergezogen. Die elektrischen Lampen brennen, das Bett ist unbenutzt. Was sich gestern abend hier zugetragen hat, muß also vor Coes üblicher Schlafengehenszeit geschehen sein. Ich finde, wir sollten auch bedenken, daß er sich allem Anschein nach noch kurz vor seinem Tod über Pfirsichblütenvasen informierte und daß er angesetzt hatte, einen Brief oder eine Notiz zu verfassen. Das mit dem Datum versehene Briefpapier und der Füllfederhalter, der sich am Boden fand, sind Teil der Aufgabe, die sich uns stellt …«

Wir hörten, wie eilige Schritte die Treppe heraufkamen, und im nächsten Augenblick stand Gamble in der Tür, die Augen weit aufgerissen.

»Mr. Markham«, stammelte er, »verzeihen Sie die Störung, Sir, aber – aber da ist etwas Merkwürdiges – etwas sehr Merkwürdiges unten im Flur.«

Kapitel 5
Der verwundete Terrier

(Donnerstag, 11. Oktober, 10 Uhr 30 vormittags)

Der Butler klang eher verwirrt als verängstigt, und alle sahen ihn vorwurfsvoll an.

»Nun sagen Sie schon – was ist da unten?« fuhr Markham ihn an. Vance' Rekapitulation hatte ihn nicht eben aufgemuntert.

»Ein Hund, Sir!« erklärte Gamble.

Markham machte eine verzweifelte Geste.

»Was geht *uns* das denn an?«

»Er ist verwundet, Sir«, erklärte der Butler.

Bevor Markham etwas entgegnen konnte, war Vance schon aufgesprungen.

»Genau, worauf ich gewartet habe!« Eine unterdrückte Erregung klang aus seiner Stimme. »Ein verwundeter Hund! Alle Achtung! …« Im nächsten Moment war er an der Tür. »Kommen Sie, Gamble«, rief er, schon auf dem Weg nach unten.

Wir anderen folgten ihnen, wortlos und verblüfft. Die Situation war bisher schon verwirrend genug gewesen, aber diese neueste Entwicklung warf den Fall nun endgültig aus jeder vernünftigen Bahn.

»Wo ist er?« rief Vance, als er im unteren Flur angelangt war.

Gamble trat an die schweren Vorhänge rechts vom Eingang und zog einen davon beiseite.

»Ich hörte ein verdächtiges Geräusch«, erklärte er. »Eine Art Winseln, Sir. Es jagte mir einen entsetzlichen Schrecken ein. Als ich hinter dem Vorhang nachsah, sah ich den Hund.«

»Gehört er jemandem hier im Haus?« fragte Markham.

»Oh nein, Sir!« versicherte der Diener ihm. »Deshalb war ich ja so überrascht. Nie hat es im Hause einen Hund gegeben, seit ich hier in Diensten bin – und das sind immerhin bald zehn Jahre.«

Nun wo er den Vorhang für uns zurückzog, sahen wir die kleine, am Boden ausgestreckte Gestalt eines graumelierten Scotchterriers; er lag auf der Seite, alle viere von sich gestreckt. Über dem linken Auge hatte er eine verkrustete Wunde, und auf dem Boden sahen wir einen schwarzen Fleck von getrocknetem Blut. Das Auge unterhalb der Wunde war zugeschwollen, doch mit dem anderen, dunkel haselnußbraun und mandelförmig, blickte er uns tragisch flehend an.

Vance hatte sich bereits neben ihm niedergekniet.

»Halb so schlimm, mein Kleiner«, murmelte er. »Nur keine Angst.«

Er nahm den Hund zärtlich in die Arme und hob ihn auf.

»Welche Straße ist das hier?« fragte er in die Runde. »Einundsiebzigste? ... Gut! ... Öffnen Sie die Tür, Gamble.«

Der Butler, offenbar nicht minder überrascht als wir anderen, eilte zur Tür und tat, wie ihm geheißen.

Vance trat in den Vorraum, den Hund sanft an die Brust gedrückt.

»Ich gehe zu Doktor Blamey«,* erklärte er. »Er wohnt nur ein paar Häuser von hier. Bin gleich wieder da.« Und schon eilte er die Stufen hinunter davon.

Nach dieser neuesten Entwicklung standen wir ratloser denn je da. Daß Vance mit solcher Heftigkeit auf Gambles Hilferuf reagiert hatte, dazu sein kryptischer Ausruf auf dem Weg nach unten, fügte einer Situation, die ohnehin schon kompliziert bis zur Verzweiflung war, ein weiteres, geradezu bizarr geheimnisvolles Element hinzu.

Als Vance, den verwundeten Scotty im Arm, verschwunden

* Edwin Reginald Blamey, M.R.C.V.S., der offizielle Veterinär des amerikanischen Hundezüchterverbands, hat seine Praxis in der 71. Straße West, Hausnummer 17.

war, drehte sich Heath mit ratlos gerunzelter Stirn zu Markham um und steckte die Hände in die Hosentaschen.

»Dieser Fall geht mir allmählich aufs Gemüt«, klagte er. »Was meinen Sie, was dieser Hund nun schon wieder zu bedeuten hat? Und warum war Mr. Vance so aufgeregt? Und was kann denn der Hund überhaupt mit dem Mord zu tun haben?«

Markham antwortete nicht. Er starrte die Haustür an, durch die Vance verschwunden war, und kaute nervös an seiner Zigarre. Dann warf er Gamble einen ärgerlichen Blick zu.

»Sie haben den Hund nie zuvor gesehen?«

»Nein, Sir.« Der Butler war wieder in seinen servilen Ton verfallen. »Nie hat in diesem Hause ein Hund ...«

»Niemand hier interessiert sich für Hunde?«

»Nein, Sir, kein einziger ... Es ist ganz und gar rätselhaft. Ich kann mir nicht erklären, wie das Tier ins Haus kam.«

Wrede und Grassi waren an die Wohnzimmertür gekommen und blickten nun neugierig in den Flur hinaus.

Als Markham sie sah, wandte er sich an Wrede.

»Wissen Sie, Mr. Wrede, etwas über einen kleinen zottigen Hund, der vielleicht den Weg ins Haus gefunden hat?«

Wrede machte ein erstauntes Gesicht.

»Nein«, antwortete er nach kurzem Zögern. »Niemand hier mochte Hunde. Archer und Brisbane haßten Haustiere, das weiß ich.«

»Und Miss Lake?«

»Hunde sind ihr lästig. Katzen mag sie. Sie hatte einmal eine dunkelgraue Perserkatze, aber Archer zwang sie, sie abzuschaffen. Das ist schon Jahre her.«

Markham runzelte die Stirn.

»Tja, eben hat sich ein Hund hier im Flur gefunden – hinter den Vorhängen dort.«

»Das ist ja sehr merkwürdig.« Wrede schien ehrlich verblüfft. »Ich habe keine Ahnung, woher er gekommen sein kann.

Er muß unbemerkt mit hereingeschlüpft sein, als jemand ins Haus kam.«

Markham antwortete nicht darauf, doch Heath nahm die Zigarre aus dem Mund, reckte herausfordernd das Kinn vor und trat einen Schritt auf Wrede zu.

»Aber *Sie* mögen Hunde, stimmt's?« schrie er ihn an wie beim verschärften Verhör.

Wrede war erstaunt über diesen plötzlichen Ausbruch des Sergeants.

»Ja, das ist wahr«, antwortete er. »Ich mag Hunde sehr. Ich habe selbst einen gehabt, bevor ich in die Wohnung nebenan zog …«

»Welche Rasse?« fragte Heath, unvermindert grob.

»Ein Dobermann«, antwortete Wrede und wandte sich an Markham. »Ich verstehe nicht, warum der Mann mich das fragt.«

»Wir sind alle ein wenig reizbar«, entschuldigte sich Markham. »Ein paar sehr merkwürdige Dinge sind gestern abend in diesem Hause vorgegangen. Coe hat sich nicht umgebracht – er wurde ermordet.«

Das schien Wrede nicht zu überraschen.

»Ah!« murmelte er. »Ich hatte es schon befürchtet.«

Grassi stieß einen kehligen Laut aus und trat hinaus in den Flur.

»Ermordet?« fragte er. »Man hat Mr. Coe ermordet?« Sein Gesicht war unnatürlich blaß, und die schwarzen Augen blickten erschrocken und verwirrt zu Markham auf. »Ich hatte geglaubt, er habe sich mit einem Revolver das Leben genommen.«

»Er wurde erstochen, von hinten«, erklärte Markham. »Als ihm in die Schläfe geschossen wurde, war er schon tot.«

Wiederum stieß der Italiener einen seltsamen Laut aus und lehnte sich ermattet an den Rahmen der Wohnzimmertür. Er war nun so bleich, daß ich einen Moment lang glaubte, er werde in Ohnmacht fallen. Heath beobachtete ihn lauernd wie ein Tiger, und nun trat er energisch vor, bis sein Gesicht nur noch wenige Zentimeter von demjenigen Grassis entfernt war.

»Mit einem Dolch erstochen!« fauchte er ihn an. »*In den Rücken*. Itakerart. Was wissen Sie drüber?«

So rasch, wie er erbleicht war, richtete der Italiener sich nun auf, stand aufrecht mit großer Würde da und blickte Heath fest in die Augen. Langsam hoben die Mundwinkel sich zu einem verächtlichen Lächeln.

»Ich weiß nicht das geringste darüber, Sir«, sagte er mit stiller Eleganz. »Ich gehöre nicht zur Polizei. *Sie* wissen vermutlich mehr.« Der Ton, auch wenn an der Oberfläche höflich, war schneidend scharf.

Heath war gekränkt.

»Wir wissen eine ganze Menge«, prahlte er. »Und wenn wir erst einmal loslegen, wird Ihnen das Lachen schon vergehen.«

Markham trat vor und legte Heath die Hand auf die Schulter.

»Das kann warten, Sergeant«, sagte er beschwichtigend. »Wir haben noch eine Menge Ermittlungsarbeit zu tun, bevor wir Mr. Grassi befragen.«

Mit einem widerwilligen Schnauben ging Heath wieder zur Treppe.

»Die Herren werden noch eine Weile im Wohnzimmer warten müssen«, wandte Markham sich an Grassi und Wrede. »Und seien Sie bitte so gut und halten Sie die Tür geschlossen, bis wir Sie rufen.«

Auf diese Worte hin beorderte Hennessey die beiden Männer mit einer Handbewegung wieder ins Wohnzimmer und schloß die Schiebetür.

»Kommen Sie, Sergeant«, sagte Markham. »Wir sollten uns noch einmal in Coes Zimmer umsehen, bevor die Jungs hier sind.«

Mürrisch ging Heath voran.

In den nächsten fünf Minuten unterzogen Markham und der

Sergeant Coes Gemächer einer ersten Untersuchung. Wie gesagt befand sich der Raum an der Rückseite des Hauses mit Fenstern in Süd- und Ostwand. Heath ging sie eins nach dem anderen ab und zog die Springrollos auf. Als er damit fertig war, ging er wieder zu Markham, der an der Tür zum Kleiderschrank stand und hineinsah.

»Das ist merkwürdig, Sir. Die Fenster sind alle zu – und nicht nur verriegelt. Jedes einzelne hat noch ein Schloß. Aber das Zimmer liegt im ersten Stock, und keiner könnte von draußen herein. Weswegen war er so vorsichtig?«

»Archer Coe war ein merkwürdiger Mann, Sergeant«, erwiderte Markham. »Er hatte Angst, daß Einbrecher kommen und ihm seine Schätze stehlen.«

Die Antwort stellte Heath nicht zufrieden.

»Wer würde denn so ein Gerümpel wollen?« murmelte er skeptisch und nahm sich dann den Schreibtisch vor.

Nach einem flüchtigen Blick in den Schrank begab sich Markham auf die andere Seite des Zimmers zu der Teakholzkiste, die unter einem der beiden Ostfenster stand. Ich mußte an Vance denken, der diese Kiste neugierig betrachtet hatte, als er sich mit Doktor Doremus über Coes gebrochene Rippe unterhielt.

Heath stand nun mitten im Zimmer und sah sich angewidert um.

»Fest steht«, sagte er, »daß in diesem Tollhaus keiner hier rein- oder rausgekommen ist, der nicht durch die Tür gekommen ist. Ich begreife das einfach nicht.«

Es war eine Tatsache, daß es in dem Raum außer der Zimmertür, die wir von innen verriegelt gefunden hatten, nur noch eine einzige Tür gab, diejenige in das kleine Kleiderkabinett. Das Zimmer hatte kein eigenes Bad – das Haus stammte aus einer Zeit, als das gemeinsame Badezimmer im ersten Stock als Höhepunkt des sanitären Luxus galt. Später erfuhren wir allerdings, daß Miss Lake sich im Stock darüber noch ein zweites hatte einbauen lassen. Archer Coe und sein Bruder Brisbane, dessen Zimmer auf derselben Etage an der Vorderseite des Hauses lag, hatten sich das zwischen ihren beiden Gemächern befindliche Hauptbad geteilt.

»Ich habe bisher keine Spur von der Waffe gesehen, mit der Coe erstochen wurde«, sagte Markham.

»Die ist nicht hier«, versicherte Heath ihm mit Überzeugung. »Der Täter hat sie rausgezogen, und ich wette, er hat sie gut versteckt.«

»Möglich«, stimmte Markham zu. »Aber jetzt sollten Sie besser die Fenster öffnen – es ist stickig hier drin. Und das elektrische Licht können Sie auch ausschalten.«

»Auf keinen Fall.« Der Sergeant war empört. »Sehen Sie, Sir«, fügte er dann rasch entschuldigend hinzu, »jemand hat die Schlösser an diesen Fenstern einschnappen lassen und hat auch den Lichtschalter gedrückt. Ich will wissen, wer das war. Cap Dubois* soll die Fingerabdrücke sichern.«

Ein paar Minuten darauf kehrte Vance zurück. Er trat mit besorgter Miene ein, und Ärger loderte in seinen grauen Augen.

»Die Chancen stehen gut, daß er überlebt«, berichtete er; »aber jemand hat brutal auf ihn eingeschlagen. Mit einem stumpfen Gegenstand. Dr. Blamey verarztet ihn gerade, und am Abend werde ich mehr über die Verletzung erfahren.« (Selten hatte ich Vance so ärgerlich gesehen.)

»Was hat das alles zu bedeuten?« fragte Markham. »Wie paßt der Hund in diese Geschichte?«

»Noch weiß ich es nicht.« Vance sank in einen Sessel und holte sein Etui mit den *Régies* hervor. »Aber eine Stimme sagt mir, daß dies der Hebel ist, mit dem wir uns Zugang zu dem Fall verschaffen. Der kleine Hund ist das eine Indiz in dieser blutrünstigen Affäre, das anders ist – der eine Berührungspunkt mit der Welt draußen. Er gehört nicht hierher, und gerade deswegen

* Captain Dubois war der Fingerabdruckexperte der New Yorker Polizei, und Heath hatte ausdrücklich darum gebeten, daß man ihn zum Haus schickte.

wird er uns etwas Wichtiges zu sagen haben. Und die Verletzung wurde ihm hier im Haus zugefügt.«

Plötzlich kniff Markham die Augen zusammen.

»Und die Wunde ähnelt derjenigen, die Coe am Kopf hatte. An derselben Stelle.«

Vance nickte nachdenklich.

»Was allerdings auch ein Zufall sein könnte«, erwiderte er nach kurzem Zögern. »Jedenfalls mochte niemand hier im Haus Hunde. Es hat nie einen hier gegeben, und ich habe Coe und seinen Bruder oft genug über ihre Abneigung reden hören. Einmal habe ich eine halbe Stunde lang dabeisitzen müssen, als Brisbane eine gemeine Diatribe zu diesem Thema aus der Feder von Ambrose Bierce vorlas.* Keiner, der hier im Hause wohnt, hat diesen Hund mit hereingebracht, Markham. Aber keiner im Hause hätte Hemmungen gehabt, einen Hund, der versehentlich hereingeraten war, zu schlagen.«

»Sie meinen, er kam mit einem Fremden her?«

»Das ist genauso unwahrscheinlich.« Vance legte nachdenklich die Stirn in Falten. »Deswegen ist es ja so seltsam, daß er hier ist. Es muß ein Mißgeschick dahinterstecken – ein Plan, der nicht aufging. Deshalb spitze ich ja die Ohren. Und dann bedenken Sie: Derjenige, der ihn hier fand, *traute sich nicht, den Hund aus dem Haus zu lassen.* Statt dessen wollte er ihn – zu seiner eigenen Sicherheit – erschlagen und versteckte ihn unten im Flur hinter den Vorhängen. Und es hätte ja nicht viel gefehlt, und er hätte das Tier tatsächlich getötet.«

»Konnte der Arzt eine Tatzeit angeben?«

»Keine genaue. Aber aus dem Zustand der Schwellung und dem getrockneten Blut in der Wunde schließt er, daß es bis zu zwölf Stunden zurückliegt.«

»Das würde passen.«

* Vance denkt an »Concerning Dogs«, in der postumen Essaysammlung *The Shadow on the Dial* bei Robertson in San Francisco erschienen.

»Oh ja – unbedingt. Entweder war der Hund dabei, als Coe erstochen wurde, oder er kam kurz darauf ins Haus.«

»Eine verrückte Situation«, murmelte Markham.

»Verrückt ist es«, stimmte Vance zu. »Und eine Schande dazu. Aber wenn wir erst einmal wissen, wem der Hund gehört, wissen wir vielleicht auch mehr.«

Markham blickte zweifelnd.

»Wie um Himmels willen wollen Sie denn herausfinden, woher ein streunender Hund kommt?« fragte er mutlos. »Die Stadt ist voll davon. Und wenn er demjenigen gehört, der heute nacht hier eingedrungen ist, wird der Besitzer wohl kaum nach ihm suchen oder auf eine Anzeige antworten.«

»Das ist wahr.« Vance nickte. »Aber so schwierig und abwegig ist die Sache nicht. Der kleine Scotty stammt nicht aus irgendeiner Tierhandlung. Er ist entschieden edler. Dieser Hund könnte auf einer Ausstellung manchen von unseren Champions die Schau stehlen. Ich habe ihn mir, als Blamey ihn auf dem Operationstisch hatte, angesehen, so gut es sich machen ließ. Kurzer Rücken, wohlgeformte Rippen, perfekter Schwanz; nicht zu hochbeinig, schön geschwungene Knie, stämmiges Hinterteil. Kräftig und muskulös. Ich kenne mich ein wenig mit Scotchterriern aus, Markham, und ich würde vermuten, daß er Laurieston- und Ornsayblut in den Adern hat. Die stämmige, kräftige Art, dazu das keck dreinblickende, eher helle Auge, das sind Anzeichen der Lauriestons – eine ausgezeichnete Linie übrigens, aber für meinen Geschmack nicht feinsinnig genug. Andererseits hat er auch ausgesprochen feine Züge – der schlanke, klar gegliederte Kopf mit der sensiblen Schnauze, die kleinen Ohren, das ein wenig verlängerte Hinterhaupt –, die auf einen Ornsay schließen lassen.«

»Alles schön und gut« – Markham verstand nicht, warum Vance sich mit solchen Einzelheiten aufhielt –, »aber so etwas ist doch bestenfalls für einen Züchter von Bedeutung. Uns führt das keinen Schritt weiter.«

»Oh, aber doch«, versicherte ihm Vance und lächelte. »Mehrere Schritte sogar. Es gibt Linien, die jeder Hundefreund im Land kennt. Und ein Exemplar wie dieses ist das Ergebnis von jahrelanger intensiver Zucht. Da gibt es Aufzeichnungen darüber, Stammbäume, die Jahrbücher des Kennel-Clubs, die Notizen der Preisrichter – es ist nicht unmöglich, die Herkunft eines blaublütigen Hundes zu ermitteln, wenn man erst einmal ein paar Indizien zu seiner Ahnenreihe hat. Außerdem war unser Freund fein zurechtgemacht; er dürfte auf Ausstellungen zu sehen gewesen sein. Auch darüber wird Buch geführt.«

Heath hatte skeptisch und überdrüssig zugehört. Nun stellte er Vance eine Frage.

»Soll das heißen, Mr. Vance, Sie können bei jedem Rassehund, der Ihnen begegnet, den Besitzer ermitteln?«

»Oh nein, Sergeant«, versicherte Vance ihm sogleich. »Ich sage nur, daß es, wenn ein Hund schon einmal auf Ausstellungen zu sehen war und man eine Vorstellung von seiner Ahnenreihe hat, eine gute Chance gibt, mit Geduld den Besitzer zu ermitteln.«

»Hm!« Heath blieb unbeeindruckt. »Aber auch wenn Sie rausfinden, wem der Köter gehört, bringt Sie das nicht viel weiter. Der würde dann nur sagen: ›Oh, danke, mein Herr. Der kleine Frechdachs ist mir letzten Donnerstag davongelaufen.‹«

Vance lächelte.

»So könnte man es sich vorstellen, Sergeant. Aber ein wohlerzogener Hund folgt keinem Unbekannten in ein fremdes Haus. Und wertvolle Hunde wie dieser dürfen in der Regel auch nicht ohne Begleitung auf die Straße.« Er lehnte sich in seinem Sessel zurück, die Augen halb geschlossen. »Der Hund gehörte gestern abend nicht in dieses Haus. Wenn ich wüßte, wie er hierher kam, dann wüßte ich unendlich mehr über den Mörder.«

Heath warf Vance einen wissenden Blick zu.

»Dann dürfte der Mörder wohl ein Hundefreund sein«, stieß

er zwischen zusammengebissenen Zähnen hervor. (Es war offensichtlich, daß er an Wrede dachte.)

»Ganz im Gegenteil, Sergeant.« Vance sah ihn fragend an. »Solange wir nichts weiteres wissen, müssen wir davon ausgehen, daß es der Mörder war, der den armen Scotty so mißhandelte – vermutlich um zu verhindern, daß er Laut gab …«

Was Vance noch weiter gesagt hätte, wurde durch Geräusche im Flur unterbrochen; von unten kamen Schritte und Stimmen. Im nächsten Moment traten polternd drei Kriminalbeamte und zwei uniformierte Polizisten von der zuständigen Wache ins Zimmer. Als sie den Bezirksstaatsanwalt sahen, zögerten sie.

»Ich habe den Fall übernommen«, erklärte Markham. »Wir führen die Ermittlungen direkt vom Präsidium aus; aber wir brauchen zwei Männer, die das Haus bewachen.«

»Selbstverständlich, Sir.« Ein massiger grauhaariger Mann salutierte und wandte sich dann an die beiden Uniformierten. »Sie, Hanlon und Riordan, bleiben hier. Sie bekommen Ihre Order von Mr. Markham.« Er wandte sich wieder dem Staatsanwalt zu. »Wenn ich sonst noch etwas tun kann, Chef, lassen Sie es mich wissen. Ich bin Lieutenant Smith.«

»Danke, Lieutenant.«

Kapitel 6
Der Stock mit dem Elfenbeinknauf

(Donnerstag, 11. Oktober, 11 Uhr vormittags)

Die drei Kriminalbeamten gingen wieder – ungern, hatte ich den Eindruck; aber wenn ein wichtiger Fall direkt dem Präsidium unterstellt wird, scheiden die lokalen Stellen automatisch aus.

Sie waren kaum aus dem Zimmer, als die Fingerabdruckexperten – Captain Dubois und Detective Bellamy – eintrafen, begleitet von Peter Quackenbush, dem Polizeifotografen. Unter Heath' Leitung machten sich die Männer systematisch an die Arbeit.

»Am wichtigsten sind die Spuren auf den Schlössern am Fenster«, erklärte Heath, »und die am Lichtschalter und am Türknauf. Später nehmen wir die Abdrücke der Hausbewohner zum Vergleich ... Ich will wissen, wer in diesem Zimmer die Fenster verschlossen und das Licht eingeschaltet hat. Und ich will wissen, wer als letzter hinausgegangen ist.«

Vance winkte Heath beiseite.

»Ich kann Ihnen die Qualen der Ungewißheit ersparen, Sergeant«, sagte er. »Coe selbst verschloß die Fenster und zog die Rollos herunter; und er schaltete auch das Licht ein. Allerdings tappe, das muß ich zugeben, auch ich in stygischer Finsternis bei der Frage, wer wohl als letzter den Knauf in der Hand hatte. Und ich fürchte sehr, wir werden diesen wichtigen Aufschluß nicht durch Spurenlesen erhalten.«

Heath blinzelte mit den Augen und sah ihn fragend an. Er wollte etwas antworten, aber dann wandte er sich statt dessen an Captain Dubois.

»Nehmen Sie der Leiche da auf dem Bett einen Abdruck vom rechten Daumen ab, Captain, und sehen Sie nach, ob Sie denselben auf Schloß und Schalter finden.«

Dubois kam vom Ostfenster, wo er den Hebel des Schlosses mit einem safrangelben Puder bestäubt hatte, herüber, griff zu seiner kleinen Tasche und begab sich ans Bett. Ein paar Minuten darauf kehrte er mit einem Kärtchen mit Coes Daumenabdruck zurück. Er hielt es ans Licht und inspizierte es mit einem Uhrmacherglas. Dann legte er es auf den Schreibtisch, ging wieder ans Fenster und studierte aufmerksam das Schloß. Schon nach kurzem bestätigte er es mit einem Brummen.

»Da haben Sie das Richtige vermutet, Sergeant«, sagte er und setzte das Okular wieder ab. »Scheint, daß der Bursche auf dem Bett auch das Fenster abgeschlossen hat.«

Nach dem gleichen Verfahren untersuchte er sorgfältig die Schlösser der anderen Fenster. Als er fertig war, kam er zu Heath.

»Alle vom selben – soweit ich das beurteilen kann. Zwei Abdrücke sind verwischt, aber ich denke, die passen trotzdem.«

Der Sergeant warf Vance einen verstohlenen Blick zu, doch Vance saß wieder entspannt in seinem Sessel, rauchte verträumt und hatte die Augen geschlossen.

»Und jetzt«, sagte Heath, »der Schalter und der Türknauf, Captain.«

Dubois ging zum Lichtschalter, bestäubte ihn mit seinem Puder, blies vorsichtig darüber und studierte das Ergebnis dann wiederum durch sein Glas.

»Dasselbe«, nickte er. »Sicher kann ich natürlich erst sein, wenn ich die Vergrößerungen habe und sie genau vergleiche. Aber es sieht ganz so aus, als ob alle Abdrücke vom selben Daumen stammen – ein Schlingenmuster mit kräftigen Rillen und etlichen unverwechselbaren Verzweigungen.«

»Dann lassen Sie die Vergrößerungen sein«, entgegnete Heath. »Nehmen Sie sich den Knauf vor.«

Auch den Knauf bestäubte Dubois mit seinem kleinen Blasebalg und inspizierte das Ergebnis unter Zuhilfenahme einer Taschenlampe.

»Ich würde sagen, auch da stammen die Abdrücke von derselben Person«, ließ er den Sergeant wissen. »Obwohl es nicht so eindeutig ist, wie man sich wünschen würde.«

Heath brummte.

»Und draußen brauchen wir es gar nicht erst versuchen«, sagte er. »Da haben heute morgen schon viel zu viele ihre Hand dran gehabt.«

Eine Weile rauchte er schweigend.

»Sehen Sie sich mal die Waffe auf dem Schreibtisch an, da in meinem Taschentuch.«

Dubois tat, wie ihm geheißen.

»Nichts dran«, erklärte er dem Sergeant nach einigen Minuten. »Der Abzug ist graviert, da wäre nichts zu erkennen. Links auf der Trommel ist eine verwischte Spur, die vielleicht vom Daumen des Toten stammt, vielleicht aber auch nicht.«

»Und sonst nichts auf dem ganzen Revolver?« Heath war die Enttäuschung anzuhören.

»Nichts.« Dubois klemmte wieder sein Glas ins Auge und besah sich noch einmal die Waffe. »Scheint, daß er frisch abgewischt war, als der Bursche ihn in die Hand nahm.«

»Mit Sicherheit.« Vance' Stimme klang lethargisch. »Reine Zeitverschwendung, sich die Waffe anzusehen. Wenn es Abdrücke darauf gibt, dann stammen sie von Coe.«

Der Sergeant warf Vance einen wütenden Blick zu. Aber schließlich zuckte er mit den Schultern und erklärte mit einer Handbewegung Dubois' Arbeit für beendet.

»Danke, Cap. Das wäre dann wohl alles.«

»Soll ich Aufnahmen machen lassen, damit ich Ihnen alles noch offiziell bestätigen kann?«

Vance hatte sich erhoben und drückte seine Zigarette aus.

»Glauben Sie mir, Sergeant«, sagte er, »das führt zu nichts.«

Heath zögerte; dann sah er Dubois an und schüttelte den Kopf.

»Sparen Sie sich die Mühe.«

Dubois, Bellamy und der Fotograf hatten das Zimmer kaum verlassen, da trat der Leiter der Kriminalpolizei, Moran, ein, dicht gefolgt von den Detektiven Burke und Snitkin von der Mordkommission.

Moran begrüßte uns freundlich und erkundigte sich dann bei Markham nach dem Stand der Dinge. Nach Heath' telefonischem Bericht war er über den Fall informiert worden. Er schien erleichtert, daß Markham sich der Sache angenommen hatte, und auf Bitten des Bezirksstaatsanwalts übergab er Heath offiziell den Fall. Er verließ uns sogleich wieder, sichtlich froh, daß er nicht bleiben mußte.

Burke und Snitkin waren auf Heath' spezielle Anforderung gekommen, und nun, nachdem sie den Sergeant begrüßt hatten, standen sie am Kamin und erwarteten ihre Order.

Markham hatte sich auf dem Windsorstuhl am Schreibtisch niedergelassen und in seinem Büro Bescheid gegeben, daß er später als erwartet zurückkommen würde; nun zündete er sich eine neue Zigarre an und wandte sich mit einer energischen Bewegung an Heath.

»Lassen Sie uns sehen, was wir aus den Anwesenden im Hause herausbekommen können, Sergeant.« Er sah zu Vance hin. »Was meinen Sie, fangen wir mit Gamble an?«

Vance nickte.

»Unbedingt. Zur Einstimmung fühlen wir den Puls des Personals. Und vergessen Sie nicht zu fragen, wo Bruder Brisbane gestern abend war und was er getrieben haben mag.«

Allerdings gab es noch eine weitere Unterbrechung, bevor die Vernehmungen beginnen konnten. Es klingelte an der Haustür, und Hennessey rief etwas von unten.

»He, Sergeant! Der Wagen vom Gesundheitsamt ist da.«

Heath brüllte ein Kommando, und gleich darauf erschienen zwei Männer mit einem sargförmigen Korb. Sie legten Coes Leichnam hinein und trugen ihre schaurige Last ohne ein Wort aus dem Haus.

»So, jetzt können wir die Fenster aufmachen«, bestimmte Markham. »Und die gräßlichen elektrischen Lampen ausschalten.«

Unverzüglich führten Snitkin und Burke die beiden Aufträge aus, und schon im nächsten Augenblick wehte die frische Oktoberluft ins Zimmer.

Markham atmete tief durch und warf einen Blick auf die Uhr.

»Holen Sie Gamble her, Sergeant«, sagte er und lehnte sich in seinem Stuhl zurück.

Heath schickte einen der beiden uniformierten Polizisten auf die Straße, wo er alle Fremden vom Haus fernhalten sollte; den anderen stationierte er auf dem Flur vor Coes Zimmer. Burke kommandierte er als Haustürwache in den unteren Flur ab. Dann verschwand er nach unten.

Gleich darauf war er wieder da, den Butler im Schlepptau.

Markham winkte Gamble zu sich an den Schreibtisch. Der Diener trat mit beherzten Schritten heran, aber seine Furcht konnte er doch nicht verbergen. Sein Gesicht war von einem bläulichen Weiß, und die Augen standen keine Sekunde lang still.

»Wir wollen wissen, wie es gestern abend hier im Haus aussah«, begann Markham barsch. »Und wir wollen die Wahrheit hören – verstanden?«

»Selbstverständlich, Sir – alles, was ich weiß, Sir.« Er mühte sich, Markhams strengen Blick auszuhalten, doch sogleich schlug er wieder die Augen nieder.

»Werfen Sie als erstes einen Blick auf diesen Revolver.« Markham wies auf die Waffe mit den elfenbeinernen Einlegearbeiten, die vor ihm auf dem Tisch lag. »Haben Sie den schon einmal gesehen?«

Gamble sah nur kurz hin und nickte dann.

»Jawohl, Sir. Schon oft. Der Revolver gehörte Mr. Archer Coe.«

»Wo bewahrte er ihn auf?«

»In der Schublade des Bibliotheksschreibtisches, im unteren Stock.«

»Wann haben Sie ihn zuletzt gesehen?«

»Gestern morgen, Sir, als ich in der Bibliothek aufräumte. Mr. Coe hatte ein Notizbuch auf dem Tisch liegenlassen, und als ich es in der Schublade verstaute, sah ich den Revolver.«

Markham nickte, anscheinend mit der Antwort zufrieden.

»Nehmen Sie dort drüben Platz.« Er wies auf einen Stuhl neben der Tür. Als Gamble sich gesetzt hatte, fuhr Markham fort. »Wer war gestern nach dem Abendessen im Haus?«

»Gestern war Mittwoch, Sir«, antwortete der Butler. »Mittwochs wird bei uns kein Abendessen serviert. Das Personal hat seinen freien Abend. Alle essen außer Haus – nur Mr. Archer Coe bleibt bisweilen hier. Ich mache ihm dann ein kaltes Abendessen zurecht.«

»Und gestern abend?«

»War es ebenfalls so, Sir. Ich hatte einen Salat und kalten Braten für ihn vorbereitet. Die übrigen Familienmitglieder waren außer Haus.«

»Und Sie, wann haben Sie das Haus verlassen?«

»Gegen halb sieben, Sir.«

»Und zu jenem Zeitpunkt war niemand außer Mr. Archer Coe mehr im Haus?«

»Nein, Sir – niemand. Miss Lake hatte am Nachmittag aus dem Country Club angerufen, daß sie erst spät nach Hause komme. Und Mr. Grassi, Mr. Coes Gast, verließ das Haus kurz vor vier Uhr.«

»Wissen Sie, wohin er ging?«

»Soviel ich weiß, hatte er eine Verabredung mit dem Kustos für orientalische Altertümer am Metropolitan Museum.«

»Und Mr. Brisbane Coe war, sagten Sie am Telefon, in Chicago.« Markhams Satz war eine Frage.

»Zu jenem Zeitpunkt noch nicht, Sir«, erklärte Gamble. »Er

war *en route,* sozusagen. Er nahm gestern abend den Fünf-Uhr-dreißig-Zug von Grand Central.«

Vance hob die Augenbrauen und beugte sich in seinem Sessel vor.

»Den Lake Shore Limited?« fragte er. »Warum ist er mit dem langsamen Zug gefahren? Warum nicht mit dem Twentieth Century? Das hätte ihm drei Stunden Fahrtzeit erspart.«

»Mr. Brisbane ist ein äußerst konservativer Mann, Sir«, erklärte Gamble. »Und ein äußerst vorsichtiger. Er mißtraut den Schnellzügen und nimmt von jeher die langsameren.«

»Nun gut.« Vance sank zurück in seinen Sessel, und Markham fuhr mit seiner Vernehmung fort.

»Woher wissen Sie, daß Mr. Coe den Zug um fünf Uhr dreißig nahm?«

Gamble blickte verwirrt.

»Ich habe ihn nicht zum Bahnhof gebracht, Sir«, antwortete er unter heftigem Blinzeln. »Aber ich habe die Fahrkarte bestellt und den Koffer für ihn gepackt und ein Taxi gerufen.«

»Wann hat er das Haus verlassen?«

»Kurz vor fünf, Sir.«

Wieder schüttelte Vance die scheinbare Trägheit von sich ab.

»Sagen Sie, Gamble« – er blickte bei der Frage nicht auf –, »wann hat sich der umsichtige Mr. Brisbane denn zu diesem Ausflug nach Chicago entschlossen?«

Der Butler sah Vance ein wenig überrascht an.

»Es war schon vier vorbei, Sir. Es muß ein sehr plötzlicher Entschluß gewesen sein – jedenfalls kam es mir so vor.«

»Trifft er seine Entscheidungen immer so kurzfristig?«

»Niemals, Sir. So etwas ist noch nie vorgekommen. Und ich muß sagen, ich fand es höchst ungewöhnlich. Er hat sonst immer seine Chicagoreisen am Vortag geplant.«

»Ah!« Vance hob träge den Blick. »Er unternimmt häufiger Reisen nach Chicago?«

»Etwa einmal im Monat, würde ich sagen, Sir.«

»Und bleibt er lange fort?«

»Nur einen Tag oder zwei.«

»Wissen Sie, was ihn nach Chicago lockt?«

»Nicht genauer, Sir.« Gamble wurde unruhig. Die gefalteten Hände waren fest verschränkt, und er blickte starr vor sich hin. »Aber ein paarmal habe ich ihn davon reden hören, daß es um die Treffen einer gelehrten Gesellschaft gehe. Ich hatte es so verstanden, daß er nach Chicago fährt, um deren Versammlungen zu besuchen.«

»Gut denkbar ... Ein merkwürdiger Bursche, dieser Brisbane«, meinte Vance nachdenklich. »Interessiert sich für die entlegensten Sachen ... Plötzlich hat er sich also gestern nach vier Uhr zu einer Pilgerfahrt gen Westen entschlossen, und noch vor fünf war er bereits unterwegs ... Höchst interessant ... Sagen Sie, Gamble, hat er noch jemandem außer Ihnen von seinen Absichten erzählt?«

»Ich glaube kaum, Sir – außer Mr. Archer natürlich. Außer ihm war ja auch niemand im Haus.«

»Hat er zwischen vier Uhr und seinem Aufbruch mit jemandem telefoniert?«

»Nein, Sir.«

»Und es kamen auch keine Besucher, denen er vielleicht anvertraut hätte, was er vorhatte?«

»Nein, Sir. Es war niemand hier.«

»Höchst interessant«, sagte Vance noch einmal. »Und jetzt denken Sie genau nach, Gamble, bevor Sie antworten. Ist Ihnen an Mr. Brisbane Coes Benehmen am gestrigen Nachmittag etwas Ungewöhnliches aufgefallen?«

Der Diener zuckte ein wenig, und ich sah, wie seine Pupillen sich weiteten. Dann sah er Vance an und schluckte zweimal, bevor er antwortete.

»Das kann man sagen, Sir. Das kann man weiß Gott sagen! Er war gar nicht er selbst. Normalerweise ist er ein sehr ruhiger und ausgeglichener Mensch. Aber vor seinem Aufbruch wirkte er abwesend – und nervös. Und er tat etwas sehr Eigentümliches, bevor er das Haus verließ, Sir: Er gab Mr. Archer die Hand. Nie im Leben habe ich gesehen, daß Mr. Brisbane Mr. Archer die Hand schüttelte. Und dann sagte er: ›Auf Wiedersehen, Bruder.‹ Das war äußerst eigenartig, denn meines Wissens hat er Mr. Archer sonst nie anders als bei seinem Vornamen angeredet.«

»Was Sie nicht sagen!« Vance studierte den Butler genau. »Und wie nahm Mr. Archer diesen überraschenden Ausbruch brüderlicher Zuneigung auf?«

»Ich glaube, er hat es nicht einmal bemerkt, Sir. Er begutachtete gerade ein Stück Porzellan unter der elektrischen Lampe und antwortete Mr. Brisbane kaum.«

»Das sieht Archer ähnlich«, meinte Vance zu Markham. »Wenn er gerade mit chinesischer Keramik beschäftigt war, hätte das Dach einstürzen können, und er hätte es nicht bemerkt … Ist es Ihnen recht, wenn ich bei Gamble übernehme?«

Markham stimmte mit einem Nicken zu, und Vance wandte sich wieder an den Butler.

»Wenn ich es recht verstehe, waren Sie und Mr. Archer also allein im Haus, nachdem Mr. Brisbane aufgebrochen war.«

»So war es, Sir.« Der Mann atmete nun heftig, und alle Weitschweifigkeit war von ihm abgefallen. »Aber ich blieb nur noch so lange, wie ich brauchte, um für Mr. Archer das Abendessen vorzubereiten …«

»Und ließen Mr. Archer dann allein?«

»Ja! Er saß unten in der Bibliothek und las.«

»Und was haben Sie mit Ihrem freien Abend gemacht?«

Gamble lehnte sich vor, als vertraue er ihm ein Geheimnis an.

»Ich aß in Childs Restaurant zu Abend, und dann sah ich mir einen Film an.«

»Nicht gerade ein aufregender Abend, was, Gamble? … Wieviel Personal ist sonst noch im Haus?«

Ich konnte mir nicht erklären, warum, aber Gamble stieß auf diese Frage einen tiefen Seufzer der Erleichterung aus.

»Nur zwei, Sir, außer mir.« Seine Stimme klang nun gefaßter. »Der chinesische Koch ...«

»So, ein chinesischer Koch? Wie lange ist er schon hier?«

»Erst seit ein paar Monaten.«

»Weiter.«

»Dann wäre da noch Miss Lakes Kammerzofe. Und das ist alles, Sir – außer der Putzfrau, die zweimal die Woche kommt.«

»Wann gingen der Koch und Miss Lakes Zofe gestern aus dem Haus?«

»Gleich nach dem Mittagessen. Das ist das Übliche am Mittwoch, Sir.«

»Und wann kamen sie zurück?«

»Am späten Abend. Ich selbst war um elf Uhr wieder hier, und als Myrtle – die Zofe – kam, war es schon fast halb zwölf. Als ich mich zur Ruhe legte – das muß gegen Mitternacht gewesen sein, Sir –, hörte ich, wie der Koch sich hereinschlich.«

Vance' Augenbrauen gingen in die Höhe.

»Schlich?«

»Er schleicht immer, Sir.« Die Feindseligkeit in Gambles Stimme war nicht zu überhören. »Er ist listig und verschlagen – und heimlichtuerisch, Sir – wenn Sie wissen, was ich meine.«

»Sicher das Orientalische in ihm«, meinte Vance mit dem Anflug eines Lächelns. »So, so, der Koch schlich sich also um Mitternacht ins Haus? ... Sagen Sie, ist das üblich, daß die Dienerschaft am Mittwoch so lange ausbleibt?«

»Ja, Sir.«

»Das heißt, jemand, der sich mit den hiesigen Gebräuchen auskennt, könnte damit rechnen, daß am Mittwochabend keine Diener im Haus sind.«

»Das könnte er, Sir.«

Vance rauchte einen Moment lang nachdenklich. Dann fragte er:

»Wissen Sie, wann Miss Lake und Mr. Grassi gestern abend nach Hause kamen?«

»Das könnte ich nicht sagen, Sir.« Gamble sah Vance mit einem seltsam schrägen Blick an. »Aber es muß sehr spät gewesen sein. Vor ein Uhr bin ich nicht eingeschlafen, und bis dahin waren sie beide nicht zurück.«

»Mr. Grassi hat einen Hausschlüssel?«

»Ja, Sir. Ich habe auf Mr. Coes Anweisung einen für ihn nachfertigen lassen.«

»Wie lange ist Mr. Grassi schon bei Mr. Coe zu Gast?«

»Gestern war es eine Woche.«

Vance schwieg einen Moment lang. Der Blick, mit dem er zum Ostfenster hinaussah, war friedlich, doch auf seiner Stirn sah ich den Anflug eines Runzelns, und ich spürte, daß ihn etwas beschäftigte. Ohne Änderung des Ausdrucks stellte er Gamble eine anscheinend unbedeutende Frage.

»Haben Sie vielleicht Mr. Archer Coe gestern abend noch gesehen, als Sie nach Hause kamen?«

»Nein – das nicht, Sir.« Die Antwort kam zögernd, und Vance sah aufmerksam zu ihm hinüber.

»Heraus damit, Gamble«, sagte er streng. »Was geht Ihnen durch den Sinn?«

»Also, Sir – im Grunde ist es nichts; aber als ich zu Bett ging, sah ich, daß die Bibliothekstüren offenstanden und die Lichter brannten. Ich dachte natürlich, daß Mr. Archer dort sei. Aber als ich dann hier an Mr. Archers Zimmer vorüberkam, sah ich das Licht durch das Schlüsselloch scheinen – im Dunkeln sieht man es deutlich, wenn man die Treppe heraufkommt, Sir –, und daraus schloß ich, daß er sich für die Nacht zurückgezogen hatte. Also ging ich noch einmal zurück, schaltete die Lampen aus und schloß die Türen.«

»Hier im Zimmer hörten Sie keinen Laut?«

»Nein, Sir.« Gamble lehnte sich vor und blickte Vance forschend ins Gesicht. »Meinen Sie, da war er schon tot?«

»Oh, mit Sicherheit. Wenn Sie sich schon gestern abend die Mühe gemacht und durchs Schlüsselloch gesehen hätten, hätten Sie ihn genauso gefunden wie am heutigen Morgen.«

Gamble schien fassungslos.

»Guter Gott, Sir! Und ich hatte keine Ahnung!« stieß er mit heiserer Flüsterstimme aus.

Vance unterdrückte ein Gähnen.

»Aber glauben Sie mir«, sagte er, »wir werden es Ihnen nicht vorhalten ... Übrigens, eine Frage habe ich noch vergessen. Hatte Mr. Brisbane Coe einen Spazierstock dabei, als er sich gen Chicago auf den Weg machte?«

Gamble setzte sich wieder aufrechter und nickte verblüfft.

»Ja, Sir. Er geht nie ohne Stock aus. Sein Rheumatismus ...«

»Von dem er mir schon Dutzende Male erzählt hat ... Und welchen Stock nahm er mit?«

»Den mit dem Elfenbeinknauf, Sir. Sein Lieblingsstock ...«

»Der geschnitzte mit dem gebogenen Griff?«

»Jawohl, Sir. Ein sehr ungewöhnlicher Spazierstock, Sir. Mr. Brisbane erwarb ihn vor Jahren auf Borneo ...«

»Ich kenne den Stock gut, Gamble. Ich habe ihn mehrfach gesehen ... Sie sind sich ganz sicher, daß er diesen Stock und keinen anderen mit nach Chicago nahm?«

»Absolut. Ich habe ihm den Stock selbst zur Taxitür hineingereicht.«

»Das würden Sie beschwören?«

Gamble war von Vance' Beharrlichkeit ebenso verwundert wie wir anderen im Raum.

»Jawohl, Sir!« antwortete er mit Nachdruck.

Vance erhob sich, ließ den Mann aber nicht aus den Augen. Er ging mit energischen Schritten auf Gamble zu und blickte forschend zu ihm hinab.

»Gamble« – sagte er laut –, »haben Sie Mr. *Brisbane* Coe hier im Hause gesehen, als Sie gestern abend zurückkehrten?«

Der Butler wurde bleich, und seine Lippen bebten. Die Frage

kam so unerwartet, daß selbst ich deutlich die Wirkung des Schocks spürte. Markham erhob sich halb in seinem Stuhl, Heath erstarrte mitten in der Bewegung, die Zigarre auf halbem Wege zum Mund. Gamble wand sich unter Vance' unnachgiebigem Blick.

»Nein, Sir – nein, Sir!« rief er. »Ich schwöre bei Gott, ich habe ihn nicht gesehen! Sonst hätte ich es Ihnen gesagt.«

Vance zuckte mit den Schultern und wandte sich ab.

»Aber Tatsache ist, daß er gestern abend hier war.«

Markham schlug mit der Faust auf den Tisch wie ein Donnerschlag.

»Was soll das heißen?« fragte er. »Woher wissen Sie, daß Brisbane Coe gestern abend hier im Hause war?«

Vance blickte ihn freundlich an und sagte in sanften Tönen:

»Ganz einfach – sein Stock mit dem Elfenbeinknauf hängt an einer Stuhllehne unten im Flur.«

Kapitel 7
Der Vermißte

(Donnerstag, 11. Oktober, 11 Uhr 45 vormittags)

Einen Augenblick lang herrschte angespanntes Schweigen. Die Möglichkeiten, die Vance' Worte eröffneten, legten sich wie ein Leichentuch über uns alle. Ich beobachtete Gamble, und wieder sah ich, wie seine Pupillen sich weiteten. Er erhob sich schwankend, hielt sich an der Stuhllehne fest und starrte Vance an wie ein Mann, der ein blutiges Gespenst sieht.

»Sie – Sie sind sicher, daß Sie den Stock unten gesehen haben, Sir?« stammelte er und verzog dabei häßlich das Gesicht. »Ich habe ihn nicht bemerkt. Und Mr. Brisbane hängt seinen Stock nie an die Lehne. Er steckt ihn immer in den Schirmständer. Vielleicht hat jemand anders …«

»Seien Sie nicht hysterisch, Gamble«, wies Vance ihn brüsk zurecht. »Wer außer Mr. Brisbane selbst würde seinen wertvollen Stock wieder mit ins Haus bringen und ihn an den Stuhl im Flur hängen?«

»Aber Mr. Vance, Sir«, beharrte der Diener in ehrerbietigem Ton, »er hat mich einmal dafür getadelt, daß ich ihn an eine Stuhllehne hängte – er könne hinunterfallen und zerbrechen, sagte er. Warum, Sir, sollte er es dann selbst tun?«

»Vielleicht weil es weniger Lärm macht, als wenn er ihn in den Schirmständer aus Messing gesteckt hätte.«

Markham lehnte sich über den Schreibtisch und blickte Vance ärgerlich an.

»Was wollen Sie damit sagen?« fragte er.

Vance hob bedächtig den Blick und betrachtete den Bezirksstaatsanwalt.

»Ich bin der Ansicht, mein lieber Markham«, sagte er mit ruhigen Worten, »daß Bruder Brisbane nicht wollte, daß jemand ihn hörte, als er gestern abend zurückkehrte.«

»Und was bringt Sie zu dieser ›Ansicht‹?« Markham war nun schon beinahe wütend.

»Vielleicht war etwas Sinistres im Gange«, antwortete Vance ausweichend. »Brisbane brach an einem Abend nach Chicago auf, von dem er wußte, daß niemand außer Archer im Haus sein würde. Dann verpaßte er seinen Zug – um es euphemistisch zu sagen. Er kehrte zum Haus zurück – und mit ihm sein Stock. Und hier finden wir nun den Stock an der Lehne eines Polsterstuhls hängen ... aber keinen Brisbane. Und Archer – gestern abend allein in seinem musealen Domizil – ist auf höchst exotische Weise zu seinen Vorvätern gegangen.«

»Liebe Güte, Vance!« Markham sank zurück auf seinen Stuhl. »Sie wollen doch nicht andeuten, daß Brisbane ...«?»

»Aber nein, nicht doch! Wieder ziehen Sie voreilig Ihre Schlüsse ...« Vance sagte es beiläufig, aber er konnte doch nicht ganz verbergen, daß die Lage ihm große Sorgen machte. Er ging im Zimmer auf und ab, die Hände tief in den Jackentaschen vergraben. »Ich kann begreifen, daß Brisbane gestern abend noch einmal hier war«, murmelte er, mehr zu sich selbst, »aber ich begreife nicht, warum sein Stock heute morgen noch da ist. Das ist doch sehr kurios – es paßt nicht ins Bild. Selbst wenn er nicht den Lake Shore Limited nach Chicago genommen hätte, hätte es doch noch andere Züge gegeben. Der Iroquois geht gegen Mitternacht, und um halb eins gibt es noch einmal einen langsamen Zug ...«

Heath nahm die Zigarre aus dem Mund.

»Woher wissen Sie denn, daß der Bursche nicht mit einem davon gefahren ist – wenn er nicht sowieso im Lake Shore saß?«

»Das verrät mir der Stock unten im Flur, Sergeant.«

»Aber jemand kann doch mal seinen Stock vergessen!«

»Nicht Brisbane Coe – und mit Sicherheit nicht unter diesen Umständen ...«

»Welche Umstände?« hakte Markham nach.

»Ja, das weiß ich eben nicht.« Vance verzog das Gesicht. »Aber allmählich sehe ich Methode, wo anfangs nur Wahnsinn schien; und der Stock dort unten ist ein schwerer Fehler, der uns den Weg weisen wird …«

Er hielt abrupt inne, drehte sich auf dem Absatz um und ging zur Tür.

»Bin gleich wieder da. Es wäre doch möglich …« Und schon war er draußen.

Heath sah Markham empört an.

»Was hat er im Sinn, Sir?«

»Ich habe keine Ahnung, Sergeant.« Markham blickte noch ratloser drein als Heath.

»Also wenn Sie mich fragen, Sir«, brummte der Sergeant, »stützt Mr. Vance sich zu sehr auf diesen Stock. Wir haben nur das Wort von dem Burschen hier« – er wies mit dem Daumen auf Gamble –, »daß er ihn überhaupt mitgenommen hat. Und solange wir nicht eindeutig wissen, daß er nicht nach Chicago gefahren ist, machen wir nur einen Haufen Wind um nichts.«

Ich hatte den Eindruck, daß Markham zur selben Meinung neigte, aber er entgegnete nichts.

Gleich darauf kehrte Vance zurück, mit enttäuschter Miene.

»Er ist nicht da«, verkündete er. »Ich dachte, ich finde Brisbane in seinem Zimmer. Aber die Rollos sind oben, im Bett hat niemand geschlafen, und die Lampen brennen nicht.« Müde kehrte er zu seinem Sessel zurück. »Im Zimmer ist niemand.«

Der Sergeant nahm vor Vance Aufstellung.

»Hören Sie, Mr. Vance, selbst wenn er den Lake Shore Limited wirklich verpaßt hat, ist er wahrscheinlich auf dem Weg nach Chicago. Das kann doch mal vorkommen, daß man seinen Stock vergißt. Der Koffer ist fort …«

Vance sprang auf.

»Der Koffer – das ist die Lösung! Was hätte er mit dem Koffer gemacht, wenn er nicht den frühen Zug genommen, aber vorgehabt hätte, später am Abend noch nach Chicago zu fahren …?«

»Na, vermutlich hätte er ihn auf dem Bahnhof zur Gepäckaufbewahrung gegeben«, antwortete Heath verächtlich.

»Genau das!« Vance wandte sich zu Gamble um. »Beschreiben Sie den Koffer.«

»Ein ganz gewöhnlicher Koffer, Sir«, erwiderte der Mann benommen. »Schwarzes Robbenfell, ledergefaßt, die Ecken abgerundet, an einem Ende in Goldlettern die Initialen ›B. C.‹«

Vance wandte sich wieder an Heath.

»Sergeant, können Sie nachforschen lassen, ob ein solcher Koffer bei der Gepäckaufbewahrung am Bahnhof ist? Das ist wichtig.«

Heath blickte Markham an, der aufmunternd nickte.

»Sicher kann ich das«, sagte er. Mit einer Kopfbewegung winkte er Snitkin heran. »Haben Sie aufgepaßt?«

Der Beamte grinste.

»'türlich«, antwortete er mit tiefer Stimme. »Ein Kinderspiel.«

»Dann los«, kommandierte Heath. »Und Beeilung ... Rufen Sie an, wenn Sie was wissen.«

Snitkin war mit einer Geschwindigkeit aus dem Zimmer, die man bei seinem Taillenumfang nicht für möglich gehalten hätte.

Markham trommelte nervös mit den Fingern auf den Tisch und blickte düster und forschend Vance an, der wieder am Ostfenster stand und nachdenklich hinaus in die Oktobersonne starrte.

»Was meinen Sie, hat Brisbane Coe mit der Sache zu tun?« fragte er.

»Das weiß ich nicht – jedenfalls nicht mit Gewißheit.« Vance sprach ruhig und sah weiter zum Fenster hinaus. »Aber viele seltsame Dinge trugen sich gestern abend hier zu. Manches ging nicht so, wie jemand es sich gedacht hatte. Unternehmungen kamen einander in die Quere. Zeitpläne gerieten durcheinander. Und solange wir nicht wissen, was überhaupt geschehen *sollte*, werden wir weiter im dunkeln tappen.«

»Aber was ist mit Brisbane Coe?« beharrte Markham.

Nun drehte Vance sich gemächlich wieder ins Zimmer um.

»Archer und Brisbane haben sich nie leiden können, ich weiß nicht, warum. Ich bin nie dahintergekommen. Es war mehr als nur eine Unvereinbarkeit der Temperamente. Es war etwas, das tiefer lag … Aber vielleicht kann uns ja Miss Lake etwas darüber erzählen, während wir auf Snitkins Anruf warten … Gamble, bitten Sie doch die junge Dame zu uns herunter.«

Der Butler ging hinaus, und wir hörten, wie er zum zweiten Stock hinaufstieg.

Fünf Minuten später trat Hilda Lake schwungvoll ein, gekleidet in ein Sportkostüm aus schreiend gelbem Bouclé.

»Tut mir leid, daß ich Sie warten ließ und so weiter und so fort«, sagte sie, setzte sich und schlug die Beine übereinander, »aber ich hatte mich noch nicht ganz aus den Golfsachen umgezogen, als unser alles andere als wackere Diener mich rief. Außerdem bin ich wütend auf Sie. Warum haben Sie mir meine Muffins mit Tee verwehrt?«

Vance entschuldigte sich.

»Ich fürchte, wir haben Gamble über Gebühr beansprucht.«

»Oh, er kennt sämtliche Skandale der Familie. Ich hoffe nur, er kommt nie auf die Idee, uns zu erpressen. Da wären wir im Handumdrehen arme Leute … Hat er Ihnen auch die anzüglichen Geschichten erzählt?«

»Leider nein!« Vance sagte es mit einem gespielt enttäuschten Seufzer. »Ich fürchte, Gamble hat leidenschaftlich die Ehre der Coes verteidigt.«

Hilda Lake betrachtete Gamble mit spöttischer Verblüffung.

»Gamble, das hätte ich ja nie von Ihnen gedacht. Ich werde noch heute mit Onkel Brisbane reden, daß er Ihnen eine Lohnerhöhung gibt.«

»Aber zuvor«, meinte Vance, »brauchen Sie sicher etwas zu essen … Gamble, bringen Sie Tee und Muffins auf Miss Lakes Zimmer.« Der Butler, der in der Tür gestanden hatte, verneigte sich und verschwand, und Vance wandte sich wieder gutgelaunt Miss Lake zu. »Wenn Ihr Frühstück fertig ist, werden wir Sie wieder nach oben entlassen.« Dann fügte er mit ernsterer Miene hinzu: »Aber in der Zwischenzeit hätten wir einige Fragen an Sie.«

Sie betrachtete Vance mit kühlem Blick und wartete ungerührt.

»Was war der Grund«, fragte er, »für die Feindseligkeit zwischen Archer und Brisbane Coe?«

»Ach, das!« Ein böses Lächeln kam auf ihre Lippen. »Da ging es um Geld – nichts weiter. Der alte Major Coe hat alles Onkel Archer vermacht. Onkel Brisbane bekam nur ein monatliches Taschengeld – solange Onkel Archer lebte. Danach sollte das Erbe an ihn fallen. Das war natürlich ein Arrangement, das ihn nicht gerade glücklich machte, und er hat oft genug darüber geklagt. Mich hat es sehr amüsiert – schließlich war es genau die Art von Dilemma, in der ich selbst steckte. Mehr als einmal habe ich überlegt, ob ich mich nicht mit Onkel Brisbane zusammentun und Onkel Archer um die Ecke bringen soll. Zu zweit hätten wir es geschafft – meinen Sie nicht auch?«

»Ich bin sicher, Sie hätten es auch allein geschafft«, erwiderte Vance gutgelaunt. »Was hat Sie davon abgehalten?«

»Meine jämmerlichen Leistungen auf dem Golfplatz. Ich habe all meine Zeit und Energie zum Üben gebraucht.«

»Ein Jammer«, seufzte Vance. »Und nun hat jemand Ihnen die Arbeit abgenommen und Onkel Archer für Sie umgebracht.«

»Das ist eben der Lohn der Tugend.« Ihr Ton war bitter, doch es klang auch Leidenschaft daraus. »Vielleicht«, fügte sie hinzu, »war es ja wirklich Onkel Brisbane, und er hat es ohne mich getan.«

»Das wäre das Nachdenken wert«, meinte Vance mit einem Lächeln. »Das einzige, was dagegenspricht, ist Gambles Auskunft, Mr. Brisbane habe sich gestern abend um fünf Uhr dreißig nach Chicago abgesetzt.«

Die Augen der Frau flackerten – allem Anschein nach hatte sie davon nichts gewußt –, aber sie antwortete, ohne zu zögern.

»Das heißt gar nichts. Onkel Brisbane hat so viele kriminologische Studien getrieben, daß er gewiß ein perfektes Alibi hätte, hätte er beschlossen, seine Kenntnisse in die Praxis umzusetzen.«

Vance betrachtete sie anerkennend, bevor er zu seiner nächsten Frage ansetzte.

»Was steckt hinter seinen periodischen Ausflügen nach Chicago?« fragte er, plötzlich ernst geworden.

Hilda Lake zuckte mit den Schultern.

»Das wissen die Götter. Mit mir hat er nie darüber gesprochen, und ich habe nie gefragt.« Sie lehnte sich vor. »Vielleicht ist es eine Dame!« schlug sie übermütig vor. »Wenn es einen Menschen gab, dem er mehr darüber verraten hat, dann war es Onkel Archer, und den können wir jetzt nicht mehr fragen.«

»Tja, das fürchte ich auch«, stimmte Vance zu. Er setzte sich auf die Schreibtischkante, die Hände über dem Knie verschränkt. »Aber stellen wir uns einmal vor, Mr. Brisbane hätte gestern abend angekündigt, er fahre nach Chicago, und sei dann doch in New York geblieben. Was würden Sie dazu sagen?«

Hilda Lake sah Vance eine ganze Weile nachdenklich an, bevor sie etwas antwortete. Dann sagte sie ernst:

»In diesem Falle könnten Sie Onkel Brisbane als Verdächtigen ausschließen. Er ist viel zu raffiniert, als daß er es Ihnen so leicht gemacht hätte. Er hat einen sehr tüchtigen Verstand – viele Menschen unterschätzen ihn –, und wenn er einen Mord geplant hätte, dann hätte er es mit Sicherheit so eingerichtet, daß Sie ihm nicht auf die Schliche kommen.« Sie hielt kurz inne. »*Ist* denn Onkel Brisbane gestern abend in New York geblieben?«

»Ich weiß es nicht«, antwortete Vance wahrheitsgemäß. »Ich spekuliere nur.«

»Was Ihnen so alles einfällt!« Sie sah ihn stahlhart an, einen Anflug von Falten auf ihrer Stirn.

Im selben Augenblick kam Gamble an der Tür vorüber, ein kleines abgedecktes Tablett in Händen.

Vance erhob sich.

»Ah! Da kommen Ihre Muffins, Miss Lake. Ich will Sie nicht länger aufhalten.«

»Tausend Dank.« Sie erhob sich und ging mit raschen Schritten hinaus.

Vance blieb an der Tür stehen, bis Gamble wieder von oben herunterkam, und wies ihn dann an, sich im unteren Flur bereitzuhalten. Als der Butler unten angekommen war, warf er einen Blick auf die Uhr und kam dann wieder zurück ins Zimmer.

»Ich würde gern warten, bis wir von Snitkin hören. Könnten Sie das ertragen, Markham?«

Markham erhob sich und ging zum Bett und wieder zurück.

»Wenn Sie das wünschen«, brummte er. »Aber ich sehe nicht, warum der Koffer so wichtig sein soll. Für meine Begriffe ist die Chance verschwindend gering, daß er noch am Bahnhof ist. Und wenn er *nicht* mehr dort ist, dann sind wir genauso klug wie zuvor.«

»Andererseits«, erwiderte Vance, »können wir, wenn wir ihn tatsächlich am Bahnhof finden, schließen, daß Brisbane gestern abend nicht nach Chicago gefahren ist.«

Markham sah Vance finster an.

»Und wenn er nicht gefahren ist, was dann?«

»Also hören Sie, Markham, ich bin doch nicht das Orakel von Delphi. Wir haben – wie sagen die einschlägigen Zeitungen? – einen Versuchsballon steigen lassen … Allerdings bin ich mir ziemlich sicher, daß es einen Punkt am gestrigen Abend gab, an dem Brisbane tatsächlich nach Chicago fahren wollte. Und wenn er nicht gefahren ist, dann hat ihn etwas Unerwartetes hier aufgehalten.«

»Aber daß er in New York war, heißt noch nicht, daß er mit dem Mord an Archer Coe zu tun hatte.«

»Da haben Sie recht … Aber ich wüßte es eben gern genau.«

Plötzlich wurde er ernst. »Markham, Brisbanes Entscheidung in letzter Minute, sein Plan, aus der Stadt zu verschwinden, hatte etwas mit Archers Tod zu tun – da bin ich mir sicher. Er wußte etwas – oder befürchtete etwas. Oder vielleicht ... Jedenfalls wollte er gestern nach Chicago ... und vielleicht ist er ja auch tatsächlich gefahren. Aber ich möchte Gewißheit.«

Er spazierte zum Kamin und betrachtete anerkennend eine kleine dreifüßige Schale von zartem Grün mit einem geschnitzten Teakholzdeckel mit weißem Jadegriff.

»Seladon aus der Mingzeit«, sagte er und fuhr mit dem Finger über die schimmernde Glasur. »Eine wunderbar samtene Textur, und sehr ungewöhnlich in der Form. Ein äußerst seltenes Stück. Seladon, Markham, ist unseren westlichen Kunsthandwerkern ein Rätsel. Selbst bei den Chinesen ist das Geheimnis seiner Herstellung verlorengegangen. Es ist uralt – manche Experten datieren die Ursprünge zurück in die Sui-Dynastie des sechsten und siebten Jahrhunderts und nennen Ho Chou als Erfinder. Aber die schönsten Seladongeschirre kommen für meine Begriffe aus der Mingzeit – Stücke aus den Händen der Ching-tê-chên-Künstler. Und ich habe tatsächlich das Gefühl, ein solches Stück habe ich hier vor Augen.« Er studierte es genau, besonders die Art, wie die Glasur zur Basis hin verlief. »Die *Kuan-yao* der Sung-Dynastie lassen sich leicht mit den kaiserlichen Seladonwaren aus der Provinz Kiang-si verwechseln; am ehesten kann man sie an der rötlichen *pâte* erkennen, die ein Markenzeichen der Manufakturen von Lungchuan war. Und bei diesem Stück ist die *pâte* eindeutig weiß – ein klares Zeichen, daß wir es mit einem Ching-tê-chên-Seladon zu tun haben ...«

»Vance«, fuhr Markham gereizt dazwischen, »Sie langweilen mich zu Tränen.«

»Ist das denn die Möglichkeit!« Vance stellte die Seladonschale ab. »Dabei wollte ich Ihnen nur die Zeit vertreiben, bis der Anruf von Snitkin kommt ...«

Im selben Augenblick klingelte das Telefon. Heath nahm ab, hörte mehrere Minuten lang zu und legte den Hörer dann wieder auf.

»Der Koffer ist tatsächlich da«, verkündete er. »Snitkin hat ihn auf Anhieb gefunden – im Regal mit den Expreßsachen. Der Mann am Schalter sagt, ein sehr aufgeregt wirkender Herr mittleren Alters habe ihn gegen sechs gestern abend abgegeben, mit der Erklärung, er habe seinen Zug verpaßt –, und er hätte dermaßen am ganzen Leib gezittert, daß er den Koffer kaum auf den Tresen gebracht hätte.«

Vance nickte nachdenklich.

»So etwas hatte ich mir schon ausgemalt – aber ich hatte auch gehofft, daß es doch anders ist.« Er holte eine Zigarette hervor und zündete sie mit langsamen, präzisen Bewegungen an – ein Zeichen für größte Anspannung. »Markham, das gefällt mir nicht. Das gefällt mir ganz und gar nicht. Etwas Unvorhergesehenes ist geschehen – unvorhergesehen und unerfreulich. Etwas, auf das jemand nicht gewettet hatte. Brisbane Coe wollte gestern abend nach Chicago fahren – *aber er fuhr nicht.* Etwas Schlimmes hielt ihn auf … Genau wie etwas Archer Coe aufhielt, bevor er seine Schuhe wechseln konnte …« Er lehnte sich vor, über den Schreibtisch, und blickte Markham ins Gesicht. »Verstehen Sie nicht, worauf ich hinauswill? Archers Schuhe – Brisbanes Stock … *Der Stock unten auf dem Flur!* Der hätte nicht dort unten sein dürfen … Heiliger Strohsack! …« Er drückte seine Zigarette aus und stürmte nach draußen.

»Kommen Sie, Markham … Sie auch, Sergeant. Irgendwo hier im Haus wartet eine böse Überraschung … und die möchte ich nicht ohne Sie finden.«

Bei diesen Worten lief er schon die Treppe hinunter, und Markham, Heath und ich folgten ihm. Unten angekommen, zog er die Vorhänge beiseite und öffnete die Bibliothekstür. Er sah sich um, dann ging er ins Eßzimmer.

Nach mehreren Minuten Suche kehrte er in den Flur zurück.

»Vielleicht im Herrenzimmer!« rief er und eilte durchs Wohnzimmer, wo Wrede und Grassi am Fenster saßen, in den kleinen Raum dahinter. Doch mit verwirrter Miene kehrte er gleich darauf zurück.

»Da ist er auch nicht.« Seine Stimme klang fremd. »Aber er muß irgendwo hier sein – irgendwo …«

Wieder kam er in den Flur.

»Die zweite Etage ist unwahrscheinlich, und in der ersten habe ich schon nachgesehen.« Vance starrte den Stock mit dem Elfenbeingriff an, den ich nun zum erstenmal an einer Stuhllehne neben der Tür zur Bibliothek hängen sah. »Hier ist sein Stock«, sagte er. »Aber sein Hut und sein Mantel … Oh, was war ich für ein Dummkopf!«

Er schob Gamble beiseite und ging mit raschen Schritten den schmalen Korridor neben der Treppe hinunter, bis er an den Garderobenschrank ganz am Ende des Flurs kam.

»Leuchten Sie mir, Sergeant«, rief er über die Schulter, die Hand schon am Türgriff.

Als er die Tür aufzog, sahen wir nur ein großes, schwarzes rechteckiges Loch. Doch fast im selben Augenblick durchdrang der gelbe Lichtkegel von Heath' Taschenlampe das Dunkel.

Markham und ich standen hinter ihm und strengten unsere Augen an, um in dem Kabinett etwas zu erkennen. An den Haken hingen etliche Mäntel und Hüte.

»Tiefer, Sergeant!!« kommandierte Vance harsch. »Leuchten Sie den Boden ab – den Fußboden! …«

Der Lichtkegel senkte sich, und dann sahen wir, was Vance gemäß Gedankengängen, denen keiner von uns folgen konnte, längst zu finden erwartet hatte.

Am Boden zusammengesunken lag der Leichnam von Brisbane Coe, und die glasigen Augen starrten zu uns herauf.

Kapitel 8
Die Ting-yao-Vase
(Donnerstag, 11. Oktober, 12 Uhr 15 mittags)

Zwar kam der Anblick nach Vance' seltsamem Benehmen und noch seltsameren Worten nicht gänzlich unerwartet, aber es war doch ein entsetzlicher Schock für mich, als ich in den Garderobenschrank hineinsah. Ein großer unregelmäßiger Blutfleck, etwa dreißig Zentimeter im Durchmesser, hatte sich unterhalb von Coes Schulter auf dem Holzboden ausgebreitet. Das Blut war starr und dunkel geworden und stand bedrohlich schwarz auf den hellen Dielen.

Selbst für einen Laien wie mich war offensichtlich, daß Brisbane Coe tot war. Die steife, unnatürliche Haltung des Körpers und die gräßlich reglosen Augen, dazu die zusammengepreßten blutlosen Lippen und die wächsern bleiche Haut zeugten allesamt von gewaltsamem und unerwartetem Tod. Selten hatte ich einen Leichnam gesehen, der so tot aussah wie die Leiche Coes, so jenseits aller menschlichen Hoffnung, daß dieser Leib noch einmal wiederbelebt werden könnte.

Und als ich das Bild betrachtete, wie versteinert von dieser neuen Entwicklung, ergab sich der Vergleich zwischen dem toten Brisbane und dem toten Archer ganz von selbst. Beide waren groß und schon im Leben bleich gewesen; und auch wenn Archer fünf Jahre älter gewesen war, gab es eine gewisse Ähnlichkeit in den Gesichtszügen. Doch anders als Archer, der mit einem friedlichen Ausdruck gestorben war, in einer natürlichen und bequemen Haltung, war der Blick von Brisbanes Augen schockiert, ja geradezu gehetzt, als wäre er im Augenblick seines Todes überrascht und in Angst und Schrecken versetzt worden.

Die Entdeckung von Brisbane Coes Leiche war ein Schlag für uns alle. Heath starrte sie an, die Schultern zusammengezogen. Das Blut schien ihm aus dem Gesicht gewichen, er stand da wie ein Hypnotisierter. Markham hatte die Zähne zusammengebissen, seine Augen waren nur noch Schlitze.

»Gütiger Gott!« hauchte er ehrfürchtig und blickte benommen Vance an, der neben dem Sergeant stand und den Toten kritisch betrachtete.

Als Vance sprach, klang seine sonst so ruhige Stimme angespannt und unnatürlich.

»Es ist schlimmer, als ich dachte … Ich hatte gehofft, daß er noch am Leben sein würde – vielleicht irgendwo eingesperrt. Ich hätte nicht erwartet, daß es so weit kommt.«

Heath ließ die Hand mit der Taschenlampe sinken und trat zurück. Vance schloß die Schranktür und drehte sich um.

»Wie unverständlich das alles ist«, sagte er, sah Markham an und doch durch diesen hindurch. »Er ist nicht in Hut und Mantel; aber sein Stock hängt hier im Flur. Und er *steckt tot im Schrank.* Warum nicht in seinem eigenen Zimmer? – oder in der Bibliothek? – oder sonst irgendwo, aber nicht hier? … Da paßt nichts zusammen, Markham. Es ist ein Bild, das ein Wahnsinniger gemalt hat.«

Markham starrte ihn an; er sprach wie in Trance:

»Ich verstehe überhaupt nichts mehr. Wieso ist Brisbane Coe gestern abend hierher zurückgekommen? Und wer wußte davon?«

»Könnte ich diese Fragen doch nur beantworten!«

Burke und Gamble saßen auf einer Bank im Flur neben der Wohnzimmertür. Das Antlitz des Butlers war bleich und ernst. Er hatte den Toten im Schrank nicht gesehen – wir hatten den Blick verstellt. Aber man sah ihm an, daß er sich denken konnte, was geschehen war.

Vance ging zu ihm.

»Können Sie den Mantel und den Hut beschreiben, in denen Mr. Brisbane gestern abend zum Bahnhof aufbrach?«

Der Diener nahm alle Kräfte zusammen.

»Ein – ein Tweedmantel, Sir«, antwortete er heiser, »schwarz-weißer Tweed. Und ein hellgrauer Schlapphut.«

Vance ging noch einmal zum Schrank und kam gleich darauf mit einem Mantel und einem Hut zurück.

»Sind das die Sachen?«

Gamble schluckte schwer und nickte dann.

»Ja, Sir.« Wie besessen starrte er die beiden Kleidungsstücke an.

Vance brachte die Sachen zurück und sagte dann zu Markham:

»Beides hing ordentlich im Schrank.«

»Wäre es nicht denkbar«, fragte Markham, »daß der Täter zuschlug, gerade als Brisbane zurückgekehrt war und die Sachen eben aufgehängt hatte?«

»Denkbar – das schon.« Vance nickte zögernd. »Aber das würde nicht erklären, was sonst gestern abend hier geschehen ist. Ich glaube, wir sollten eher davon ausgehen, daß Brisbane umgebracht wurde, als er das Haus wieder verlassen wollte. Da wäre die Frage nach dem Zeitfaktor …«

Heath war schon zum Flurtelefon gegangen und wählte eine Nummer.

»Die Frage nach dem Zeitfaktor werde ich Ihnen schon beantworten«, brummte er.

Im nächsten Augenblick sprach er bereits mit Doktor Doremus in seinem Büro des Gesundheitsamts.

»Der Doc kommt gleich her«, sagte er, als er auflegte.

»In der Zwischenzeit, Markham«, schlug Vance vor, »könnten wir ein wenig mit dem chinesischen Koch plaudern … Gamble, seien Sie so nett und holen Sie ihn her.«

Eilig ging der Butler durch die Eßzimmertür am Ende des Flurs davon, und Vance spazierte zur Bibliothek, wohin wir anderen ihm folgten.

Die Bibliothek war ein recht großer Raum an der nördlichen Vorderseite des Hauses, gegenüber dem Wohnzimmer. In einer

Reihe von Bücherregalen, die fast die gesamte Südwand einnahm, mochten an die tausend Bände stehen, aber insgesamt sah der Raum nicht wie eine Bibliothek aus. Eher wirkte er wie ein Kuriositätenladen. In mehreren Vitrinen waren Jadeschnitzereien, Schmuckstücke und andere Kunstwerke fernöstlicher Provenienz versammelt, und auf jeder horizontalen Fläche drängten sich chinesische Keramiken, Bronze- und Elfenbeinfiguren und Lackarbeiten. Die Möbelstücke waren zum großen Teil aus Teak- oder Kampferholz, und wo noch Platz blieb, waren Brokat- oder bestickte Samtdecken darübergebreitet. Den Mittelpunkt der Westwand bildete ein Rokokokamin im Louis-Quinze-Stil, der entsetzlich fehl am Platze wirkte; hie und da fand sich auch ein neueres Stück – ein schwerer eichener Bibliothekstisch, eine dick gepolsterte Couch, ein stählerner Büroaktenschrank sowie mehrere pseudokoloniale Stühle –, und alles zusammen ergab den Eindruck eines einzigen großen anachronistischen Chaos.

Wir hatten kaum Platz genommen, da trat durch die Tür zum Eßzimmer lautlos ein großer, schlanker, vornehm wirkender Chinese von etwa vierzig Jahren ein. Er trug einen makellosen weißen Leinenanzug und schwarze Hausschuhe dazu. Er blieb an der Tür stehen, reglos und doch entspannt, und ließ gleichmütig den Blick über uns schweifen. Ich hatte den Eindruck, daß er, auch wenn er niemanden speziell anblickte, alles sah.

Vance betrachtete den Mann neugierig, und es dauerte eine ganze Weile, bis er sprach. Dann fragte er:

»Wie heißen Sie?«

»Liang«, kam die Antwort sanft und kaum hörbar.

»Ihren vollständigen Namen bitte.«

Der Mann stutzte und warf einen kurzen Blick hinüber zu Vance.

»Liang Tsung Wei.«

»Ah! … Und Sie sind, wie ich höre, der Koch im Hause Coe.«

Der andere nickte eifrig.

»Ich Koch hier.«

Vance seufzte, und seine Lippen kräuselten sich zu einem leisen Lächeln.

»Seien Sie so gut und ersparen Sie uns das Pidgin, Mr. Liang. Das macht uns die Unterhaltung nur unnötig schwer.« Bedächtig zündete er sich eine Zigarette an. »Und nehmen Sie doch bitte Platz.«

Der Chinese, ein leichtes Flackern in den Augen, ließ seinen Blick weiter wandern, bis er auf Vance' Antlitz zu ruhen kam. Dann verneigte er sich und setzte sich in einen Lehnstuhl zwischen Tür und Bücherregalen.

»Danke sehr«, sagte er mit fein modulierter Stimme. »Ich nehme an, Sie wünschen mich zu den tragischen Ereignissen der letzten Nacht zu befragen. Zu meinem großen Bedauern kann ich nichts zu ihrer Erhellung beitragen.«

»Woher wissen Sie, daß es tragische Ereignisse gab?« Vance inspizierte das Ende seiner Zigarette.

»Ich bereitete das Frühstück«, erwiderte Liang, »und hörte mit an, wie der Butler die Information per Telefon durchgab.«

»Ah, ja – natürlich … Sind Sie schon lange im Lande, Mr. Liang?«

»Erst seit zwei Jahren.«

»Interessiert an der Kochkunst Amerikas?«

»Nicht sonderlich – eher erforsche ich die westlichen Sitten und Gebräuche. Manche meiner Landsleute haben großes Interesse an der Kultur des Okzidents.«

»Und wahrscheinlich«, meinte Vance, »nicht minder an den wertvollen Stücken chinesischer Sakralkunst, die man aus Ihren Tempeln und Gräbern geraubt hat.«

»Selbstverständlich bedauern wir ihren Verlust«, antwortete der Diener milde.

Vance nickte verständnisvoll und schwieg einen Moment lang. Dann:

»Wo haben Sie studiert, Mr. Liang?«

»An der Kaiserlichen Universität in Tientsin und in Oxford.«

»Sie sind, nehme ich an, Mitglied der Kuomintang.«

Der Chinese senkte bejahend das Haupt.

»Ich war es«, fügte er hinzu. »Doch als ich sah, wie sich russisches Gedankengut in den Köpfen meiner Landsleute breitmachte und die Ideale der Tang- und Sungzeit in immer weitere Ferne rückten, schloß ich mich den Ta Tao Huei an.* Doch als Laoist unter Streitgenossen, die größtenteils Konfuzianer waren, mußte ich bald einsehen, daß mein Idealismus für Zeiten der Hysterie nicht der rechte Geist ist, und so zog ich mich von allem aktiven politischen Engagement zurück. Ich halte jedoch auch heute den alten Kulturidealen Chinas die Treue und warte geduldig auf den Tag, an dem die Weisheiten des Tao Te King dafür sorgen werden, daß mein Land wieder zu geistiger und spiritueller Ruhe findet.«

Vance sagte nichts dazu. Er fragte nur:

»Wie kam es, daß Sie Anstellung im Hause Coe suchten?«

»Ich hatte von Mr. Coes Sammlung chinesischer Altertümer gehört und von dem Ruf, den er als Experte für fernöstliche Kunst genoß, und ich dachte, es herrscht vielleicht eine angenehme Atmosphäre im Haus.«

»Und war es so?«

»Nicht im mindesten. Mr. Coe war ein sehr engstirniger und selbstsüchtiger Mensch. Er hatte keine höheren Interessen an der Kunst. Er wollte seine Schätze vor der Welt verbergen – nicht mit der Menschheit teilen.«

»Ein typischer Sammler«, meinte Vance. Er richtete sich ein wenig in seinem Sessel auf und gähnte. »Nebenbei gefragt, Mr. Liang, wann haben Sie eigentlich gestern das Haus verlassen?«

* Die »Große Schwertgesellschaft« widersetzt sich ausländischer Präsenz in China und deren Ausplünderung des Landes.

»Gegen halb drei«, kam die leise Antwort des Chinesen. Sein Gesicht war eine undurchdringliche Maske.

»Und wann kehrten Sie zurück?«

»Kurz vor Mitternacht.«

»In der Zwischenzeit waren Sie nicht noch einmal im Haus?«

»Nein. Ich war zu Besuch bei Freunden auf Long Island.«

»Chinesischen Freunden?«

»Ja. Sie werden meine Aussage gern bestätigen.«

Vance lächelte.

»Da habe ich keine Zweifel ... Kehrten Sie durch die Vorder- oder durch die Hintertür zurück?«

»Die Hintertür – durch Garten und Lieferanteneingang.«

»Wo schlafen Sie?«

»Meine bescheidene Unterkunft liegt neben der Küche.«

»Sind Sie, als Sie zurückgekehrt waren, gleich zu Bett gegangen?«

Eine Sekunde lang zögerte der Mann.

»Nicht sofort«, sagte er. »Ich räumte die Reste von Mr. Coes Abendessen ab und bereitete mir einen Tee.«

»Haben Sie vielleicht nach Ihrer Rückkehr gestern abend Mr. Brisbane Coe gesehen?«

»Mr. Brisbane Coe?« fragte der andere zurück. »Der Butler sagte mir heute morgen, ich solle nicht für ihn decken – er sei nach Chicago gefahren ... War er gestern abend hier?«

Vance ignorierte die Frage.

»Haben Sie, bevor Sie sich zur Ruhe legten, Geräusche im Haus gehört?« fuhr er fort.

»Erst als Miss Lake zurückkam. Sie ist stets laut und rücksichtslos. Und eine Viertelstunde darauf kam Mr. Grassi ins Haus. Doch sonst hörte ich keinen Laut, gleich welcher Art.«

Vance hatte die Befragung bisher in einem freundlichen, gelassenen Ton geführt. Aber nun änderte die Stimmung sich spürbar. Seine Augen blickten hart, und er lehnte sich in seinem

Sessel vor. Als er sprach, war seine Stimme kalt und unerbittlich.

»Mr. Liang«, fragte er, »wann kehrten Sie zum erstenmal zum Hause zurück – *am frühen Abend?*«

Der Blick des Chinesen war verhangen, als sei er in Gedanken weit fort, und die langen, schmalen Finger bewegten sich mit seidiger Sanftheit über die Lehnen des Stuhls.

»Ich war am frühen Abend nicht hier«, antwortete er mit einer leicht singenden Stimme. »Ich kehrte erst um Mitternacht zurück.«

Vance' Blick blieb fest auf ihn geheftet.

»Jawohl, Sie kamen um Mitternacht ins Haus – Gamble hat Sie gehört. Aber ich spreche von Ihrer *ersten* Rückkehr – sagen wir, gegen acht Uhr.«

»Da kann es sich nur um ein Mißverständnis Ihrerseits handeln«, erwiderte Liang ohne Änderung in Tonfall oder Ausdruck.

Vance kümmerte sich nicht um den Einspruch.

»Und was sahen Sie gegen acht Uhr gestern abend in diesem Raum hier?«

»Wie könnte ich etwas gesehen haben, wenn ich nicht hier war?« kam ungerührt die Antwort.

»Haben Sie Mr. Archer Coe gesehen?« bohrte Vance weiter.

»Ich versichere Ihnen ...«

»War jemand bei ihm?«

»Ich war nicht hier.«

»Vielleicht waren Sie auch oben in Mr. Coes Schlafzimmer?« Vance ließ sich nicht beirren. »Und dann fanden Sie es ratsam, noch einmal für einige Stunden aus diesem Haus zu verschwinden; Sie gingen fort und kehrten erst um Mitternacht zurück.«

Wieder fuhren Liangs Finger zärtlich über die Stuhllehnen, und er blickte Vance ins Gesicht. In seinen Augen stand etwas wie milde Verwunderung.

»Ich war« – er sprach mit Nachdruck – »zwischen halb drei Uhr am Nachmittag und Mitternacht nicht im Hause.« Seine Gestik wie auch sein Ton machten deutlich, daß dies sein letztes Wort zum Thema war.

Vance seufzte lustlos, wandte sich zur Flurtür und rief Gamble herein.

»An welchem Platz saß Mr. Archer Coe gestern abend, als Sie das Haus verließen?« fragte er, als der Butler erschien.

»Auf dem Sofa, Sir«, antwortete Gamble. »In der Ecke bei der Stehlampe. Das war Mr. Archers Lieblingsplatz.«

Vance nickte und erhob sich.

»Das wäre vorerst alles. Sie können wieder an Ihre Arbeit gehen, bis wir Sie rufen.«

Gamble ging hinaus, und Vance spazierte zum Sofa und betrachtete es. Es lagen drei daunengefüllte Sitzkissen darauf, und dasjenige an der Lampe war zusammengedrückt. Neben der Lampe und vor dem Sofa stand ein massives Teakholztischchen, und auf dem Boden nicht weit vom Kamin lag ein Exemplar von Tchou Tö-ys *Les Bronzes antiques de la Chine*.

Einen Augenblick lang sah Vance Tisch und Buch nachdenklich an. Dann, ohne sich umzudrehen, sagte er:

»Mr. Liang, fanden Sie diesen Tisch umgeworfen, als Sie am frühen Abend ins Haus kamen?«

Zum erstenmal verlor der Chinese etwas von seinem unerschütterlichen Gleichmut. Er senkte sichtlich den Blick und machte eine kleine unwillkürliche Bewegung. Bevor er antworten konnte, fügte Vance hinzu:

»Vielleicht haben Sie ihn auch wieder aufgestellt ... Aber das Buch, das heruntergefallen war, entging Ihrer Aufmerksamkeit.«

»Ich war nicht hier«, sagte Liang noch einmal.

»Es wäre keine große Arbeit«, gab Vance zu bedenken, »das Tischchen auf Fingerabdrücke zu untersuchen und mit den Ihren zu vergleichen.«

»Allerdings eine überflüssige«, kam die kühle Antwort. »Mit Sicherheit würden Sie meine Abdrücke darauf finden. Ich fasse häufig Möbelstücke und Gegenstände in diesem Zimmer an.«

Vance lächelte leise und, hatte ich den Eindruck, anerkennend.

»Na, dann werden wir uns die Mühe sparen.«

Er ging um die Lampe herum und blieb einen Moment lang an einem runden Kampferholztisch unmittelbar hinter dem Sofa stehen. Auf dem Tisch standen mehrere geschnitzte Elfenbeinfigurinen und, über die ganze Tischplatte verteilt, mindestens zwei Dutzend Schnupftabaksdosen aus Jade, Bernstein, Quarz, Kristall und Porzellan; und im Mittelpunkt, auf einem schlanken Sockel aus Teakholz, prangte eine weiße, gut zwanzig Zentimeter hohe dickbauchige Vase.

Ich hatte gesehen, wie Vance gleich beim Betreten der Bibliothek an dieser Vase innegehalten und sie betrachtet hatte; doch nun musterte er sie kritisch, als sei etwas daran, was er nicht verstehe. Wir alle beobachteten ihn, nicht zuletzt – und mit beträchtlicher Aufmerksamkeit – Liang. Sein Blick war auf Vance' Antlitz geheftet, und es lag etwas wie Überraschung darin, und in diese Überraschung gemischt war, wenn mein Eindruck mich nicht täuschte, Furcht.

»Erstaunlich!« murmelte Vance, nachdem er die Vase einige Sekunden lang betrachtet hatte. Dann hob er lässig den Blick. »Sagen Sie, Mr. Liang, stand dieses Werk der Töpferkunst schon gestern abend hier auf dem Tisch?«

»Wie könnte ich das wissen?« entgegnete Liang mit unbestimmter, mechanischer Stimme.

Vance nahm die Vase und inspizierte sie genauer.

»Nicht gerade ein Museumsstück, finden Sie nicht auch, Mr. Liang?« raunte er. »Minderwertig sogar. Ich bin erstaunt, daß Mr. Coe ihr einen Platz in seiner Sammlung zugestanden hat. Die Läden an der Fifth Avenue sind voll davon, zu sehr erschwinglichen Preisen … Imitiertes *Ting yao*, würde ich sagen, aus der Zeit Tao Kuangs.« Er tippte die Vase mit dem Nagel des Mittelfingers an. »Besseres Material vielleicht, als die Keramiker der Sung-Zeit es benutzten, aber dicker. Schlechte Handwerksarbeit; die Glasur hat nichts von dem prachtvollen Glanz des *Ting yao*, schon gar nicht des *Pai ting*. Ein so kundiger Sammler wie Archer Coe wäre auf ein solches Stück niemals hereingefallen … Oder sind Sie anderer Meinung, Mr. Liang?«

»Mr. Coe war ein großer Kenner der Keramiken meines Landes«, antwortete der Chinese ausweichend, den Blick weiterhin auf Vance geheftet.

»Tao Kuang, Markham«, erklärte Vance, »war ein äußerst geschickter Nachahmer der Töpferkunst aller vorangegangenen Dynastien der chinesischen Geschichte. Er versah seine Schöpfungen ohne jeden Skrupel mit den passenden Signaturen – obwohl die echten *Pai ting yao-* und *Nan ting yao*-Keramiken unsigniert waren.« Er stellte die Vase auf den Kopf. »Ah! Das Zeichen des Wan Li.« Bekümmert schüttelte er den Kopf. »Nein, davon hätte Archer sich niemals täuschen lassen … Äußerst verwirrend.«

Er wollte die Vase auf ihren Sockel zurückstellen, doch plötzlich hielt er in seiner Bewegung inne und stellte sie statt dessen beiseite.

Er beugte sich vor und schob den kleinen Teakholzsockel fort, wodurch ein kleiner, etwa zweieinhalb Zentimeter langer Porzellansplitter zum Vorschein kam, der darunter verborgen gelegen hatte. Sorgsam klemmte er sein Monokel ein, dann griff er nach der Scherbe und hielt sie zwischen Daumen und Zeigefinger ans Licht.

»Das hier, das ist etwas ganz anderes«, sagte er und betrachtete sie eingehend. »Allem Anschein nach ein echtes Stück *Ting yao* aus der Sung-Zeit. Und zwar kein *Nan ting* – es hat nicht die Farbe der Reisblume, sondern ist von strahlendem Weiß. Eine weiche *pâte*, wie Pergament … sehr dünn und zerbrechlich … und durchscheinend, obwohl sie so fein ist … Natürlich könnte es *Shu fu yao* oder *Yung lo* aus der Yuan-Zeit sein … Aber das spielt letzten Endes keine Rolle. Eine Vase aus so feinem Porzellan wäre eine Zierde für jede Sammlung.«

Vorsichtig steckte er den kleinen weißen Zacken in seine Tasche und wandte sich dann wieder an den Chinesen, der bei diesen Ausführungen reglos und unbewegten Auges dabeigesessen hatte.

»Besaß nicht Mr. Coe eine Ting-yao-Vase, Mr. Liang, etwa in der Größe dieses abscheulichen Machwerks von Tao Kuang?«

»Ich glaube ja.« Liang sprach mit einer seltsam gepreßten Stimme, unbetont und unmoduliert. »Es sei denn, daß es, wie Sie selbst sagen, *Shu fu yao* aus der Yuan-Dynastie war. Wie Sie wissen, lassen sich die beiden kaum unterscheiden.«

»Und wann haben Sie die Ting-yao-Vase zuletzt gesehen?«

»Ich kann mich nicht entsinnen.«

Vance beobachtete den Mann genau.

»Wann, Mr. Liang, haben Sie diese Imitation aus dem neunzehnten Jahrhundert zuletzt gesehen?« Er wies auf die Vase, die auf dem Tisch stand.

Zunächst antwortete Liang nichts. Eine halbe Minute lang betrachtete er nachdenklich die Vase; dann kehrte sein Blick zu Vance zurück.

»Ich habe sie noch nie zuvor gesehen«, sagte er schließlich.

»Ist denn das die Möglichkeit!« Vance steckte sein Monokel zurück in die Westentasche. »Und hier steht sie an einem Ehrenplatz und schreit jedem, der den Raum betritt, ihre Falschheit ins Gesicht … Höchst interessant.«

Nun ergriff Markham, den Vance' scheinbare Belanglosigkeiten immer mehr in Rage gebracht hatten, das Wort.

»Ihnen mögen solche Kunstbetrachtungen wichtig sein, Vance; aber mich interessieren sie nicht im geringsten. Was soll denn eine Vase mit dem Mord an Archer und Brisbane Coe zu tun haben?«

»Das«, antwortete Vance in schönsten Tönen, »ist es ja gerade, was ich herausfinden möchte. Denn sehen Sie, Markham, niemals hätte Archer Coe diese Tao-Kuang-Vase in seine Sammlung aufgenommen. Wie kommt sie dann hierher? Ich habe nicht die leiseste Ahnung. – Dieser kleine Splitter Sung-Porzellan hingegen ist von erlesener Qualität. Ich kann mir vorstellen, wie eine solche Vase Coe in Begeisterung versetzt hätte.«

»Und?« hielt Markham ihm ärgerlich entgegen. »Ich sehe nach wie vor nicht, welche Bedeutung das haben soll …«

»Das geht mir genauso.« Vance wurde ernst. »Aber es *hat* eine Bedeutung. Und zwar eine große. Es ist ein weiteres absurdes Indiz zu diesem abscheulichen Verbrechen.«

»Und wie kommen Sie darauf?«

»Weil«, antwortete Vance, »dieser kleine Splitter Ting-yao-Porzellan auf dem Tisch unmittelbar hinter dem Platz lag, an dem Archer Coe gestern abend saß. Er war unter einer Vase verborgen, die Archer nie im selben Zimmer mit sich geduldet hätte …«

Er machte eine Pause und blickte mit feierlicher Miene auf.

»Und, Markham, an diesem Porzellansplitter ist Blut.«

Kapitel 9
Fast eine Verhaftung

(Donnerstag, 11. Oktober, 12 Uhr 45 mittags)

Liang wurde fortgeschickt mit der Auflage, bis auf weiteres im Haus zu bleiben.

Während wir auf den Polizeiarzt warteten, vertrieben wir uns die Zeit mit Spekulationen über das Blut auf der Porzellanscherbe und Liangs mögliches Verhalten in den Stunden vor dem Doppelmord. Aber Vance konnte sich offenbar ebensowenig einen Reim auf alles machen wie wir übrigen, und bevor wir nicht Doktor Doremus' Bericht hatten, konnten wir kaum etwas unternehmen.

Heath hatte eine tiefe Abneigung gegen Liang gefaßt und schlug Vance vor, er wolle, wenn es auch nur die leiseste Möglichkeit gebe, daß Liang am Vorabend schon vor Mitternacht im Hause gewesen sei, den Chinesen mit auf die Wache nehmen und »ihm die Flötentöne beibringen«.

Vance lehnte sofort ab.

»Sie würden nur Ihre Zeit vergeuden, Sergeant. Mit Ihren groben Methoden erfahren Sie nicht das geringste. Ein Chinese ist kein Abendländer. Wenn ein Chinese es sich in den Kopf setzt zu schweigen, wird keine Folter der Welt ihn zum Sprechen bringen. Über Jahrhunderte haben Chinesen sich in buddhistischem Gleichmut geübt, und selbst Ihre wüstesten Verhörmethoden könnten Liang nichts ausmachen. Für ihn müssen wir uns etwas anderes einfallen lassen.«

»Aber Sie haben doch praktisch gesagt, daß dieses Schlitzauge gestern am frühen Abend hier war und mehr über die Sachen weiß, die hier vorgegangen sind.«

»Oh, unbedingt«, stimmte Vance zu.

»Vielleicht war er das, der dem Burschen oben den Bademantel angezogen hat.«

»Das«, bestätigte Vance, »war eine der Möglichkeiten, mit denen ich spielte.«

Im selben Augenblick kam Burke an die Tür und winkte Heath zu sich heran.

»Sergeant«, zischte er ihm zu, »unser gelber Freund ist gerade nach oben gegangen. Ist das in Ordnung?«

Heath schnaubte und warf Vance einen wütenden Blick zu.

»Was soll das jetzt schon wieder?« brüllte er.

Gamble kam eben durch die Eßzimmertür, und Vance wandte sich an ihn.

»Was macht Liang im oberen Stockwerk?«

Vance' Ton jagte dem Butler einen Schrecken ein, und er antwortete in unterwürfigen Tönen:

»Ich habe ihn hinaufgeschickt, um Miss Lakes Tablett zu holen und ihr Zimmer in Ordnung zu bringen ... Hätte ich das nicht tun dürfen, Sir? Sie hatten mir gesagt, ich solle wieder an meine Arbeit gehen ...«

Vance musterte den Butler streng.

»Wenn er zurückkommt, behalten Sie ihn hier unten«, sagte er. »Und Sie bleiben am besten auch hier.«

Gamble verneigte sich und kehrte ins Eßzimmer zurück, und schon im nächsten Augenblick traf Doktor Doremus ein. Er war in sichtlich schlechter Laune, grüßte nur knapp mit einem Nikken und sah Heath dann finster an.

»Zuerst verderben Sie mir mein Frühstück«, brummte er, »jetzt halten Sie mich vom Mittagessen ab. Essen Sie eigentlich nie?«

Heath grinste – nach Jahren der Erfahrung wußte er, daß er die Stimmungen des Polizeiarztes nicht allzu ernst nehmen mußte.

»Bin gerade auf Diät.« Er schmunzelte. »Wollen Sie die Leiche sehen?«

»Was denken Sie denn, weswegen ich hier bin?« fauchte Doremus.

»Na, dann kommen Sie mal brav mit.« Mit raschen Schritten ging Heath hinaus auf den Flur und dann zum Wandschrank.

Wir standen direkt hinter ihm, als er die Schranktür öffnete. Sofort war Doremus ganz Profi, kniete sich nieder und befühlte Brisbane Coes Leib.

»Tot«, konstatierte er. »Aber das hätte wahrscheinlich selbst jemand von der Mordkommission feststellen können.«

Heath spielte den Überraschten.

»Ehrlich, der ist tot? Und ich hätte gedacht, er führt uns nur an der Nase rum!«

Doremus schnaubte.

»Packen Sie mit an.« Er und der Sergeant trugen den Leichnam in die Bibliothek und legten ihn auf das Sofa. Zum zweitenmal an jenem Tage machte Doremus sich an seine schauerliche Arbeit, und wiederum konnte ich nur bewundern, mit welcher Schnelligkeit und Zielsicherheit er zu Werke ging.

»Doktor«, fragte Vance, »können Sie uns sagen, welches von beiden Opfern früher starb?«

Doremus, der die Beweglichkeit von Gliedmaßen und Kopf des Toten geprüft hatte, sah auf seine Uhr.

»Das ist nicht schwer«, sagte er. »Der obere. Die Totenstarre ist hier ungefähr so weit fortgeschritten wie bei dem anderen vorhin. Dieser hier ist vielleicht ein bißchen weiter, aber es ist ja auch schon fast vier Stunden her, daß ich mir den anderen angesehen habe. Ich würde schätzen, daß dieser hier zwischen zwei und drei Stunden später gestorben ist.«

»Würde neun Uhr gestern abend passen?« fragte Heath.

»Denkbar.« Doremus prüfte noch einmal die Glieder. »Aber ich würde es später ansetzen. Sagen wir acht Uhr für den Burschen oben und ungefähr zehn für diesen hier … Natürlich nicht amtlich, aber das wäre meine erste Schätzung.«

Dann machte er sich an die weitere Untersuchung. Nach einer Weile richtete er sich auf und blickte Markham finster an.

»Wissen Sie die Todesursache?«

Markham schüttelte den Kopf.

»Bisher nicht. Was war es?«

»Ein Stich in den Rücken! ... Genau wie bei dem Burschen oben. Praktisch die gleiche Stelle.«

»Und die Waffe?«

»Dieselbe. Ein spitzes, schmales, vierkantiges Objekt. Nur daß in diesem Falle die Blutung äußerlich war. Er hat eine Menge Blut verloren.«

»Er war sofort tot, nehme ich an?« fragte Vance.

»Jawoll.« Der Doktor nickte. »Auf der Stelle.«

Vance griff nach der blutbefleckten Jacke und Weste des Toten und inspizierte sie.

»Und diesmal ging der Stich durch die Kleider, die er trug ... Kein wichtiger Punkt, aber man sollte sich doch vergewissern ... Sagen Sie, Doktor, sehen Sie Anzeichen eines Kampfes?«

»Nichts.« Doremus setzte seinen Hut in einem verwegenen Winkel auf. »Nicht die geringsten. Völlig unerwarteter Stich in den Rücken. Für einen Sekundenbruchteil hat er noch begriffen, was geschah – sehen Sie sich das Gesicht an! –, dann war schon alles vorüber. Hat wahrscheinlich seinen Mörder nicht mal gesehen. Schnelle, solide Arbeit.«

»Teuflische Arbeit«, korrigierte Markham.

»Tja, ich bin nun mal kein Moralist«, schoß Doremus zurück. »Ich bin Arzt. Laufen sowieso viel zu viele Menschen auf diesem Planeten herum.« Er füllte ein Formular aus. »Da haben Sie die Erlaubnis zum Abtransport, Sergeant. Und den Obduktionsbericht wollen Sie natürlich noch heute, nehme ich an ... Gut, dann schaffen Sie ihn ins Schauhaus – und vielleicht haben Sie den Bericht heute abend, vielleicht auch nicht.«

Er ging zur Tür, dann drehte er sich noch einmal um und betrachtete Heath mit einem anzüglichen Blick.

»Sagen Sie, Sie haben doch nicht etwa noch eine Leiche im Haus? Wenn ja, dann raus damit. Ich kann schließlich nicht den ganzen Tag lang hierher rennen. Ich habe noch anderes zu tun.«

»Sie und rennen!« erwiderte Heath gutmütig. »Bei der dikken Limousine, die Sie auf Staatskosten fahren? …«

»Bis dann«, sagte Doremus. »Ich brauche jetzt was zu essen.« Und schon fiel die Haustür hinter ihm ins Schloß.

Heath begab sich sogleich ans Telefon und orderte den Wagen zum Abtransport der Leiche. Dann kehrte er in die Bibliothek zurück.

»Und wo stehen wir jetzt?« rief er und breitete in einer Geste der Hoffnungslosigkeit die Arme aus.

Vance lächelte anteilnehmend.

»Etwa in der Mitte der Wüste Gobi, würde ich sagen, Sergeant.«

»Und wo wäre das, Mr. Vance?«

»Die Wüste Gobi«, erklärte Vance, »– oder eigentlich sollte man einfach nur sagen: die Gobi* – ist ein fast unerforschtes Territorium der Mongolei, das sich vom Pamir- bis zum Khingangebirge ausdehnt und von den Jablonowy- zu den Altun Tagh- und Nanschan-Bergen – die wiederum die nördlichsten Ausläufer des Kunlungebirges sind. Die Chinesen nennen die Wüste Gobi Han-hal oder Schamo. Bei den Mongolen heißt sie Samak …«

»Schon gut, Sir«, brachte Heath ihn zum Innehalten. »Ich verstehe, was Sie meinen.« Er sah Vance listig an. »Der schlitzäugige Koch war's, meinen Sie nicht auch? Wenn Mr. Markham einverstanden ist, verhafte ich ihn auf der Stelle.«

»Warum nur solche Eile, Sergeant?« seufzte Vance. »Sie haben nicht ein Körnchen Beweismaterial gegen ihn – und das weiß er. Deshalb gibt er ja nicht zu, daß er schon früher am Abend hier war.«

Heath wollte etwas sagen, doch Markham gebot ihm mit einer Handbewegung Schweigen.

»Hören Sie, Vance«, sagte er, »woher wissen Sie, daß Liang am frühen Abend hier war?«

* Gobi ist das mongolische Wort für Wüste.

»Das schließe ich daraus, daß Gamble ihn um Mitternacht nach Hause kommen hörte. Gamble sagt, er habe sich ›hereingeschlichen‹; aber glauben Sie mir, Markham, wenn Liang unbemerkt durch die Hintertür hätte nach Hause kommen wollen, dann wäre ihm das auch gelungen. Ich würde vermuten, daß er stets lautlos ins Haus kommt – die übliche Chinesenart. Sie wollen nicht, daß die Ausländer ihre Bewegungen verfolgen können, so unschuldig sie auch sein mögen. Doch letzte Nacht war Liangs Rückkehr zu hören – und Gamble war ja bereits in seiner Kammer im dritten Stock. Ein wenig auffällig, nicht wahr? Liang sah wahrscheinlich das Licht in Gambles Gemächern und machte mit dezenten Andeutungen bekannt, daß er von seinem freien Nachmittag und Abend zurückkehrte. Ich kann mir sogar ausmalen, daß Liang Tür und Fenster der Küche offenließ, als er kräftig mit Archer Coes Abendessengeschirr klapperte und sich eine Kanne Tee braute … Ein kultivierter Chinese, der um Mitternacht Tee trinkt? Nein, Markham, nein. So etwas macht man nicht unter Orientalen. Und Liang hatte ja auch den Abend über vermutlich genug von diesem Gebräu zu sich genommen. Er gab lediglich Gamble ein Zeichen, daß er um Mitternacht zurückgekehrt war.«

»Verstehe.« Markham nickte zweifelnd. »Aber das ist natürlich pure Spekulation.«

»Oh, unbedingt«, gab Vance zu. »Aber unsere Ermittlungen sind ja insgesamt noch in der spekulativen Phase, was? … Allerdings habe ich noch eindeutigere Indizien, daß Liang schon früher am Abend hier war, und werde sie ihm später vorlegen … Soviel zum Stand der Dinge; was hielten Sie davon, wenn wir jetzt ein paar freundliche Worte mit Wrede und dem Signor Grassi wechselten?«

Markham stimmte mit einer Handbewegung zu.

»Und am besten gehen wir nach oben«, schlug Vance vor. »Brisbane ist ja kein schöner Anblick.«

Heath gab Anweisungen an Burke, der die Bibliothekstür bewachen und niemanden hineinlassen sollte. Gamble wurde im unteren Flur an der Haustür postiert.

»Welchen von beiden wollen Sie als ersten?« fragte der Sergeant.

»Den Italiener, auf alle Fälle«, antwortete Vance. »Er ist schwer erschüttert und folglich in genau der richtigen Stimmung für ein Verhör. Wrede heben wir uns für später auf – da mache ich mir die schönsten Hoffnungen.«

Heath ging zur Wohnzimmertür, Vance, Markham und ich stiegen wieder zu Archer Coes Zimmer hinauf. Liang kam eben mit Miss Lakes Frühstückstablett von oben herab und trat höflich am Treppenabsatz beiseite, bis wir ins Zimmer gegangen waren.

Ein paar Sekunden darauf stießen Grassi und der Sergeant zu uns.

»Mr. Grassi«, hob Vance ohne Umschweife an, »bitte klären Sie uns über Ihren genauen gesellschaftlichen und professionellen Status in diesem Hause auf. Eine sehr ernste Lage hat sich ergeben, und wir benötigen alle Informationen, die wir erhalten können, so belanglos sie auch scheinen … Wenn wir es recht verstehen, sind Sie seit einer Woche Hausgast von Mr. Coe.«

Der Italiener hatte sich inzwischen wieder gut in der Gewalt. Er ging zu dem Sessel, in dem Archer Coes Leiche gelegen hatte, und machte es sich darin bequem.

»Ja – das ist wahr«, erwiderte er und betrachtete Vance hochmütig. »Gestern vor einer Woche kam ich auf Mr. Coes Einladung her, und es sollte ein Besuch für vierzehn Tage werden.«

»Machten Sie Geschäfte mit Mr. Coe?«

»Oh ja. Geschäfte, könnte man sagen, waren der Grund für seine Einladung … Ich bin Mitarbeiter eines historischen Museums in Mailand«, erklärte er, »und ich kam in der Hoffnung, von Mr. Coe gewisse Stücke aus seiner bemerkenswerten Sammlung chinesischer Keramiken zu erwerben.«

»Seine Ting-yao-Vase zum Beispiel?«

Grassis dunkle Augen leuchteten plötzlich vor Überraschung; doch fast im gleichen Moment nahmen sie einen mißtrauischen Ausdruck an, und er lächelte kalt und höflich.

»Ich war interessiert an der Vase«, sagte er, »das gebe ich zu. Solche Stücke sind äußerst selten. Vielleicht wissen Sie, daß echtes *Ting yao* aus der Sung-Dynastie – im Unterschied zum stets craquelierten *Tu ting yao* – heute so gut wie überhaupt nicht mehr auf dem Markt ist.«

Vance stand am Ostfenster und betrachtete seinen Gesprächspartner anscheinend teilnahmslos.

»Ja, ich weiß ... Und Sie sind sicher, daß Mr. Coes Exemplar nicht in Wirklichkeit eine *Shu fu yao*-Vase ist?«

»Absolut – obwohl es im Grunde keine Rolle spielt, ob sie aus der Kaiserzeit stammt oder nicht. Ein wunderbares Stück, vom Amphorentyp ... Haben Sie sie näher betrachtet?«

»Nein«, antwortete Vance, »ich habe sie nie gesehen ... aber ich glaube, ich habe eine Scherbe davon in der Hand gehabt.«

Grassi starrte ihn an.

»Eine Scherbe!«

»Ja, ein kleines dreieckiges Stück.« Er nickte. Dann fügte er hinzu: »Ich fürchte, Mr. Grassi, die Ting-yao-Vase ist zerbrochen.«

Die ganze Gestalt des Italieners spannte sich, seine Augen verfinsterten sich vor Empörung.

»Das ist doch unmöglich! Ich habe sie erst gestern nachmittag inspiziert. Sie stand auf dem runden Tisch in der Bibliothek.«

»Jetzt steht dort eine Vase von Tao Kuang«, erklärte Vance.

»Und wo, wenn ich fragen darf, haben Sie dieses *Ting yao*-Fragment gefunden?« Der Ton des Mannes war kalt und skeptisch.

»Auf dem runden Tisch«, erwiderte Vance lässig. »Unter der Tao-Kuang-Vase.«

»Ach?« Er zog das Wort verächtlich in die Länge.

Vance ging nicht darauf ein. Er machte eine leichte Handbewegung, als tue er ein unwichtiges Thema ab, und trat näher an den Italiener heran.

»Von Gamble höre ich, daß Sie das Haus gestern nachmittag gegen vier Uhr verließen.«

Grassi lächelte höflich, doch es war ihm anzusehen, wie sehr er auf der Hut war.

»Das ist korrekt. Ich hatte eine geschäftliche Verabredung zum Abendessen.«

»Mit wem?«

»Müssen Sie das wissen?«

»Oh, dringend.« Vance' Lächeln stand an arktischer Kälte nicht hinter dem des anderen zurück.

Grassi quittierte es mit einem resignierten Schulterzucken.

»Also gut ... Mit einem Kustos des Metropolitan Museum of Art.«

»Und«, fuhr Vance ohne jede Veränderung im Tonfall fort, »wann haben Sie sich dann mit Miss Lake getroffen?«

Der Italiener sprang empört aus seinem Sessel auf, seine Augen schossen Blitze.

»Ich verbitte mir diese Frage, Sir!« Seine Stimme, auch wenn sie nicht die Würde verlor, bebte. »Selbst wenn ich mich mit Miss Lake getroffen hätte, würde ich es Ihnen nicht sagen.«

»Das hätte ich nicht anders von Ihnen erwartet, Mr. Grassi.« Vance lächelte. »Ihr Verhalten ist korrekt ... Ich nehme an, Sie wissen, daß Miss Lake mit Mr. Wrede verlobt ist.«

Grassi beruhigte sich und nahm wieder Platz.

»Ja, ich weiß, daß es eine Vereinbarung gibt. Mr. Archer Coe ließ es mich wissen. Allerdings sagte er mir auch ...«

»Ich kann es mir denken. Er sagte Ihnen, daß er gegen diese Verbindung ist. Er schätzte Mr. Wredes Verstand, aber er sah ihn nicht gern als zukünftigen Ehemann seines Mündels ... Wie ist denn Ihre Meinung dazu, Mr. Grassi?«

Der Italiener schien überrascht, daß Vance ihn das fragte.

»Sie müssen verzeihen, Sir«, sagte er nach kurzem Zögern, »aber eine Meinung steht mir nicht zu. Ich kann allerdings sagen, daß Mr. Brisbane Coe nicht die Ansichten seines Bruders teilte. Er befürwortete die Ehe und äußerte sich auch gegenüber Mr. Archer Coe ausdrücklich in diesem Sinne.«

»Und jetzt sind sie beide tot«, sagte Vance.

Grassi senkte die Augen und wandte ein wenig den Kopf ab.

»Beide?« fragte er leise. (Die Gefaßtheit, mit der er das aufnahm, verwunderte mich sehr.)

»Mr. Brisbane starb an einem Stich in den Rücken, kurz nach dem Mord an Mr. Archer«, klärte Vance ihn auf.

»Was für ein Unglück«, murmelte der Italiener.

»Haben Sie eine Idee«, fragte Vance, »wem daran gelegen gewesen sein könnte, die beiden Herren aus dem Wege zu räumen?«

Sogleich war Grassi wieder hochmütig und distanziert.

»Da habe ich nichts beizusteuern«, sagte er mit tonloser Diplomatenstimme. »Mr. Archer Coe war die Art von Mensch, die sich leicht Feinde macht; aber Mr. Brisbane Coe war das genaue Gegenteil – freundlich, rücksichtsvoll, klug ...«

»Obwohl er auch nicht ohne Leidenschaft und Verbitterung war«, gab Vance zu bedenken.

»Mit Sicherheit«, stimmte der andere zu. »Ein Mann von großen Talenten. Und er war klug genug, es sich nicht mit anderen zu verderben.«

»Hervorragend charakterisiert«, lobte Vance. »Und welchen Eindruck haben Sie von Mr. Wrede? ... Ich versichere Ihnen, nichts, was Sie sagen, wird über diese Runde hinausgehen.«

Grassi schien verlegen. Er sagte zunächst nichts, sondern betrachtete eine ganze Weile die Wand vor sich. Als er dann sprach, tat er es bedächtig und präzise, ein Mann, der sorgsam seine Worte wählt.

»Ich bin nicht sonderlich beeindruckt von Mr. Wrede. Auf den ersten Blick ist er ein charmanter Mann. Er ist freundlich, ein unterhaltsamer Plauderer. Er hat sich mit vielem beschäftigt, aber mir scheint, sein Wissen ist oft oberflächlich. Clever ist er gewiß ...«

»Cleverness«, meinte Vance, »ist der Fluch unserer Nation.«

Grassi warf ihm einen anerkennenden Blick zu.

»Genau der Eindruck, den ich habe, seit ich im Lande bin. Ganz anders als in England, wo es weder Cleverness noch Tiefsinn gibt.«

»Was«, fügte Vance hinzu, »den Engländern einen enormen Vorteil verschafft ... Aber verzeihen Sie meine Unterbrechung. Sie sprachen von Mr. Wrede.«

Grassi nahm seine Gedanken wieder auf.

»Mr. Wrede, wie gesagt, scheint mir sehr clever zu sein. Aber ich spüre auch eine andere Seite an ihm. Er ist, würde ich sagen, zu allem fähig. Ich habe den Eindruck, nichts wird ihn aufhalten, wenn er ein bestimmtes Ziel wirklich verfolgt. Unter seinem freundlichen Äußeren verbirgt sich eine innere Härte – eine Grausamkeit, wie wir sie von den Azteken ...«

»Danke!« Vance schnitt dem anderen mit ungewohnter Härte das Wort ab. »Ich verstehe, worauf Sie hinauswollen.« Er blickte verächtlich auf Grassi hinab. »Und jetzt, Sir, wüßten wir gern genau, was Sie gestern zwischen vier Uhr nachmittags und ein Uhr nachts getan haben.« Sein Ton war schneidend scharf.

Der Italiener mühte sich nach Kräften, Vance' strengen Blick zu erwidern.

»Ich habe alles gesagt, was ich zu sagen gedenke«, erwiderte er.

Vance stellte sich drohend vor ihn hin.

»Wenn das so ist«, sagte er, »muß ich Ihre Verhaftung verlangen. Sie sind des Mordes an Archer und Brisbane Coe verdächtig!«

Ein Ausdruck tiefer Furcht kam auf Grassis bleiches Gesicht.

»Nein – nein«, stammelte er, »das können Sie nicht tun. Ich

war es nicht – ich versichere Ihnen – ich war es nicht!« Seine Stimme wurde schrill. »Ich sage alles, was Sie wissen wollen – alles …«

»Na, das ist doch schon besser«, entgegnete Vance kühl. »Sagen Sie uns, wo Sie gestern waren.«

Grassi lehnte sich vor und umklammerte die Lehnen des Sessels wie ein Besessener.

»Ich ging zu Doktor Montrose zum Tee«, begann er mit hoher, nervöser Stimme. »Wir unterhielten uns über Keramik, und ich blieb zum Abendessen. Um acht Uhr verabschiedete ich mich und ging zum Bahnhof, von wo ich einen Zug nach Mount Vernon nehmen wollte – zum Crestview Country Club …«

»Für wann waren Sie mit Miss Lake verabredet?«

»Neun Uhr.« Der Mann blickte Vance flehend an. »Es sollte ein Tanzvergnügen sein … aber – aber ich nahm den falschen Zug – ich kenne mich ja nicht aus …«

»Nur zu verständlich«, trieb Vance ihn voran. »Und wann trafen Sie schließlich am Club ein?«

»Es war schon nach elf.« Grassi sank erschöpft in seinem Sessel zurück. »Es gelang mir erst nach mehreren Anläufen«, fuhr er gequält fort. »Eine große Peinlichkeit …«

»In der Tat.« Vance studierte den anderen eiskalt. »Hat die Dame Ihnen die Verspätung verziehen?«

»Ja! Miss Lake akzeptierte meine Entschuldigung«, versicherte er pikiert. »Genaugenommen kam sie selbst erst einige Minuten nach mir an. Sie war mit Freunden zum Arrowhead Inn gefahren, wo sie zu Abend aßen, und auf dem Rückweg zum Club hatte sie einen Unfall.«

»So ein Pech«, murmelte Vance. »Waren ihre Freunde dabei?«

Grassi zögerte und wand sich nervös im Sessel.

»Soviel ich weiß, nicht«, antwortete er. »Miss Lake erzählte mir, sie sei allein zurückgefahren.«

Detective Burke kam ins Zimmer.

»Dieses Schlitzauge unten will Mr. Vance sprechen«, sagte er. »Er ist ziemlich aufgeregt.«

Vance nickte Heath zu.

»Schicken Sie ihn hoch, Burke«, kommandierte der Sergeant.

Burke ging an den Treppenabsatz und rief:

»Rauf mit dir, Cheng!« Mit einer ausholenden Geste des ganzen Arms feuerte er ihn an.

Liang blieb in der Tür stehen und wartete, bis Vance zu ihm kam. Er sagte leise etwas zu ihm, was wir anderen nicht verstanden, und hielt ihm ein hastig zusammengeknülltes Papier hin.

»Danke, Mr. Liang«, sagte Vance, und der Chinese verneigte sich und ging wieder nach unten.

Vance brachte das Päckchen zum Schreibtisch und faltete es auf.

»Der Koch«, sprach er den Italiener direkt an, »hat dieses Päckchen eben in der Mülltonne hinter der Küche gefunden. Es wird Sie vielleicht interessieren, Mr. Grassi.«

Bei diesen Worten schlug er das Papier auseinander, und darin konnten wir eine große Zahl von Scherben aus wunderbar zartem Porzellan von reinem, weißem Schimmer erkennen.

»Das«, fuhr er fort, noch immer an den Italiener gerichtet, »sind die Reste von Mr. Coes Ting-yao-Vase … Und wenn Sie genau hinsehen, sehen Sie, daß an etlichen Scherben dieses äußerst zerbrechlichen Porzellans Blut klebt.«

Grassi erhob sich und starrte fassungslos die Scherben an.

Kapitel 10
Nadel und Faden

(Donnerstag, 11. Oktober, 1 Uhr 15 nachmittags)

Es folgte ein langes Schweigen. Dann blickte Grassi auf.

»Das ist unglaublich!« rief er. »Das begreife ich nicht … Und das Blut! Meinen Sie, Sir, diese Vase hat etwas mit dem Tod von Mr. Coe zu tun?«

»Zweifelsohne.« Der Blick, mit dem Vance den Italiener betrachtete, schien unschlüssig. »Aber bitte nehmen Sie wieder Platz, Mr. Grassi. Es gibt noch ein oder zwei Fragen, die ich Ihnen stellen möchte.«

Widerwillig ließ der andere sich wieder in dem Sessel nieder.

»Wenn Sie gestern am späten Abend gemeinsam mit Miss Lake im Country Club waren«, nahm Vance den Faden wieder auf, »wie kam es dann, daß Sie nicht mit ihr hier im Haus eintrafen? Ich gehe natürlich davon aus, daß Sie sie in die Stadt zurückbegleiteten.«

Grassi wirkte verlegen.

»Miss Lake«, erklärte er, »fand, daß man nicht hören sollte, wie wir gemeinsam das Haus betraten. Deshalb wartete ich eine Viertelstunde im Central Park und folgte ihr dann.«

Vance nickte.

»Genau, was ich mir gedacht habe. Daß Sie so kurz hintereinander hier eintrafen, brachte mich erst auf die Idee, daß Sie gestern abend gemeinsam aus gewesen sein könnten. Und Geschäftsessen mit Kuratoriumsmitgliedern des Metropolitan Museum pflegen nicht bis in die frühen Morgenstunden zu dauern … Welchen Grund gab Miss Lake für diese Täuschung an?«

»Keinen bestimmten. Sie sagte nur, es sei besser, wenn Mr. Brisbane Coe uns nicht gemeinsam zurückkommen hörte.«

»Sie sprach ausdrücklich von Mr. Brisbane Coe?«

»Ja.«

»Und erwähnte Mr. Archer Coe nicht?«

»Wenn ich mich recht entsinne, nicht.«

»Was ja auch verständlich ist«, meinte Vance. »Onkel Brisbane war bei ihren Heiratsplänen mit Mr. Wrede ihr Verbündeter, und sie malte sich vielleicht aus, daß er es nicht gern sähe, wenn sie noch so spät abends mit einem anderen Mann aus war ... Die ältere Generation, Mr. Grassi, hat in diesen kleinen Dingen ihre festen Ansichten. Die Mädchen unserer Tage sind da ganz anders.«

Der Italiener war sichtlich dankbar für Vance' diplomatische Haltung und verneigte sich anerkennend.

Vance spazierte zum Fenster.

»Sie sind hier im Hause in den beiden Zimmern untergekommen, die auf dieser Etage nach vorn heraus liegen, nicht wahr, Mr. Grassi?«

»So ist es«, antwortete er und hob die Augenbrauen. »Die Suite liegt über Wohn- und Herrenzimmer.«

»Als Sie gestern abend – oder vielleicht sollten wir besser heute morgen sagen – nach Hause kamen, wo haben Sie da Hut und Mantel gelassen?«

Wieder blickte der Italiener mißtrauisch.

»Ich hatte keinen Mantel an. Hut und Stock habe ich mit auf mein Zimmer genommen.«

»Warum? Unten im Flur ist doch ein Garderobenschrank.«

Grassi rutschte unruhig in seinem Sessel hin und her, und ich hätte schwören können, daß sein Gesicht noch bleicher geworden war.

»Ich wollte keinen Lärm mit dem Öffnen und Schließen der Schranktür machen«, erklärte er.

Vance antwortete nicht darauf, und es trat ein kurzes Schweigen ein. Dann drehte er sich um und kam vom Fenster wieder zurück zum Tisch.

»Das wäre für den Augenblick alles«, sagte er freundlich. »Ich danke Ihnen für Ihre Hilfe. Macht es Ihnen etwas aus, wenn Sie auf Ihrem Zimmer warten? Wir werden wahrscheinlich noch weitere Fragen an Sie haben, bevor der Nachmittag vorüber ist. Ich werde dafür sorgen, daß Gamble Ihnen etwas zu essen bringt.«

Der Mann erhob sich und wollte etwas sagen. Aber dann überlegte er es sich offenbar anders, verneigte sich nur und ging den Flur hinunter zur Front des Hauses davon.

Sofort war Markham auf den Beinen.

»Was ist mit dieser Vase?« fragte er und wies auf die Scherben auf dem Schreibtisch. »Hat Archer Coe damit den Schlag über den Kopf bekommen?«

»Oh nein.« Vance hob eines der größeren Stücke auf und zerrieb es ohne weiteres zwischen den Fingern. »Das zarte Ting-yao-Porzellan bricht unter dem kleinsten Druck. Wenn man jemanden damit auf den Schädel schlüge, würde er kaum etwas spüren. Die Vase würde einfach nur zerbrechen.«

»Aber das Blut …«

»Archers Kopfwunde hat nicht geblutet.« Vance nahm ein weiteres Bruchstück und hielt es in die Höhe. »Und außerdem sollten Sie beachten, daß das Blut nicht außen auf der Glasur ist, *sondern an der Innenseite der Vase*. Das gilt auch für den Splitter, den ich unten auf dem Tisch gefunden habe.«

Markham sah Vance verdattert an.

»Und wie um alles in der Welt erklären Sie sich das?«

Vance zuckte mit den Schultern.

»Ich erkläre es mir überhaupt nicht – jedenfalls vorerst nicht. Aber es ist ein faszinierender Gedanke. Nur zweimal gab es bei dieser Affäre Blut zu sehen – dasjenige, das aus Brisbanes Wunde troff, und die Verletzung am Kopf des Scotchterriers. Aber ich habe keine Ahnung, was diese Vase mit Brisbanes Tod oder dem Angriff auf den Scotty zu tun haben soll.«

»Und was hat sie mit Archers Tod zu tun?«

Vance wich einer Antwort aus.

»Hat diese Vase nicht, als Gamble gestern abend das Haus

verließ, um seiner Leidenschaft für das Lichtspiel zu frönen, auf dem Tisch unmittelbar hinter dem Platz gestanden, an dem Archer saß?«

»Ja und?« Markham versuchte gar nicht mehr, seinen Überdruß zu verbergen.

Mit einem Seufzer holte Vance sein Zigarettenetui hervor.

»Tja, wenn ich das wüßte! ... Lassen Sie mir ein wenig Zeit«, sagte er. »Ich habe eine recht genaue Vorstellung, wie die Blutspuren ins Innere dieser Vase gekommen sein könnten; aber sie ist zu unglaublich – zu phantastisch. Ich brauche Indizien für meinen Verdacht ...« Er sprach den Satz nicht zu Ende und zündete nachdenklich seine Zigarette an.

Markham betrachtete ihn eine Weile lang, dann sagte er:

»Die ganze Affäre hat etwas Irreales, Unnatürliches.«

Vance blies einen blauen Rauchkräusel in die Luft.

»Am besten unterhalten wir uns mit Wrede«, schlug er vor. »Vielleicht sind wir klüger, wenn er uns sein Herz ausgeschüttet hat. Er macht sich seine Gedanken – sonst hätte er nicht Gamble geraten, sich gleich an Sie zu wenden.«

Markham gab Heath den entsprechenden Befehl, aber im gleichen Moment rief Burke von unten, daß der Wagen für die Leiche da sei. Heath war schon halb die Treppe hinunter, da riß Vance sich von der Betrachtung einer kürbisförmigen Ch'ien-Lung-Vase im Millefleurmuster los und folgte ihm.

»Warten Sie, Sergeant!«

Vance war so stürmisch hinausgegangen, daß Markham und ich uns anschlossen.

»Ich überlege«, rief er zu Heath hinunter, »ob wir nicht einen Blick in Brisbanes Taschen werfen sollten, bevor er fortgebracht wird ... Hätten Sie etwas dagegen?«

»Ganz im Gegenteil, Mr. Vance.« Heath war Feuer und Flamme. »Kommen Sie.«

Wir betraten gemeinsam die Bibliothek. Der Sergeant schloß die Tür.

»Hatte ich selbst schon überlegt«, sagte er. »Ich frage mich nämlich, ob dieser geschniegelte Butler uns nicht von Anfang an belogen hat mit der Fahrt nach Chicago.«

Es dauerte nicht lange, bis alles, was Brisbane Coe in den Anzugtaschen gehabt hatte, auf dem Tisch der Bibliothek lag. Aber es war nur das, was man in den Taschen eines Mannes erwarten konnte – Brieftasche, Taschentücher, Schlüssel, ein Füllfederhalter, eine Uhr und so weiter. Allerdings fanden wir eine Fahrkarte und eine Schlafplatzreservierung nach Chicago, dazu die Quittung der Gepäckaufbewahrung für den Koffer.

Heath machte seiner Enttäuschung mit eindeutigen Worten Luft.

»Tja, die Fahrkarte ist da«, schloß er. »Dann wollte er also doch nach Chicago.«

Auch Vance war unglücklich.

»Oh ja, Sergeant, das wollte er. Ich habe auch nicht nach der Karte gesucht; ich hatte auf etwas anderes gehofft.«

»Auf was?« fragte Markham.

Vance betrachtete ihn mit abwesendem Blick.

»Ehrlich gesagt, ich weiß nicht auf was.« Mehr wollte er nicht sagen.

Heath rief die beiden Männer, die auf dem Flur mit ihrem Korb warteten, und sie trugen den Leichnam von Brisbane Coe davon, der nun im Schauhaus wieder mit seinem Bruder vereint sein würde.

Als die Männer das Haus verließen, trat Snitkin ein, den Koffer des Toten in der Hand.

»War gar nicht so leicht, den zu kriegen«, sagte er entschuldigend. »Die Blödiane auf dem Bahnhof wollten ihn nicht rausgeben, und ich mußte erst aufs Präsidium und mir eine Vollmacht vom Inspektor holen.«

»Ach, so eilig war das ja nicht.« Der Sergeant spürte den verletzten Stolz und wollte den Detective trösten.

Auf Vance' Vorschlag öffnete er den Koffer und durchsuchte

ihn. Es war nichts darin, was nicht zum Koffer eines Mannes für eine kurze Reise gepaßt hätte.

»He, Sie.« Heath wies mit dem Kinn auf Gamble. »Sehen Sie sich das hier an und sagen Sie mir dann, ob das die Sachen sind, die Sie eingepackt haben.«

Ängstlich gehorchte Gamble. Nach kurzer Überprüfung nickte er, sichtlich erleichtert.

»Ja, Sir. Es ist nichts darin, was ich nicht hineingelegt habe.«

Vance nickte Heath zu, und der Sergeant überließ Gamble den Koffer, um ihn zu verstauen.

»Und Sie, Snitkin«, fügte er hinzu, »warten oben.«

Die beiden Männer verschwanden, und Heath ging an die Schiebetür des Wohnzimmers und zog sie auf.

»Mr. Wrede«, rief er. »Sie sind dran.«

Wrede betrat die Bibliothek und sah uns mit gequälter, fragender Miene an.

»Haben Sie etwas ermitteln können, Mr. Markham?« Seine Stimme war ein wenig unstet, und seine Augen waren ständig in Bewegung. »Wo ist Mr. Grassi?«

»Mr. Grassi ist oben.« Markham forderte ihn auf, sich zu setzen. »Und ich muß leider sagen, daß wir bisher sehr wenig erfahren haben … Ich hoffe, daß Sie uns weiterhelfen können.«

»Lieber Himmel! Wenn ich das nur könnte.« Wrede schien dem Zusammenbruch nahe. »Das ist alles so entsetzlich!«

Vance hatte ihn mit halb geschlossenen Augen beobachtet.

»Es ist sogar entsetzlicher, als Sie wahrscheinlich glauben«, sagte er. »Auch Brisbane Coe ist ermordet worden.«

Wrede sah sich benommen um und ließ sich dann in den ersten Sessel sinken, den er fand.

»Brisbane?« Es war, als komme seine Stimme aus weiter Ferne. »Aber warum – warum …?«

»Tja, warum?« Vance' Ton war hart, ganz anders als die freundliche Distanz, die er bei der Befragung Grassis an den Tag gelegt hatte. »Aber er ist tot, das steht fest. Auch er starb durch einen Stich in den Rücken mit einer ungewöhnlich geformten Waffe.«

Wrede starrte vor sich hin. Seine Lippen bewegten sich, aber sie brachten keine Worte hervor.

»Sagen Sie uns, was Sie über diesen Doppelmord wissen, Mr. Wrede«, fuhr Vance grimmig und unerbittlich fort.

Wrede zitterte am ganzen Leibe.

»Ich weiß nichts darüber«, antwortete er nach einer qualvollen Pause. »Gamble sagte mir heute morgen, Brisbane sei in Chicago.«

»Er verließ gestern nachmittag das Haus, um zum Bahnhof zu fahren, doch am Abend kehrte er zurück – und fand sein Ende hier.«

»Warum – warum sollte er zurückkehren?« stammelte Wrede.

»Hätten *Sie* da eine Erklärung?«

»Ich?« Der Mann riß die Augen auf. »Nicht die mindeste.«

»Können Sie uns etwas über die Verfassung des Haushalts am gestrigen Tage sagen? Ich möchte eine Beschreibung so genau wie nur möglich; außerdem hätte ich gern einen Bericht über Ihre eigenen gestrigen Bewegungen, in allen Einzelheiten.«

»*Meine* Bewegungen?« Wrede klang eingeschüchtert und matt. »Wieso das?«

»Wenn Sie die Aussage verweigern wollen ...« hob Vance drohend an, sprach jedoch nicht weiter.

»Ich habe keinen Grund, Ihnen etwas zu verschweigen«, erwiderte der andere sogleich. »Gestern vormittag war ich hier und habe von zehn bis zwölf mit Archer Coe gesprochen ...«

»Über Keramik – oder über Miss Lake?«

Wrede rang nach Luft.

»Beides«, hauchte er dann. »Um ehrlich zu sein, es war ein recht bitterer Wortwechsel zwischen Archer und mir über meine bevorstehende Heirat mit Miss Lake. Aber das kam häufiger vor. Sie wissen vielleicht, daß er entschieden gegen diese Verbindung war. Brisbane war ebenfalls dabei und hat Archer ein paar recht unfreundliche Dinge an den Kopf geworfen …«

»Und nach zwölf?«

»Aß ich in meiner Wohnung zu Mittag. Dann fuhr ich zu einer Auktion der American Art Galleries. Aber ich fand nichts Interessantes, und außerdem schmerzte mein Kopf sehr. Gegen drei war ich wieder zu Hause und legte mich hin. Ich habe meine Wohnung erst heute morgen wieder verlassen, als Gamble mich anrief.«

»Sie wohnen nebenan, nicht wahr?«

»Das nächste Haus Richtung Osten, jenseits des unbebauten Grundstücks. Ein altes Stadthaus, das zu Wohnungen umgebaut ist. Ich bewohne den ersten Stock.«

»Wem gehört das freie Grundstück?«

»Das ist Teil des Coe-Besitzes. Archer hat es einsäen und den Zaun zur Straße errichten lassen. Er sagte, er brauche Licht und Luft, und hat sich stets geweigert, es zu verkaufen.«

Vance nickte beiläufig.

»Wie ich vermutet hatte … Und Sie blieben von drei Uhr gestern nachmittag bis zum heutigen Morgen in Ihrer Wohnung?«

»Genau das. Ich hatte gräßliche Kopfschmerzen …«

»Haben Sie Miss Lake gestern gesehen?«

»Ja, am Vormittag, als ich hier im Hause war. Ich hatte sogar für den Abend eine Verabredung mit ihr – im Country Club. Doch als ich gestern nachmittag wieder zu Hause war, rief ich an und sagte ab. Ich war außerstande zu tanzen.«

»Mr. Grassi hat Sie würdig vertreten«, sagte Vance.

Wrede blickte finster, die Kinnpartie spannte sich.

»Ja, sie hat es mir heute morgen erzählt.« (Ich konnte mich nicht entscheiden, ob das die Wahrheit war oder bloße Ritterlichkeit.)

»Als Gamble heute morgen per Telefon die Nachricht durchgab«, fragte Vance, »was war da Ihr erster Gedanke?«

Wrede runzelte die Stirn, und es dauerte eine ganze Weile, bis er antwortete.

»Das wäre nicht leicht zu analysieren … Man kann nicht sagen, daß ich Archer sonderlich gern gehabt hätte«, gab er zu, »und ich war nicht traurig, als ich hörte, daß er tot war. Aber ich war sehr verblüfft. Es paßte überhaupt nicht zu Archer, sich das Leben zu nehmen, und – ehrlich gesagt – ich hatte meine Zweifel. Deshalb bin ich auch gleich herübergekommen – ich wollte es mit eigenen Augen sehen. Selbst als ich durchs Schlüsselloch gespäht hatte, zweifelte ich an dem, was ich da sah, denn schließlich kannte ich Archer sehr gut. Deshalb riet ich auch Gamble, sich gleich mit Mr. Markham in Verbindung zu setzen.«

Weiterhin betrachtete Vance Wrede mit unerbittlichem Blick.

»Das war weise von Ihnen«, war sein Kommentar, in dem eine Spur Sarkasmus mitschwang. »Aber wenn Sie nicht glauben wollten, daß Archer Coe Selbstmord begangen hatte, müssen Sie ja eine andere Möglichkeit erwogen haben – nämlich daß es sich um Mord handelte. Wer, Mr. Wrede, hätte denn für Ihre Begriffe ein Motiv für eine solche Tat gehabt?«

Wrede antwortete zunächst nicht. Er machte einen äußerst gequälten Eindruck und fuhr sich mehrfach mit den Fingern durch das Haar.

»Das ist eine Frage, mit der ich mich schon den ganzen Vormittag beschäftige«, sagte er dann, ohne Vance anzusehen. »Man könnte natürlich spekulieren, aber es wäre nicht fair, solche Spekulationen zu äußern, solange man keine halbwegs schlüssigen Beweise in Händen hält …«

»Mr. Grassi?«

Wieder verfinsterte sich Wredes Miene.

»Ich – ich – wirklich, Mr. Vance, ich kenne den Mann doch kaum. Er hatte es auf Coes chinesische Sammlung abgesehen; aber das wäre doch kein Motiv für einen Mord.«

»N-nein.« Vance lächelte eisig. »Wie wäre es mit Miss Lake?«

Vance hielt es kaum in seinem Sessel.

»Das ist eine Unverschämtheit!« rief er und starrte Vance wütend an. »Wie können Sie es wagen …?«

»Sparen Sie mir den großen Auftritt«, schnitt Vance ihm mit einem verächtlichen Lächeln das Wort ab. »So leicht bin ich nicht zu beeindrucken … Wir unterhalten uns nur über Möglichkeiten, und das können wir weitaus besser ohne Kostproben Ihrer schauspielerischen Talente, auch wenn sie noch so beachtlich sein mögen.«

Wrede lehnte sich wieder zurück, mit einem gemurmelten Kommentar, den keiner von uns verstand.

»Wie wäre es denn dann mit Liang, dem Koch?« fragte Vance als nächstes.

»Liang, hm? Das ist etwas anderes. Dieser Chinese war ja ein Geheimniskrämer vom ersten Augenblick an. Ich habe nie ganz verstanden, was er hier will. Er ist mit Sicherheit kein Koch von Beruf; schon oft habe ich ihn von meinem Wohnungsfenster aus stundenlang auf der hinteren Veranda sitzen und schreiben sehen. Ich habe das Gefühl, er ist eine Art Spion. Er kennt sich auch gut mit chinesischer Kunst aus. Mehrfach habe ich ihn hier in diesem Zimmer erwischt, wie er die Vasen studierte, sie umdrehte und die Signaturen las, mit seinen gelben Fingerspitzen über das Porzellan fuhr wie ein Kenner … Und ich habe nie die Art gemocht, wie er sich hier im Hause beträgt – so hinterhältig und überfreundlich. Vom ersten Tag an habe ich ihm mißtraut.« Wrede nickte vielsagend dazu. »Wenn Sie wüßten, was er hier sucht, dann wüßten Sie vielleicht auch mehr über Archer Coes Tod … Zumindest«, fügte er eilig hinzu, »würde ich das vermuten.«

Vance unterdrückte ein leichtes Gähnen.

»Das Wesen des Orientalen ist voller Geheimnisse«, war sein Kommentar. »Ich habe ebenfalls den Eindruck, daß Liang etwas über die Geschehnisse des vergangenen Abends weiß. Aber auch dort fehlt uns vorerst ein Motiv.« Er lehnte sich an den Kamin, und sein Blick ging in weite Ferne. »Sie selbst hingegen hätten guten Grund, Archer Coe ins Jenseits zu befördern.«

Zu meiner Überraschung nahm Wrede den Vorwurf ohne neuen Wutausbruch auf.

»Wir wissen, daß Archer gegen Ihre Heirat mit seiner Nichte war«, fuhr Vance fort. »Er hätte vielleicht sogar Einfluß genug gehabt, sie zu verhindern. Und bis zu seinem Tode stand Miss Lake nur eine kleine Rente zu. Nach Archers Ableben sollte sie ihr elterliches Erbe erhalten. Wenn Sie also Archer aus dem Wege geräumt hätten, hätten Sie auf der Stelle nicht nur eine Braut erobert, sondern eine recht wohlhabende dazu – und niemand hätte Ihnen mehr Steine in den Weg gelegt. Nicht wahr, Mr. Wrede?«

Wrede quittierte es mit einem harschen Lachen.

»Da haben Sie wohl recht. Ich hatte, wie Sie ganz richtig sagen, guten Grund, Archer umzubringen. Andererseits hatte ich nicht den geringsten Grund für den Mord an Brisbane.«

»Ah ja – Brisbane. Wie wahr – wie wahr. Der zweite Tote macht die Sache wirklich kompliziert.«

»Wo haben Sie, wenn ich fragen darf, Brisbanes Leiche gefunden?«

»Im Garderobenschrank am Ende des unteren Flurs ... Sie haben nicht zufällig heute morgen in diesen Schrank hineingesehen?«

»Nein!« Wrede erschauderte. »Aber ich war kurz davor. Dann habe ich meinen Hut doch auf einen Sessel im Wohnzimmer geworfen.«

Vance schüttelte spöttisch den Kopf.

»Ich muß schon sagen! Wie einmütig alle diesen Schrank gemieden haben, seit Brisbane dort eingezogen war!«

»Vielleicht«, schlug Wrede mit Verschwörermiene vor, »war Liang bezüglich des Inhalts nicht so ganz ahnungslos?«

»Wer weiß?« seufzte Vance. »Ich bin sicher, Liang würde es uns nicht verraten. Traurig … traurig …«

Wrede verfiel in ein Brüten. Aber bald meldete er sich wieder zu Wort.

»Was ich nicht verstehen kann, ist diese verriegelte Tür oben.«

»Das geht uns nicht anders«, sagte Vance nüchtern. »Höchst verwirrend. Aber lassen Sie sich davon heute nacht nicht um Ihren Schlummer bringen, Mr. Wrede. Ich bin überzeugt, *Sie* haben sie nicht verriegelt.«

Wrede reckte mit einer ruckartigen Bewegung das Kinn vor.

»Oh, dankeschön.« Aber sein Versuch zu scherzen kam nicht an. »Haben Sie die Tatwaffe?« fragte er lahm. »Vielleicht hilft die Ihnen weiter.«

»Mit Sicherheit würde sie das«, stimmte Vance zu.

Heath, der am vorderen Fenster gestanden hatte, kam heran.

»Das bringt mich darauf.« Er warf Vance einen ärgerlichen Blick zu: Offenbar gefiel ihm die Art, wie er Wrede befragte, nicht. »Die Jungs und ich wollen uns hier im Haus mal gründlich umsehen … Ist das in Ordnung, Mr. Markham?«

Markham nickte.

»Machen Sie sich an die Arbeit, Sergeant. Je schneller, desto besser.«

Heath verließ den Raum, und Vance widmete sich wieder seinen Fragen.

»Übrigens, Mr. Wrede, interessieren Sie sich eigentlich für chinesische Keramik?«

»Nicht besonders.« Die Frage überraschte den Mann offenbar. »Ich besitze selbst ein paar Stücke, aber ich bin kein Experte. Natürlich habe ich in der langen Zeit, die ich Archer kannte, manches aufgeschnappt.«

Vance ging zu dem runden Teakholztisch hinter dem Sofa und wies auf die Tao-Kuang-Vase.

»Was halten Sie von dieser Ting-yao-Vase?«

Wrede erhob sich und kam zu Vance herüber.

»Ting yao?« Seine Miene war verwirrt. »Das ist doch kein Ting yao, oder doch?«

»Nein, ich glaube kaum.« Vance tat, als mustere er die Vase. »Aber ich meine, ich könnte mich erinnern, daß Archer Coe hier auf dem Tisch eine Ting-yao-Vase in derselben Form hatte.«

Wrede stand da, die Hände hinter dem Rücken, und sah die Vase an. Plötzlich rief er:

»Donnerwetter, Mr. Vance, das stimmt! Aber das hier ist eine andere.«

»Wann haben Sie die originale Vase zuletzt gesehen?«

»Das könnte ich nicht sagen. Ich war zwar gestern morgen hier im Zimmer – aber ich habe nicht darauf geachtet. Ich hatte anderes im Sinn.« Er blickte Vance fragend an. »Hat diese Vase etwas zu tun mit – mit …«

»Schwer zu sagen«, antwortete Vance. »Aber es hat mich gewundert, daß Archer eine solche Vase in seiner Sammlung hat.«

»Da haben Sie ganz recht.« Wrede starrte wieder den Tisch an. »Vielleicht hat jemand die andere Vase gegen diese ausgetauscht.«

»Genauso war es«, bestätigte Vance lakonisch.

»Aha!« Das schien Wrede eine Genugtuung zu sein; ich fragte mich, ob er dabei an Grassi dachte.

Vance hatte den Ausruf anscheinend nicht gehört. Er warf einen Blick auf seine Uhr.

»Das wäre alles, Mr. Wrede. Sehen Sie, daß Sie etwas zum Mittagessen bekommen. Allerdings haben wir morgen vielleicht noch ein paar Fragen. Werden Sie in Ihrer Wohnung sein?«

»Ich bin den ganzen Tag zu Hause.« Er zögerte. »Darf ich noch Miss Lake besuchen, bevor ich gehe?«

»Unbedingt. Sie können ihr die Nachricht von Brisbanes Tod überbringen.«

Wrede ging hinaus, und wir hörten, wie er die Treppe hinaufstieg.

Markham sprang aufgeregt aus seinem Sessel auf.

»Was halten Sie von dem Burschen?« fragte er.

Vance rauchte einen Moment lang nachdenklich.

»Seltsamer Mensch – nicht gerade sympathisch. *Ich* würde mich nicht mit ihm verloben.«

»Sie haben ihn ja auch nicht mit Samthandschuhen angefaßt.«

»Er ist zu redegewandt; einen solchen Vorteil darf man ihm nicht lassen. Wenn ich erfahren wollte, was er vielleicht weiß, mußte ich ihn aus der Fassung bringen.«

»Ich überlege, ob er nicht heute morgen unten den Schrank aufgemacht hat«, sagte Markham, »und als er sah, was drin war, ließ er Gamble bei mir anrufen.«

»Möglich«, entgegnete Vance. »Ein Gedanke, der auch mir durch den Kopf ging. Aber warum hätte er es uns dann nicht sofort sagen sollen, als wir hier eintrafen?«

»Was wir jedenfalls festhalten können, ist, daß er Grassi nicht mag. Ich hatte das Gefühl, er ist eifersüchtig auf den Italiener.«

»Oh, unbedingt. Und er wußte nicht, daß Grassi und Miss Lake gestern abend zusammen aus waren. Kuriose Situation.« Vance runzelte nachdenklich die Stirn. »Aber Wredes größter Haß gilt dem Koch. Er hat uns Liang sehr treffend geschildert … Merkwürdig, daß Archer mit all seinen sinologischen Kenntnissen Liang nicht durchschaut hat.«

»Vielleicht hat er das ja«, sagte Markham beiläufig.

Vance stutzte und nahm die Zigarette aus dem Mund.

»Beim Barte des Propheten! Vielleicht hat er das! …«

Schwere Schritte polterten die Treppe herunter, und gleich darauf stand Heath in der Tür und strahlte triumphierend. Er hatte etwas in der Hand, kam damit an den Tisch und warf es auf die Tischplatte, damit wir es alle begutachten konnten.

Nie zuvor hatte ich einen so prachtvollen und faszinierenden chinesischen Dolch gesehen.* Die Klinge, von quadratischem Querschnitt mit konkaven Seiten, bestand aus Stahl, fein ziseliert und an die fünfzehn Zentimeter lang. Von einer Diagonalen von etwa anderthalb Zentimetern am Heft verjüngte sie sich zu einer stilettfeinen Spitze, und getrocknetes Blut klebte daran. Das Heft war oval, von glänzendem Gold, darin eingraviert das Siegel des ursprünglichen Besitzers. Der zylindrische Griff war mit zinnoberroter Seide umwickelt, mit der üblichen Reihe von Knoten auf der einen Seite, und den Knauf zierte eine winzige Figur Kuan Tis, des chinesischen Kriegsgottes, aus brauner Jade geschnitzt. Daß es sich bei diesem Dolch um die Mordwaffe handelte, war offensichtlich.

»Gute Arbeit, Sergeant«, sagte Vance. »Wo haben Sie ihn gefunden?«

»Unter dem Sitzkissen des Sessels, in dem wir heute morgen den Toten gefunden haben.«

»Was Sie nicht sagen! Tatsächlich? In Archer Coes Schlafzimmer?« Vance schien verblüfft von Heath' Auskunft. »Sehr unerwartet ...«

Er ging mit raschen Schritten zur Eßzimmertür und rief Liang. Als der Chinese erschien, winkte Vance ihn zum Tisch herüber und wies auf den Dolch.

»Haben Sie den schon einmal gesehen, Mr. Liang?«

Der Mann betrachtete die Waffe mit gänzlich teilnahmsloser Miene.

»Ja«, antwortete er mit ruhiger Stimme. »Ich habe ihn schon oft gesehen. Er wird in der Vitrine am Fenster aufbewahrt, zusammen mit anderen Waffen meines Landes.«

Vance schickte ihn wieder hinaus und ging ein paarmal im Zimmer auf und ab. Man sah ihm an, daß ihm etwas Sorgen machte.

* Später erfuhr ich, daß der Dolch aus der Hsüan-Tê-Periode der Ming-Dynastie stammte.

Heath beobachtete ihn einen Moment lang, dann ging sein Blick wieder zum Dolch.

»Und keine Chance, daß wir da einen Fingerabdruck drauf finden«, brummte er ärgerlich. »Ein Seidengriff.« Er kaute heftig auf seiner längst ausgegangenen Zigarre.

»Nein«, murmelte Vance, ohne daß er den Blick vom Fußboden hob. »Keine Fingerabdrücke. Aber das ist nicht die größte Schwierigkeit dabei, Sergeant. Brisbane Coe wurde Stunden nach Archer Coe erstochen. Und trotzdem findet sich der Dolch oben in Archer Coes Sessel. Das ist doch nicht vernünftig ...«

Mit finsterer Miene ging er weiter auf und ab. Plötzlich blieb er stehen.

»Sergeant! Bringen Sie mir Brisbane Coes Mantel aus dem Garderobenschrank – den schwarz-weißen Tweedmantel.« Nun klang seine Stimme erregt.

Heath ging hinaus und kehrte gleich darauf mit dem Kleidungsstück zurück.

Vance stülpte alle Taschen aus. Ein graues Taschentuch und ein Paar Handschuhe fielen auf den Tisch. Dann zog Vance aus der linken Außentasche zwei Stücke dünnen, gewachsten Bindfadens, etwa einen Meter zwanzig lang. Er wollte sie schon beiseitelegen, da beugte er sich plötzlich vor und besah sie sich näher. Jeweils ein Ende war sorgsam an eine große, verbogene Nadel geknotet.

Heath sah mit andächtiger Faszination zu.

»Was mag das sein, Mr. Vance?« fragte er.

Vance antwortete nicht, sondern faßte noch einmal in die linke Manteltasche. Als die Hand wieder hervorkam, hielt sie ein langes, dünnes Metallobjekt.

»Ah!« rief er zufrieden.

Wir anderen sahen es verwundert an. Es war wohl das letzte, was wir zu sehen erwartet hätten.

Das Objekt, das Vance aus Brisbane Coes Manteltasche gefischt hatte, war eine große Stopfnadel!

Kapitel 11
Mehr Blut

(Donnerstag, 11. Oktober, 1 Uhr 45 nachmittags)

Markham blickte von der Nadel zu dem kleinen Fadenknäuel und dann wieder zu Vance.

»Und was – wenn überhaupt etwas – hat das nun zu bedeuten?« fragte er.

Vance nahm nachdenklich die Nadel und die beiden Fadenstücke und verstaute sie in seiner eigenen Jackentasche.

»Es heißt, daß jemand Kunststücke gemacht hat, Markham. Es heißt, daß wir es mit einem raffinierten, gerissenen, hinterhältigen Verstand zu tun haben. Jemand hatte die Ausführung dieses Verbrechens bis in die kleinste Einzelheit geplant – und dann mißlang ihm dieser Plan. Der Mörder mußte zu immer aufwendigeren Mitteln greifen, um den Verdacht von sich abzulenken. Und damit hat er die Sache dermaßen kompliziert gemacht, daß wir nun keinen Zugang mehr dazu finden …«

»Aber was ist mit dem Faden und der Stopfnadel?« unterbrach ihn Markham.

»Das war die Stelle, an der er von seinem Plan abkam …«

»Aber *wer* hat mit Nadel und Zwirn gearbeitet? Was wollte er damit bezwecken?«

Vance blickte ernst zu ihm auf.

»Wenn ich wüßte, wer es war, hätte ich einen wichtigen Schlüssel zu diesem Verbrechen. Daß sich die Sachen in Brisbanes Mantel fanden, hat nicht viel zu bedeuten. Genau dahin hätte jeder Täter sie nach der Tat gesteckt. Immer die sicherste Sache, wenn man den Verdacht auf einen Toten lenkt.«

Markhams Muskeln spannten sich, seine Augen blickten hart.

»Sie halten es für möglich, daß Brisbane Archers Mörder war?«

»Aber nein, um Himmels willen!« Vance sagte es lustlos, doch mit Nachdruck. »Ich würde vermuten, daß Brisbane erst nach Hause kam, als Archer schon tot war.«

»Gehen Sie davon aus, daß ein und dieselbe Person Brisbane und Archer umgebracht hat?«

Vance nickte, aber die Sorgenfalten blieben.

»Mit Sicherheit. Beide Morde haben dasselbe Grundmuster, und die Waffe war in beiden Fällen dieselbe.«

»Aber die Waffe fand sich in Archers Zimmer, das von innen verschlossen war«, wandte Markham ein.

»Nur eine weitere unglaubliche Komplikation«, erwiderte Vance. »Eigentlich hätte der Dolch nicht dort sein dürfen. Ich hätte ihn hier in der Bibliothek vermutet.«

»Hier?« fragte Markham verblüfft. »Warum denn in der Bibliothek? Keiner von beiden ist hier erstochen worden.«

»Da wäre ich mir nicht so sicher ...« Vance stand über den Tisch gebeugt, ganz in Gedanken versunken. »Es wäre der naheliegende Ort gewesen ... aber keine von beiden Leichen fand sich hier ...«

»Wieso naheliegend?« Markhams Ton war schroff.

»Weil die Tao-Kuang-Vase hier steht und Blut an der Ting-yao-Scherbe war ...« Er sprach nicht weiter, sein Blick war in weite Ferne gerichtet. »Blut und *Ting yao!* ... Aber was geschah, nachdem die Sung-Vase zerbrochen war? – Was hätte der Täter als nächstes getan? Wäre er aus dem Zimmer gegangen, den blutverschmierten Dolch in der Hand? ... Nein! Das hätte er nicht gewagt – es hätte auch nicht zu seinen sinistren Plänen gepaßt. Das hätte er sich nicht getraut. Er hatte etwas zu verbergen, Markham ...« Vance sah sich im Zimmer um. »Das ist es: *Er verbarg ihn!* ... Zweimal verbarg er ihn ... und dann geschah etwas Unvorhergesehenes – etwas, das ihn verblüffte, aus der Fassung brachte. Glauben Sie mir, die Leiche hätte hier in der Bibliothek sein sollen; und deshalb hätte auch der Dolch hier sein sollen.«

»Könnten Sie das wohl so ausdrücken, daß man es versteht?« beschwerte sich Markham. »Wenn Sie eine Theorie haben, dann wollen wir sie hören!«

»Eine Theorie habe ich, Markham«, entgegnete Vance ungerührt, »– eine, die gewisse Widersprüche zwischen den einzelnen Phasen dieses Verbrechens erklärt –, aber ich wage es nicht, sie Ihnen vorzulegen – noch nicht. Sie ist zu unglaublich. Außerdem paßt sie zu zwei Dritteln der Fakten nicht … Aber geben Sie mir ein paar Minuten. Ich will sehen, ob ich einen wichtigen Punkt belegen kann. Wenn ich finde, wonach ich suche, sind wir ein kleines Stückchen weiter.«

Er ging an den Kamin und blieb vor einer großen blaugrünen Vase stehen.

»Wunderbares *Tsui se*«, sagte er und ließ die Finger über die Glasur gleiten. »Türkis, würden wir sagen, aber für die Chinesen war es die Farbe des Eisvogels. Solche Vasen finden wir erstmals in der Ming-Dynastie, und sie wurden bis in die Chia-Ch'ing-Zeit gefertigt. Nicht einen einzigen Riß hat dieses Exemplar mit einem Ritzmuster aus Phönixfiguren …« Er steckte den Finger in den Vasenhals. »Zu eng«, war sein Kommentar, und er zog weiter zur nächsten – flaschenförmig und dunkelrot – am anderen Ende des Kaminsimses.

»Eine der perfektesten *Lang-yao*-Keramiken, die ich je gesehen habe – rotbraun oder *sang de bœuf*, wie der Kenner sagt. Diese Vase steht in nichts hinter dem Exemplar in der Sammlung Schiller zurück.« Er nahm sie in die Hand, besah sich genau das Äußere und blickte hinein. »Wassergrün craqueliert an der Unterseite, auf dem unverzierten Doppelring in Blau signiert – eindeutig aus der K'ang-Hsi-Zeit.« Er stellte sie wieder auf ihren Sockel und ging zu einem Kabinett an der Westwand. Oben darauf stand eine Vase in glänzendem Schwarz.

»Schwarzglasur, Markham«, sagte er und nahm sie herunter. »Und eine besonders seltene Variante – sehen Sie sich die goldenen Einsprengsel an. Noch schöner finde ich allerdings die frühesten Exemplare ihrer Art – die grün schimmernde *Chien yao* zum Beispiel. *Chien yao* wurde nur bis zur Yüan-Dynastie getöpfert. In der Mingzeit war es unbekannt; aber in der K'ang-Hsi-Zeit kam es wieder in Mode.«

Bei diesen Worten befühlte er die Vase zärtlich und hielt die Öffnung ans Licht.

»Ich besitze selbst eine solche Vase aus der K'ang-Hsi-Periode, mit wolkigbrauner Glasur, ein gutes Stück größer als das Exemplar in der Sammlung Allen.«*

Markham und Heath beobachteten Vance genau. Beide wußten, daß er nicht einfach nur vor sich hinredete, sondern daß hinter den scheinbar willkürlichen Kommentaren zum Thema Chinaporzellan eine ernste Absicht steckte.

Vance stellte die schwarze K'ang-Hsi-Vase wieder zurück und ließ den Blick über die anderen Sammlerstücke im Raum wandern. Dazu gehörten eine Vase aus grauweißem glasartigen Porzellan, mit Emaillefarben im Ku-Yüeh-Hsüan-Stil bemalt; ein säulenförmiges Paar in grünen Emailletönen, mit Bilddekor auf einer Grundlage aus Blumenbrokat; ein Lungch'üan-Seladon, die Kopie einer antiken Bronze mit Reliefbildern auf feiner weißer Ware mit rotbrauner Basis; ein Blumentopf aus der Sungzeit, graue porzellanartige Keramik mit purpurn opaleszenter Glasur; eine bläuliche Vase aus »weichem« *chun* mit roten Flekken; eine Vase vom Ju-Typ, blaßblau, mit Blumendekor im Ritzmuster; ein türkisfarbener Weinkrug aus der frühen Mingzeit mit gezacktem Rand; eine apfelgrüne K'ang-Hsi-Vase mit schimmernder, transparenter Glasur; etliche mit wunderbaren Punzarbeiten versehene Kuan-Yin-Stücke aus *blanc-de-chine* oder Fukien-Porzellan; dazu eine Vielfalt von Ingwergefäßen, Wasserkannen, Flaschen, Vorratsbehältern, Pflanztöpfen, Tellern, Trinkbechern, Weihrauchschalen, Pokalen, Weinamphoren,

* Vances Schwarzglasurvase, die ich schon oft gesehen und bewundert hatte, war fast vierzig Zentimeter hoch, C. P. Allens hingegen nur knapp achtzehn.

Shon-Lao-Figuren, Fischschalen, Bechern, Tassen und dergleichen von der Han-Dynastie bis zur Ch'ingzeit.

Aber bei keinem dieser Stücke verweilte Vance länger. Er warf nur jeweils einen flüchtigen Blick darauf. Er suchte offenbar nach einer bestimmten Art von Vase, denn hie und da zögerte er, schüttelte den Kopf, als verwerfe er sie, und ging dann zu anderen weiter. Nach einer Weile hatte er seine Runde vollendet. Er machte eine sehr enttäuschte Miene, als er sich wieder zu uns umdrehte.

»Meine Theorie ist, fürchte ich, ein zerbrochenes Rohr«, seufzte er.

»Eine große Stütze war sie mir ohnehin nicht«, erwiderte Markham. Vance' geheimnistuerische Art ärgerte ihn.

»Mir ging es, um ehrlich zu sein, nicht anders«, meinte Vance ein wenig traurig. »Sie hätte der Ausgangspunkt für weitere Überlegungen sein können – hätte ich einen Beweis gefunden.«

Er kam wieder zur Raummitte, wo wir um das Sofa und den runden Tisch standen. Als er ans Ende des Bibliothekstisches kam, ließ ihn ein kleiner, niedriger Teakholz-Beistelltisch innehalten, auf dem eine weiße Vase in Gestalt eines Füllhorns stand. Das Tischchen befand sich zwischen Sofaende und Bibliothekstisch, am der Stehlampe gegenüberliegenden Ende des Sofas. Ein hoher Bücherstapel verdeckte die Vase fast ganz. Vance näherte sich ihr.

»Das ist ja hochinteressant«, murmelte er. »Ein Beispiel für spätes *Ting yao* – aus der Yung-Chêng-Zeit, würde ich vermuten. Sie müssen wissen, Markham, während der Mingzeit und der K'ang-Hsi-, Yung-Chêng- und Ch'ien-Lung-Epochen der Ch'ing-Dynastie imitierten die chinesischen Keramiker häufig das *Ting yao* der Sungzeit, und diese Stücke waren nicht minder schön als ihre Vorbilder. Ja, die Ming- und Ch'ing-Handwerker brachten die Kunst der Sungzeit erst zur Perfektion.«

Er griff nach der Vase und inspizierte sie.

»Ein recht dicker Scherben, Reliefdekor: die Kopie einer antiken Bronze … Spröde und glänzende Glasur, geradlinige Fissuren … Was für eine Schönheit – ein perfektes Stück.«

Bei diesen Worten ging er ans Fenster und hielt die Vase so ans Licht, daß er hineinsehen konnte. Er studierte den eingerollten Rand, dann klemmte er scin Monokel ein und blickte ins Innere der Vase.

»Ich glaube, jetzt haben wir etwas«, sagte er. Er befeuchtete seinen Finger mit der Zunge und fuhr dann mit der Hand tief in die Vase. Als er sie wieder herauszog, war an der Spitze des Zeigefingers ein roter Fleck.

»Ja, tatsächlich«, sagte er und blickte eindringlich seine Fingerspitze an.

»Was haben Sie gefunden?« fragte Markham.

Vance hielt ihm den Finger entgegen.

»Blut!« sagte er.

Er stellte die Vase wieder auf ihren Sockel und wischte das Blut an seinem Taschentuch ab. Dann sah er mit grimmiger Miene Markham an, der darauf wartete, daß er ihm diese neueste Entdeckung erklärte.

»Dieses Gefäß stand ja ebenfalls gleich neben dem Sofa, nur ein paar Schritte von der anderen Ting-yao-Vase entfernt. Beide spielten ihre Rolle in dem teuflischen Plan … Ein raffinierter Plan – aber er ging nicht auf …«

»Hören Sie, Vance« – Markham sprach leise, versuchte, seinen Ärger im Zaum zu halten –, »wozu haben diese Vasen gedient? Und wieso ist Blut daran?«

»Für meine Begriffe, Markham, benutzte jemand die beiden Ting-yao-Vasen, um die Aufmerksamkeit vom Mörder ab- und auf jemand anderen zu lenken; sie sind als Zeichen zu verstehen, das uns auf einen falschen Weg locken sollte. Die erlesene Ting-yao-Vase, die dort auf dem runden Tisch stand – diejenige, an deren Stelle nun jene Scheußlichkeit von Tao Kuang getreten ist –, sollte ein Symbol des Verbrechens sein und unsere

Gedanken in eine bestimmte Richtung lenken. Doch diese Vase zerbrach, deshalb wurde eine zweite erforderlich …«

»Sie meinen, wir sollten glauben, das Verbrechen habe etwas mit Archers Sammlung chinesischer Keramiken zu tun?«

Vance nickte.

»Mit Sicherheit. Aber wie die Zusammenhänge im einzelnen sein sollten, weiß ich nicht. Vermutlich war es weitaus eindeutiger gedacht, und die Rechnung des Mörders ging einfach nicht auf.«

»Es wäre also seine Absicht gewesen, daß wir das Blut in der Vase finden?«

Vance runzelte die Stirn.

»Nein – nicht das Blut. Das ist der Punkt, von dem an der Plan nicht mehr aufging.«

»Nicht so schnell, Vance!« Markhams Worte waren ein Befehl. »Woher kam dieses Blut?«

»Aus Archer Coes Körper!« Bei der Antwort lief es mir kalt den Rücken hinunter.

»Aber die Wunde hat nicht nach außen geblutet«, erinnerte Markham ihn.

»Das ist wahr.« Vance stand an den Rücken des Sofas gelehnt und zündete sich eine Zigarette an. »Aber als der Dolch zwischen Archers Rippen hervorgezogen wurde, war Blut daran …«

»Der Dolch?«

»Genau … Ich sehe es so, Markham: Der Mörder wollte den blutverschmierten Dolch in die feine Ting-yao-Vase stecken, die dort auf dem Tisch stand, um – sozusagen symbolisch – das Motiv für das Verbrechen zu bezeichnen. Aber die Vase zerbrach unter dem Gewicht von Stahl und Gold – sie war ja fein wie Eierschale –, und so nahm der Mörder dann statt dessen diese zweite *Ting yao* hier. Als er die Überreste der ersten Vase forträumte, übersah er einen Splitter.«

»Und warum stellte er dann eine andere Vase hin?«

»Damit nicht die offensichtliche Lücke alle Aufmerksamkeit auf sich zog. Wenn eine wertvolle Ting-yao-Vase fehlte, läge ein anderes Motiv für das Verbrechen nahe – und das wäre nicht im Sinne des Mörders gewesen, der den Verdacht auf eine bestimmte Person lenken wollte. Er stellte die Tao-Kuang-Vase dorthin, um sein Mißgeschick zu vertuschen.«

»Wer weiß, vielleicht stimmt das«, entgegnete Markham zweifelnd, »aber wir haben den Dolch ja nicht in der anderen Vase gefunden …«

»Zum Mord an Brisbane mußte er ihn wieder herausnehmen.«

»Archers Mörder?«

»Mit Sicherheit. Kein anderer wußte, wo der Dolch war.«

»Aber Vance, Ihre Theorie paßt nicht zu den Fakten. Der Sergeant hat den Dolch oben in Archers Zimmer gefunden – mit der Tür von innen verriegelt. Und Archer starb Stunden vor dem Mord an Brisbane. Wenn wirklich in beiden Fällen der Mörder derselbe war, warum hat er dann den Dolch nicht in die Vase zurückgesteckt? Archer war schon tot, Brisbane wurde hier unten erstochen. Warum hätte der Dolch unter dem Sitzkissen in Archers Schlafzimmer sein sollen?«

Vance saß eine Weile lang unglücklich rauchend da, bevor er darauf antwortete.

»Das ist eben das Unverständliche«, sagte er dann.

»Ich hab's!« rief Heath. »Der Bursche hat Archer hier unten umgebracht und dann den Dolch in die Vase getan. Gerade da kam Brisbane vom Bahnhof zurück und erwischte ihn. Also griff er wieder zu dem Dolch, und Brisbane mußte auch noch dran glauben, weil er ihn sonst verraten hätte. Dann schleppte er Archer nach oben; den Dolch hatte er immer noch bei sich, aber oben wurde er nervös und steckte ihn in den Sessel, in den er Archer gesetzt hatte.«

Vance lächelte wehmütig und schüttelte den Kopf.

»Ihre Theorie geht nicht auf, Sergeant. Brisbane wurde erst

Stunden nach Archer erstochen. Der Mörder hätte schon in Philadelphia sein können, als er Brisbane umbrachte. Er hätte doch nicht stundenlang einfach abgewartet, nachdem er Archer ins Jenseits befördert hatte ...«

»Aber Sie haben doch selbst gesagt, Mr. Vance, es war ein und derselbe.«

»Und das glaube ich nach wie vor«, erwiderte Vance. »Meine einzige Erklärung ist, daß der Mörder Archer tötete und den Dolch in die Vase steckte, und dann kam er später noch einmal ins Haus und brachte auch Brisbane um.«

»Dann wüßte ich aber gerne« – der Sergeant wurde störrisch –, »wie der Dolch in das verschlossene Zimmer kam. Und wer hat Archer eine Kugel in den Kopf geschossen – und warum?«

»Wenn ich diese Frage beantworten könnte, Sergeant«, entgegnete Vance, »könnte ich den ganzen verrückten Fall auflösen.«

In diesem Augenblick kam Wrede die Treppe herunter und ging an der Bibliothek vorüber zur Haustür.

»Warten Sie, Mr. Wrede«, rief Vance hinaus. »Könnten wir noch für einen Moment mit Ihnen sprechen, bevor Sie gehen?«

Der Mann machte kehrt und kam zur Bibliothek. Sein Gesicht war gerötet und blickte wütend und wirr – mörderisch geradezu. Er blieb in der Tür stehen, die Hände in die Seiten gestemmt, und starrte Vance trotzig an.

»Da bin ich«, preßte er zwischen den Zähnen hervor.

»Nicht zu übersehen«, schnurrte Vance. »Und nicht gerade guter Stimmung, habe ich den Eindruck.«

Wredes Haltung blieb angespannt, und er entgegnete nichts darauf.

»Sie waren bei Miss Lake?« fragte Vance schwungvoll.

Der andere bestätigte es mit einem knappen Nicken.

»Und nun wo Sie sich mit ihr unterhalten haben«, fuhr Vance in aller Seelenruhe fort, »kommt Ihnen da nach wie vor keine Idee, wer als Täter für diesen Doppelmord in Frage käme?«

Ein gefährliches Leuchten kam in die Augen des anderen, und er zögerte mehrere Sekunden lang. Dann sagte er:

»Im Augenblick nicht. Aber ich würde Ihnen empfehlen, bei Ihren Ermittlungen ein Augenmerk auf Mr. Grassi zu halten. Ich habe gerade erfahren, daß Archer Coe vorhatte, ihm einen beträchtlichen Teil seiner Sammlung zu verkaufen.«

»Tatsächlich?« Vance hob die Augenbrauen. »Haben Sie diese Neuigkeit von Miss Lake?«

Wieder zögerte Wrede. »Miss Lake und ich haben über anderes gesprochen«, entgegnete er schließlich. Dann fügte er hinzu: »Es interessiert Sie vielleicht, Mr. Vance, daß Miss Lake das Verlöbnis mit mir gelöst hat.«

»Ein Jammer.« Vance widmete die Aufmerksamkeit ganz seiner Zigarette. »Aber was könnte Archers Bereitschaft, sich von einem Teil seiner Sammlung zu trennen, mit seinem Tod zu tun haben?«

»Da fragen Sie mich zuviel.« Wrede war unruhig geworden. »Aber es überrascht mich sehr, daß Archer verkaufen wollte.«

»Ich muß sagen, vernünftig klingt das nicht«, stimmte Vance ihm zu. »Vielleicht hatte er sein Herz für Mr. Grassi entdeckt.«

Wrede kniff die Augen zusammen, entgegnete jedoch nichts, und Vance fuhr fort:

»Aber selbst wenn Archer bereit war, einige von seinen Stücken zu verkaufen – sagen wir, um Kapital für Neuerwerbungen zu bekommen –, hätte Mr. Grassi doch, soweit ich sehe, keinen Vorteil von seinem Tod gehabt.«

»Vielleicht bereute Archer seine Entscheidung, hatte sich aber schon festgelegt ...«

»Das wäre denkbar, Mr. Wrede«, unterbrach Vance ihn kalt. »Aber was ist mit Brisbane?«

»Könnte Brisbanes Tod nicht ein Versehen gewesen sein?«

»Aber ja.« Vance lächelte versonnen. »Ich bin sogar sicher, daß es ein Mißverständnis war – ein höchst bedauerlicher Unglücksfall. Am gestrigen Abend jagte ein Mißverständnis das andere … Doch nun will ich Sie nicht länger vom Mittagessen abhalten. Ich wollte nur wissen, wie Sie jetzt, wo Sie mit Miss Lake gesprochen haben, über die Sache denken, und Sie haben mir sehr offen auf meine Frage geantwortet.«

Wrede verneigte sich steif.

»Ich werde morgen in meiner Wohnung sein«, sagte er, »für den Fall, daß Sie mich noch einmal sprechen wollen.«

Vance wartete, bis er zur Haustür heraus war, dann rief er sogleich Gamble in die Bibliothek.

»Laufen Sie nach oben«, trug er ihm auf, »und finden Sie heraus, wo Mr. Grassi ist. Aber sagen Sie nichts.«

Der Butler ging hinaus und kehrte kurz darauf zurück.

»Mr. Grassi, Sir«, berichtete er, »unterhält sich mit Miss Lake in deren Wohnzimmer im zweiten Stock.«

Etwas wie ein zufriedenes Lächeln huschte über Vance' Züge.

»Und jetzt gehen Sie noch einmal nach oben, Gamble, und bitten Sie Mr. Grassi herunter.«

Gamble ging, und Vance wandte sich an Markham.

»Ich hatte aus Wredes Benehmen geschlossen, daß er seinen südländischen Rivalen bei der jungen Dame gefunden hatte. Vermutlich gab es eine recht unerfreuliche Szene, und der arme Wrede bekam seinen Laufpaß. Tragisch. Er mag Grassi nicht – er mag ihn kein bißchen. Aber ich würde bezweifeln, daß er wirklich glaubt, Grassi habe Archer umgebracht – obwohl er es ihm zweifellos zutrauen würde …«

»Warum dann die Andeutungen?«

»Eine subtiler Zug, Markham. Wrede ist kein Dummkopf – er ist ziemlich clever. Er malt sich aus, daß wir, wenn wir uns erst einmal Grassi vornehmen, hinter diesem Strohmann – könnte man sagen – jemand anderen finden.«

»Liebe Güte, wer soll denn das sein?«

»Na, Miss Lake natürlich.« Bevor Markham etwas einwenden konnte, redete Vance weiter. »Wrede ist bitter und gehässig geworden. Meine Frage, ob Miss Lake als Tatverdächtige in Frage komme, brachte ihn auf einen Gedanken – er weiß ja, wie feindselig sie und Archer sich stets gegenüberstanden, und er kennt sie als tüchtige, willensstarke Frau. Deshalb hat er sie, nachdem sie ihn eben vor Grassis Augen gedemütigt hat, uns sozusagen zum Fraß vorgeworfen, und Grassi gibt nur das Vorprogramm.«

Kurz darauf betrat Grassi die Bibliothek.

»Wie ich höre, Sir«, richtete Vance das Wort an ihn, »waren Sie mit Mr. Archer Coe übereingekommen, diverse Stücke aus seiner Sammlung zu erwerben.«

Der Italiener war nervös und lehnte ab, als Vance ihm einen Platz anbot.

»Ja«, antwortete er, »das ist wahr. Ich habe es Mr. Wrede eben mitgeteilt. Es blieb mir keine andere Wahl, denn Mr. Wrede wollte mich mehr oder weniger aus dem Haus werfen – er sah sich durch sein Verlöbnis mit Miss Lake dazu ermächtigt, nehme ich an –, und daraufhin ließ ich ihn wissen, daß meine Geschäfte im Hause noch nicht abgeschlossen seien, da ein beträchtlicher Teil von Mr. Coes Sammlung jetzt, technisch gesehen, mir gehöre. Es sei erforderlich, daß ich im Hause bleibe und Verpackung und Versand beaufsichtige.«

»Und was sagte Miss Lake dazu?«

Der Italiener antwortete offenbar nicht gern, aber nach einer Weile sagte er:

»Miss Lake löste das Verlöbnis mit Mr. Wrede. Dann forderte sie ihn auf, das Haus zu verlassen und nicht zurückzukehren.«

»Wie impulsiv!« seufzte Vance. »Gab es eine Szene?«

»Allzu freundlich war es nicht«, gab Grassi zu, und es schwang ein wenig Befriedigung in seiner Stimme mit.

»Mr. Grassi, glauben Sie eigentlich« – Vance sagte es völlig unvermittelt –, »daß Miss Lake ihren Onkel umgebracht hat?«

Der Italiener rang hörbar nach Atem und starrte Vance ungläubig an.

»Ich – ich – Sir, wie können Sie …«

»Nur keine Aufregung«, beschwichtigte ihn Vance. »Ich kann mir vorstellen, wie Ihnen zumute ist. Lassen wir die Frage. Aber ich wüßte gern, warum Sie uns nicht schon vorher erzählt haben, daß Mr. Archer Coe Ihnen Teile seiner Sammlung verkaufen wollte.«

Grassi hatte sich von dem Schock erholt, den die Vorstellung, Hilda Lake könne die Täterin sein, ihm offenbar verursachte.

»Ich war nicht auf den Gedanken gekommen, daß es mit den unglücklichen Ereignissen zu tun haben könnte.«

»War es eine schriftlichc oder eine mündliche Vereinbarung?« fragte Vance.

»Schriftlich.« Aus seiner Tasche holte der Mann ein zusammengefaltetes Blatt hervor. »Auf meine Bitte hin«, erklärte er, »verfaßte Mr. Coe gestern diesen Brief für mich. Ich wollte das Ergebnis nach Mailand telegrafieren.«

Vance faltete den Brief auseinander und las ihn, und Markham, Heath und ich sahen ihm dabei über die Schulter. Er war handschriftlich, auf Coes eigenem Briefpapier, und lautete:

An Signor Eduàrdo Grassi.

Werter Herr,

hiermit bestätige ich unsere mündlich getroffene Abmachung, Ihnen als Repräsentanten des Mailänder Museums für Altertümer die folgenden Stücke meiner Privatsammlung zu verkaufen: …

Dann folgte eine detaillierte Liste von vierzig bis fünfzig Objekten, darunter viele der berühmtesten und wertvollsten Stücke in Archer Coes chinesischer Sammlung. Die Preisvereinbarung folgte in einem eigenen Absatz, und man konnte Heath japsen hören; ich muß zugeben, ich selbst war ebenfalls überrascht über die Höhe des Preises. Archer Coes weit ausholende Unterschrift beschloß den Brief, dessen Kopf das Datum des 10. Oktober trug.

Vance faltete den Brief wieder zusammen und steckte ihn ein.

»Wir werden ihn vorerst behalten«, erklärte er Grassi. »Er ist vollkommen sicher bei uns und wird Ihnen binnen kurzem zurückerstattet. Aber er könnte mit dem Fall zu tun haben, und die Behörden werden ihn sehen wollen.«

Ich hatte erwartet, daß Grassi protestieren würde, aber mit einer höflichen Verneigung gab er sein Einverständnis.

»Und nun«, schloß Vance, »möchte ich Sie noch einmal bitten, auf Ihrem Zimmer zu warten, bis wir nach Ihnen schicken.«

Grassi ging wieder nach oben, sichtlich erleichtert.

»Sergeant«, sagte Vance, »können Sie mir von Archer Coes Schreibtisch ein Blatt von seinem Briefpapier holen? Und seinen Füllfederhalter.«

Der Sergeant begab sich hinauf und kehrte sogleich mit Papier und Federhalter zurück.

Vance verglich das Papier mit dem Bogen, den er von Grassi bekommen hatte, und machte einige Schreibproben mit Archer Coes Feder. Er inspizierte beide und kam zu dem Schluß:

»Eindeutig Coes Papier, und der Brief ist mit Archers Feder geschrieben ... Ein wichtiges Dokument.«

Er steckte Grassis Brief wieder ein und trug dann Gamble auf, Miss Lake und Grassi ein Mittagessen nach oben zu bringen.

»Damit, Markham«, sagte er, »hätten wir allen Hausbewohnern auf den Zahn gefühlt. Was hielten Sie davon, wenn wir es dem Epikuräer Doremus gleichtäten und uns auf die Suche nach Nahrung machten? Zeit für Eier Bénédict, einen Salat mit Spargelspitzen und ein *Soufflé au Cacao*. Ich kenne ein französisches Restaurant ganz in der Nähe ...«

Heath verzog das Gesicht.

»Ich bleibe hier«, verkündete er. »Ich habe noch zu tun, und bald wird es hier von Reportern wimmeln. Ich hole mir später was zu essen.«

Markham hatte sich erhoben.

»Entweder komme ich wieder hierhin zurück«, sagte er zum Sergeant, »oder ich rufe Sie später an.«

Vance ging zur Haustür.

»Nur Mut, mein Alter«, munterte er Markham auf. »Alles nicht halb so schlimm, wie es aussieht. Die Wolken lichten sich doch schon. Wir haben alle Daten beisammen, jetzt müssen wir sie nur noch in die richtige Reihenfolge bringen und unsere Schlüsse daraus ziehen.«

»Ich wünschte, ich könnte auch so optimistisch sein«, brummte Markham und folgte Vance in den Vorraum.

Vance sah sich noch einmal zu Heath um, der perplex stehengeblieben war.

»Ach übrigens, Sergeant«, sagte er, »würden Sie mir noch ein oder zwei kleine Gefallen tun? Da wäre als erstes – und möglichst noch heute nachmittag – die Überprüfung der – sollen wir sie Alibis nennen? – von Miss Lake und Signor Grassi. Grassi sagt, er habe gestern mit Doktor Montrose vom Metropolitan Museum zu Abend gegessen, sei danach in den falschen Zug gestiegen und deswegen erst um elf Uhr im Crestview Country Club gewesen. – Miss Lake, so wie Grassi uns ihre Geschichte erzählt hat, aß mit Freunden im Arrowhead Inn, fuhr allein zum Country Club, hatte auf der Fahrt einen Unfall und traf erst kurz nach dem verirrten Signor dort ein.«

»Keine große Sache«, brummte Heath. »Zwei gute Männer erledigen das in ein, zwei Stunden …«

»Und«, fuhr Vance fort, »Sie könnten sich noch einmal im Haus umsehen. Ich würde mich sehr für den stumpfen Gegenstand interessieren, mit dem man Archer und den kleinen Scotty traktiert hat.«

Heath sah ihn fragend an.

»Irgendwas Bestimmtes im Sinn, Sir?«

»Oh ja – sehr bestimmt. Mir fiel auf, daß im Kaminbesteck der Bibliothek der Schürhaken fehlt.«

Heath nickte. »Verstanden, Sir. Wenn hier im Haus ein Schürhaken ist, dann finde ich den.«

»So ist's brav!« Vance wandte sich wieder zur Haustür.

»Wo wir von Hunden reden, Sir«, sagte Heath, »da fällt mir noch ein, dieser Wrede hat erzählt, er hätte eine Schwäche für die Köter. Hätte selbst einen gehabt, bevor er hierher zog.«

»Ah!« Vance hielt inne. »Hat er auch gesagt, welche Rasse?«

»Hat er. Aber es war ein Name, den ich noch nie gehört hatte.«

»Ein Dobermann«, steuerte Markham bei.

»Donnerwetter, das ist ja hochinteressant«, murmelte Vance.

»Kann ich sonst noch was tun, Mr. Vance?« fragte Heath.

»Ja«, sagte Vance beschwingt und drehte sich an der Tür noch einmal um, »das können Sie. Seien Sie so gut und lassen Sie, während wir Mittagspause machen, das Schloß an Archers Zimmertür reparieren. Ich möchte, daß es funktioniert, wenn ich zurückkomme.«

Der Sergeant grinste.

»Kann mir schon vorstellen, was Sie da vorhaben … Sicher, Sir, wird gemacht.«

Kapitel 12
Die chinesische Truhe

(Donnerstag, 11. Oktober, 2 Uhr 15 nachmittags)

Wir spazierten durch die frische Herbstluft zu einem kleinen französischen Restaurant in der 72. Straße, nicht weit vom Drive. Vance, der den *patron* kannte, bestellte das Essen für uns. Wir nahmen einen Dubonnet als Aperitif, einen jungen Chambertin zu den Eiern und ein Gläschen Grand Marnier nach dem Kaffee. Vance sprach von Hunden im allgemeinen und von Scotchterriern im speziellen. Er erzählte von den berühmten Zuchten – den Ems, Barlae, Abertay, Laindon, Albourne, Laurieston, Merlewood, Taybank, Ornsay und Heather – und beschrieb uns die Merkmale, an denen man sie erkannte. Er erzählte von den Anfängen der Rasse, die im dunkeln liegen, von Scotch-, West-Highland- und Cairnterriern, und dann kam er auf das Ansehen dieser Hunde in Großbritannien und Amerika. Er beschrieb uns das, was für ihn der ideale Scotchterrier war, und kritisierte den Hang vieler Züchter zu »grotesken« Formen.

»Proportion ist stets das Wichtigste«, sagte er. »Man muß einen Scotty betrachten wie einen Kunstgegenstand. Die fundamentalen Prinzipien sind in beiden Fällen die gleichen. Ein Hund muß, wie ein Gemälde oder eine Skulptur, sich frei in alle Dimensionen entfalten, er braucht Ausgeglichenheit, Rhythmus, Struktur – ein perfektes plastisches Ensemble. Wenn der Kopf zu lang und der Körper zu kurz ist, gehen Harmonie und Proportion verloren. Manche unserer Züchter verlieren das Zusammenspiel des Ganzen aus dem Blick und verderben das Bild und den Wert des Scottys mit albernen Verzerrungen. Sie wollen Clowns aus einer Hunderasse machen, deren Vertreter in ihrem Inneren ernste und würdige Tiere sind. Der Scotchterrier ist im Grunde seines Herzens ein Gentleman – profund, reserviert, vornehm, geduldig, großzügig und mutig. Nie klagt er oder beschwert sich: er nimmt das Leben, wie es kommt. Das stoische, furchtlose Wesen ist seine Natur – und er ist verständig. Ruhig und unerschütterlich – und stur. Er kümmert sich um seine eigenen Dinge – und kümmert sich gut darum. Er steht für das ein, was er tut, und wird nie etwas Hinterhältiges tun. Er ist loyal – und er hat ein gutes Gedächtnis. Er ist ein Spartaner, der leidet, ohne zu klagen. Er wird cinen Löwen oder einen Tiger anfallen, der ihm seine Rechte streitig macht. Der Kampf könnte ihn das Leben kosten, aber niemals gibt ein Scotty klein bei und läuft davon. Sportlicher kann ein Hund nicht sein – aufrecht und tapfer. Bei einem Scotchterrier weiß man immer, woran man ist, und wenn man sich mit ihm anfreundet, wird er einen zärtlich lieben und stets beschützen … Und das, Markham, ist der Hund, aus dem manche Züchter eine Witzfigur machen wollen – eine groteske Verzerrung, über die andere sich lustig machen; sie zerstören seine wunderbaren Proportionen, züchten ihm eine lange Schnauze an, einen kürzeren Körper und Schwanz, machen ein Monstrum aus ihm, das man nur auslachen kann …«

Vance nahm einen Schluck von seinem Chambertin, dann redete er weiter.

»Dann wäre da die Frage der Größe. In letzter Zeit haben Züchter und Preisrichter eine Vorliebe für größere, massigere Exemplare. Aber es gibt keinen Grund, warum ein Scotchterrier groß sein sollte. Schließlich sind sie schon vom Namen her Hunde, die nahe am Boden leben – das Wort kommt von neulateinisch *terrarius*; sie sollen es mit Füchsen, Ottern und überhaupt allem, was sich im Erdboden verkriecht, aufnehmen. Da ist es hinderlich, wenn sie zu groß sind – groß sind nur die Monstren für die Hundeschau. Natürlich ist mancher Champion, dessen Wert ich nicht schmälern will, kräftiger gebaut; aber warum jemand grundsätzlich große Scotchterrier vorziehen sollte, ist mir ein Rätsel. McCandlish, eine der größten Autoritäten zum Thema, nennt als Idealgewicht für Hündinnen sechzehn bis achtzehn Pfund, für Rüden achtzehn bis zwanzig. Und da hat er vollkommen recht. Auch in den Richtlinien des englischen Scotchterrierclubs heißt es ausdrücklich, daß ein Hund nicht mehr als zwanzig Pfund wiegen sollte … Aber kann das unsere Züchter von ›Grotesken‹ abhalten? Nicht im mindesten! Sie züchten Elefantenbabies! Und als Preisrichter bei Ausstellungen weisen sie die kleinen Hunde ab, die genau dem Standard entsprechen, und küren fette Köter, die im ersten Fuchsloch steckenbleiben würden …«*

Wieder trank Vance von seinem Wein.

»Es gibt eine beklagenswerte Tendenz, Schauhunde zu züchten statt natürlicher Terrier. Züchter stellen bestimmte Merkmale heraus und nehmen dem Scotty damit seine wahre Natur. Manche züchten so kurze Beine, daß die Hunde sich nicht mehr natürlich bewegen können – sie verlieren ihre Wendigkeit, ihr Tempo, können sich nicht mehr gegen ihre Feinde verteidigen. Sie verlieren den Terrier in sich, und damit verlieren sie ihr Selbstvertrauen – deshalb sieht man so viele verschüchterte Scotties heutzutage. Ein echter Scotty, dessen Instinkte nicht verdorben sind und der als Arbeitshund gezüchtet ist und nicht für die Ausstellung, hat einen Charakter, den man vielleicht als wagemutig bezeichnen könnte. Er vereint Aufmerksamkeit und Tatendrang – ein Wesen, dem jede Trägheit fremd ist, eine Bereitschaft zu spielen oder zu kämpfen, herumzutollen zu jeder Tageszeit, eine wache Neugier, eine Art, alles Neue zu erforschen; ein Scotty reagiert sofort und mit allen Sinnen auf alles, was sich in seiner Umwelt ergibt, so klein es auch sein mag – es ist ein *Forscherdrang*, der den Hund mit Verstand und Muskeln stets auf dem *qui vive* sein läßt … Das ist der echte Terrier-

* Einen großen Einfluß auf Vance, gerade in seinen ersten Jahren als Hundezüchter, hatte zweifellos Dr. Fayette C. Ewing mit seiner wöchentlichen Kolumne über Scotchterrier in *Popular Dogs*, und Dr. Ewings *Book of the Scottish Terrier* (ein Buch, für das ich, nebenbei bemerkt, die anerkennende Einleitung geschrieben habe) war wie eine Bibel für Vance.

charakter, und kein Terrier ist wacher als der Scotty. Es ist ein Charakter, der nicht leicht zu ergründen ist, wie stets bei farbigen Persönlichkeiten; vielleicht beschreibt man es am besten als ein stets brennendes inneres Feuer, rein physisch als auch vom Wesen her, ein Feuer, das aus den Augen des Hundes hervorleuchtet, das seine Züge beseelt, seinem Körper die Spannkraft verleiht, jede seiner Bewegungen lebendig macht …«

Vance lächelte schelmisch.

»Ich weiß, Markham, ich langweile Sie. Aber Sie sind viel zu angespannt, schon den ganzen Vormittag lang. Ihr Verstand braucht ein wenig Erholung – und was könnte Sie besser ablenken als meine Fachsimpelei über Hunde? … Und wo wir nun bei dem Thema sind, Markham, will ich Ihnen sagen, daß der kleine verletzte Scotty, den Gamble hinter den Bibliotheksportièren fand, ein Musterexemplar all dessen ist, was einen guten Scotchterrier ausmacht. Er hat seine Fehler – wie jeder Hund –, aber trotzdem ist er genau die Art von Hund, die ich gern in meinem eigenen Zwinger hätte. Klein, kompakt, wohlproportioniert, und wiegt höchstens seine siebzehn Pfund. Der arme kleine Kerl – auf Ausstellungen wird er nun wohl nie mehr kommen, selbst wenn er wieder gesund wird. Er wird eine böse Narbe über dem Auge behalten. Das hatte er wirklich nicht verdient; ich hoffe nur, er wird es dem Mörder heimzahlen, indem er uns auf seine Spur bringt.«

Er stand auf.

»Ich werde einmal nachhören, wie es ihm geht.«

Als er vom Telefon zurückkehrte, hatte seine Miene sich aufgehellt.

»Der Doktor sagt, es ist nicht so schlimm, wie es anfangs aussah. Ein glatter Bruch, und die Wunde ließ sich mit drei Stichen nähen. Er frißt wieder. Kein Fieber. Er hat eine Kalziumspritze bekommen, und morgen wird er, mit einer Bandage am Kopf, schon wieder auf den Beinen sein.«

Er nahm noch einmal einen Schluck Wein.

»Und das bedeutet, daß ich morgen einiges zu tun haben werde. Ich werde dem Hundezüchterverband einen Besuch abstatten und mich vielleicht auch mit ein paar Preisrichtern unterhalten.«

»Aber ich verstehe nicht«, wandte Markham ein, »wo die Verbindung …«

»Es *gibt* eine Verbindung«, versicherte ihm Vance. »Das ist doch kein Zufall, daß ein verwundeter Hund in einem fremden Haus ist, gerade zu dem Zeitpunkt, zu dem ein Mord geschieht. Und der Gedanke drängt sich auf, daß es der Mörder war, der ihn ins Haus ließ, entweder versehentlich oder zu einem bestimmten Zweck. Auf jeden Fall liefert der Hund ein Indiz. Wir werden den Besitzer finden und dessen Adresse ermitteln, und dort nehmen wir den Faden auf. Der Weg des Hundes am gestrigen Abend wird uns Aufschluß über die Bewegungen desjenigen geben, der gestern zum Hause Coe kam … Und noch ein zweites können wir jetzt schon folgern. Brisbane und Archer haben den Hund beide nicht gesehen, denn bei ihrer Abneigung hätten sie ihn sofort hinausgeworfen.«

»Und wohin führt uns dieser Schluß?«

»Nicht weit, gebe ich zu. Aber eine Hilfe ist er uns schon. Daraus, daß der Scotty gestern abend im Hause war, können wir eine Reihe hochinteressanter Hypothesen ableiten. Zunächst einmal, daß der Hund nicht vor dem Mörder ankam, denn Archer hätte ihn vor die Tür gesetzt …«

»Aber Archer könnte derjenige gewesen sein, der ihn geschlagen hat.«

»Oh, das würde ich ihm schon zutrauen; aber wenn er ihn getreten oder geschlagen hätte, hätte er ihn nicht hinter dem Vorhang an der Bibliothekstür liegenlassen – er hätte ihn die Vordertreppe hinunter auf die Straße geworfen …«

»Und Brisbane?«

»Ah! Zu Brisbane kommen wir jetzt. Wenn er es war, dann war der Hund entweder schon im Haus oder kam mit ihm hinein. Wenn der Hund im Haus war und Brisbane derjenige gewesen ist, der ihm die Wunde zufügte, dann muß er praktisch im selben Moment erstochen worden sein; denn wäre er dazu in der Lage gewesen, dann hätte er, genau wie Archer, den Hund hinausgeworfen. Wenn also der Hund im Haus war und Brisbane ihm den Schlag versetzte, dann hätte der Mörder den Scotty entweder übersehen, oder er hätte ihn mit Absicht im Haus gelassen. Daß der Hund mit Brisbane kam, halte ich für ausgesprochen unwahrscheinlich. Er hätte es bemerkt, und der Hund wäre nicht weiter als bis zum Vorraum gekommen. Außerdem zwängen Hunde sich nicht zwischen den Beinen von Fremden hindurch zu fremden Haustüren hinein ...«

»Aber mit jemandem muß er doch hineingewischt sein«, sagte Markham. »Es sei denn, natürlich, jemand hätte ihn absichtlich mitgebracht.«

»Das ist wahr«, gab Vance zu, »und dieser Punkt beschäftigt mich. Er könnte jemandem – auch einem Fremden – ins Haus gefolgt sein, wenn dieser die Tür offengelassen hätte; aber das hätte der Mörder nicht getan – im Gegenteil, der Mörder hätte darauf geachtet, daß die Haustür gut verschlossen ist. Und Brisbane hätte sie mit Sicherheit nicht offengelassen. Beide hätten, wenn sie die Tür gleich nach dem Eintreten geschlossen hätten, den Hund bemerkt und ihn wieder nach draußen befördert ... Aus der Heftigkeit des Schlages, der dem Hund versetzt wurde, kann man folgern, daß der Täter ihn nicht absichtlich einließ – daß er, als er ihn fand, überrascht, wenn nicht erschrocken war. Er könnte befürchtet haben, daß ihn jemand dabei beobachtet, wie er den Scotty hinauswirft, und in einer instinktiven Handlung wollte er ihn töten, weil er sonst bellen und ihn verraten konnte. Der Mörder hätte in diesem Falle den Hund also geschlagen, um sich zu schützen; die zweite und wichtigste Schlußfolgerung wäre aber, daß der Hund erst nach dem Mord entdeckt wurde.«

»Das mag schon alles sein«, sagte Markham nachdenklich, »aber ich sehe nach wie vor nicht, was es uns nützen soll.«

»Glauben Sie mir«, beharrte Vance, »es *hat* seinen Nutzen. Es grenzt die Bewegungen des Mörders ein, und es legt eine bestimmte Deutung der beiden Verbrechen nahe – des Mordes an Archer und des Mordes an Brisbane.«

»Verzeihen Sie, wenn ich als kleiner Jurist solch esoterischen Höhenflügen des Verstandes nicht folgen kann.«

»Fassen wir es zusammen, Markham.« Vance' Ton war geradezu väterlich. »Es ist höchst unwahrscheinlich – um nicht zu sagen unmöglich –, daß der Hund mit jemandem, gleich wem, unbemerkt zur Haustür hineinkam. Bedenken Sie, es sind zwei Türen mit einem Vorraum dazwischen, und die hätte der Mörder nicht offenstehen lassen. Wäre der Hund mit Absicht ins Haus gelassen worden, hätte man ihn nicht geschlagen und verletzt hinter dem Vorhang liegenlassen. Unter Berücksichtigung aller Faktoren glaube ich also, daß der Hund, als niemand hinsah, durch eine offene Tür ins Haus kam. Und da der Mörder nicht die Haustür offengelassen hätte, können wir, als Hypothese, davon ausgehen, daß er durch die Hintertür kam. Was ja auch zur Handschrift des Verbrechens passen würde. Wenn der Täter die Pforte und den Weg zum Hintereingang nahm, war das weit unauffälliger als der Zugang über die Stufen zur Haustür; und wenn er aus den hinteren Bereichen des Hauses kam, hatte er noch den Vorteil, daß er sein Opfer überraschen konnte. Außerdem wäre es gut vorstellbar, daß er Tür und Pforte offenließ, um nach der Tat so geräuschlos wie möglich zu entkommen. Wenn es so war, konnte der Hund ihm ungehindert folgen, und keiner hätte ihn gesehen oder gehört. Und die Stelle, an der wir ihn fanden – unmittelbar vor der Bibliothekstür – war nur logisch, denn er wäre durch Küche und Eßzimmer in die Bibliothek gekommen.«

Markham nickte zögernd.

»Schlüssig ist das durchaus. Aber im Grunde haben wir davon nicht mehr als die plausible Annahme, daß der Mörder durch die Hintertür kam. *Wer* es war, wissen wir genausowenig wie zuvor.«

»Nun sehen Sie doch nicht so schwarz«, seufzte Vance. »Es ist doch nicht undenkbar, daß diese erste kleine Erkenntnis – oder sagen wir Vermutung – uns auf den Weg bringt, an dessen Ende wir den Täter fassen.«

»Jeder hätte zur Hintertür hineinkommen können.«

»Vorausgesetzt, er kannte sich im Haus aus, wußte, wann das Personal frei hat – und hatte einen Schlüssel. Er hätte auch sicher sein müssen, daß tatsächlich alle Dienstboten ausgegangen waren.«

Vance blickte versonnen auf.

»Oh ja, Markham, schon jetzt hat dieser kleine Scotty unseren Ermittlungen eine Richtung gegeben. Ohne es zu wissen, hat er uns eine ganze Reihe wertvoller Indizien vermittelt. Er war uns eine große Hilfe – und eine Ahnung sagt mir, daß er uns noch weitaus mehr helfen wird.«

Gegen halb vier langten wir wieder am Hause Coe an. Der Sergeant war ganz in seinem Element und kommandierte an allen Fronten; als wir eintraten, kam Gamble eben in Begleitung von Burke die Treppe aus dem ersten Stock herunter, einen kleinen Werkzeugkasten in der Hand.

»Alles fertig?« fragte Heath, an Burke gewandt.

»Jawohl, Sergeant«, antwortete der Beamte stolz. »Tür und Riegel sind so gut wie neu.«

Heath blickte Vance an.

»Und ich habe auch etwas für Sie, Sir.« Mit beschwingtem Schritt führte er uns in die Bibliothek und wies auf den großen Tisch in der Mitte des Raumes. »Da hätten wir den Schürhaken – und es ist Blut dran.«

Vance ging hin und sah sich den Haken genauer an. Mit Daumen und Zeigefinger zog er etwas davon ab und ging ans Fenster.

»Ja, es ist getrocknetes Blut daran – und ein kurzes gekräuseltes Haar.« Er drehte sich um und nickte. »Dieser Haken war es, Markham, mit dem der Scotty verwundet wurde. Und zweifellos war er es auch, den Archer Coe über den Kopf geschlagen bekam. Die Rundung entspricht genau der Wunde an Archers Schädel.«

Mit ernster Miene sah er die Vase an, in der er die Blutflekken gefunden hatte.

»Und, Markham, der Haken gehört hier ins Zimmer – an den Ständer neben dem Kamin, gerade vor dem Platz auf dem Diwan, an dem Archer Coe saß, als Gamble gestern abend das Haus verließ. Ein weiterer Beweis, daß dem Verbrechen im oberen Zimmer etwas Sinistres und Grausiges vorausging. *Und es geschah hier in diesem Raum.*«

»Es könnte aber doch auch jemand den Haken nach oben getragen haben, Sir«, gab Heath zu bedenken.

»Zweifellos, Sergeant«, stimmte Vance zu. »Aber die zerbrochene Sung-Ting-yao-Vase hier auf dem Tisch, mit Blut daran, und die zweite, die Yung-Chêng-Ting-yao-Vase, ebenfalls blutig, und der verwundete Scotty hier vor der Tür – was ist damit? Keines davon wurde nach oben getragen ... Nein. Für meine Begriffe weist alles hier auf die Bibliothek.«

»Aber vergessen Sie nicht«, beharrte Markham, »daß wir Archer Coes Leiche oben gefunden haben, umgezogen, in einem Raum, in dem die Lichter brannten und die Tür von innen verriegelt war.«

»Da hat er recht«, pflichtete Heath ihm bei, »mit 'ner Knarre in der Hand und einem Loch im Schädel.«

Vance nickte gequält.

»Das weiß ich, Sergeant. Deswegen ist dieses Verbrechen ja so unverständlich. Alle Wegweiser, auf denen ›Mord‹ steht, verweisen hierher, und doch fand sich der Tote dann anderswo. Und nirgends ein Weg, der von hier nach dort führt.«

Er zuckte mit den Schultern, als wolle er einen ärgerlichen Gedanken abschütteln.

»Sagen Sie, Sergeant, wo haben Sie den Schürhaken gefunden?«

Heath kniff ein Auge zu und sah Vance mit einem schiefen Lächeln an.

»Das wird Ihnen nicht gefallen, Sir. Sie haben ihn heute morgen nämlich unter der Nase gehabt und nicht gesehen.«

»Was!« rief Markham.

»Sicher, Chef. Mr. Vance hat doch diese chinesische Kiste oben im Zimmer aufgemacht und reingesehen.«

Vance' Muskeln spannten sich.

»Und, Sergeant?«

»Na ja, Sir«, entgegnete dieser, »da habe ich ihn gefunden.«

»In der Teakholztruhe unter dem Ostfenster?«

»Ist doch die einzige Truhe in dem Zimmer, oder, Mr. Vance?«

»Und in dieser Truhe lag der Schürhaken?«

»Das versuche ich Ihnen zu sagen.«

Vance setzte sich und nahm einen tiefen Zug von seiner Zigarette.

»Sergeant, wer ist in dem Zimmer gewesen, seit wir essen gegangen sind?« fragte er dann.

»Niemand, Sir!« Heath sagte es mit Nachdruck. »Burke hat es bewacht, solange Sie weg waren, jede Minute. Der Butler hat ihm bei der Tür geholfen, aber er war keine drei Schritt weit drin. Und ich habe den Raum persönlich durchsucht, ich allein.«

Markham trat vor.

»Was haben Sie, Vance? Warum ist es so wichtig, daß der Sergeant den Schürhaken oben gefunden hat?«

Vance blies einen langen Rauchkräusel in die Luft, dann blickte er Markham ins Gesicht.

»Weil, mein Alter, diese Truhe leer war, als ich heute morgen hineingesehen habe.«

Kapitel 13
Der parfümierte Lippenstift

(Donnerstag, 11. Oktober, 3 Uhr 30 nachmittags)

Vance' Worte sorgten für Ratlosigkeit und Beunruhigung. Ein neues, intimeres Element schien hinzugekommen, aber ich hätte beim besten Willen nicht sagen können, wieso oder wodurch sich dieses Gefühl bei mir einstellte. Markham brach das Schweigen.

»Sind Sie sicher, Vance?« fragte er ein wenig benommen. »Sie könnten ihn doch übersehen …«

»Oh nein.« Mit einer Handbewegung wehrte Vance es ab. »Glauben Sie mir, der Haken war nicht da. Jemand hat ihn hineingelegt, nachdem ich die Truhe inspiziert hatte.«

»Aber wer, um Himmels willen?«

»Tja, wer mag es gewesen sein, Markham?« Vance lächelte melancholisch. »Man weiß es eben nicht. Ein wenig verwirrend, was? Aber ich würde sagen, es war dieselbe Person, die den Dolch unter das Kissen des Sessels gelegt hat, in dem wir den verblichenen Archer fanden.«

»Den Dolch?«

»Aber ja, den Dolch. Wenigstens dieses Geheimnis haben wir nun geklärt – der Schürhaken verrät es uns. Der Dolch gehörte nicht in Archers Boudoir. Ganz im Gegenteil. Daß er dort lag, quälte mich entsetzlich. Dolch und Schürhaken gehörten hierher in die Bibliothek. Und dann waren sie nicht hier – sie waren an einem Ort, an dem sie nicht sein durften, an dem sie unmöglich sein konnten … Ein Riß – ein Mißgeschick – eine falsche Reaktion. Panik? Ganz genau, Panik ist die Erklärung. Etwas am falschen Ort zu verstecken – keine vernünftige Idee. Leute glauben immer, sie könnten ihre Spuren verwischen, indem sie Sachen verstecken. Aber in Wirklichkeit wird der Fall dadurch oft klarer.«

»Da bin ich ja froh, daß Sie wenigstens ein klein wenig Klarheit in diesem ganzen Durcheinander sehen«, brummte Markham. »Ich begreife überhaupt nichts mehr.«

»Oh, nicht daß Sie denken, das Licht der Erkenntnis blendete mich schon.« Vance streckte sich in seinem Sessel. »Aber ich frage mich ...«

Der Sergeant, nun wieder schlechter gelaunt, ging die Sache von der praktischen Seite an.

»Wer hätte Gelegenheit gehabt, den Dolch und den Haken oben zu verstecken? Da müssen wir ansetzen.«

»Das könnte beinahe jeder gewesen sein, Sergeant«, erwiderte Vance träge. »Wrede und Grassi sind beide dort vorübergekommen, während wir hier unten waren.«

Heath überlegte.

»Das ist wahr. Und erinnern Sie sich noch, wie diese Miss Lake gleich zu dem Sessel gelaufen ist, als sie ankam, und den Toten umarmt hat? Da haben wir sie alle angestarrt, und sie hätte den Dolch unbemerkt unter das Kissen stecken können.«

»Unbedingt. Und sie hätte auch aus dem zweiten Stock herunterkommen können, als wir hier in der Bibliothek waren, und könnte den Dolch versteckt haben, als wir sie *nicht* anstarrten.«

Heath nickte.

»Sie haben schon recht, das könnten alle gewesen sein ... Dieser aalglatte Butler, vielleicht war der es.«

»Und vergessen Sie nicht den Chinesen. Gamble schickte ihn nach oben, um Miss Lakes Frühstückstablett zu holen, als wir alle hier unten waren.«

Heath war begeistert.

»Der und kein anderer!« rief er.

»Nicht so schnell, Sergeant!« Markham gebot ihm mit einer Handbewegung Einhalt und wandte sich an Vance. »Wenn, wie Sie glauben, der Dolch und der Schürhaken am heutigen Morgen aus dem Zimmer, in dem wir jetzt sind, fortgenommen und in Coes Schlafzimmer versteckt wurden, dann würde daraus folgen, daß der Mörder unter denen zu suchen ist, die heute morgen im Haus waren.«

»Nicht unbedingt.« Vance schüttelte leicht den Kopf. »Wenn der Schürhaken und der Dolch heimlich nach oben gebracht wurden, dürfen wir nicht automatisch schließen, daß der Mörder es tat. Jemand könnte es getan haben, um einen anderen zu schützen oder um den Verdacht von sich abzulenken. Es könnte ein Unschuldiger gewesen sein, der aus Furcht oder gar aus Ritterlichkeit gehandelt hat.«

»Aber selbst dann«, beharrte Markham, »würde dieses Verstecken der Tatwaffen bedeuten, daß jemand im Haus mehr weiß, als er uns gesagt hat.«

»Es gibt mehr als nur einen hier, der mehr weiß, als er zugibt ... Nein, nein, der Mörder war es nicht. Dazu war diese Unternehmung zu unvernünftig. Es muß jemand anderes gewesen sein – *jemand, der nicht die ganze Wahrheit kennt.*« Vance erhob sich und ging ans Ende des Raumes und zurück. »Glauben Sie mir, Markham, der Mörder war zu klug, als daß er eine solche Dummheit begangen hätte – als daß er die Waffen an einem Ort versteckte, an dem sie unmöglich sein konnten ... Der Mörder wollte, daß die Waffen hier in dieser Bibliothek gefunden wurden. Deshalb versuchte er zweimal, den Dolch zu verstekken – einmal in der Ting-yao-Vase, die zu Bruch ging, und dann noch einmal in der Yung-Chêng-Vase dort. Und er wollte, daß wir den Schürhaken in der Feuerstelle finden – mit den Blutflecken daran. Er wollte, daß die Waffen *hier in diesem Raum* sind, wo Archer Coe gesessen hatte, als Gamble gestern abend das Haus verließ. Diese Bibliothek hier hatte er zum Schauplatz des Verbrechens ausersehen. Aber etwas Unvorhergesehenes geschah, und plötzlich war der Schauplatz anderswo. Etwas Unerklärliches, etwas Teuflisches. Die Leiche, mit einem Einschußloch in der Schläfe und einem Revolver in der Hand, entschied sich für den oberen Raum. Und als der Mörder zurückkehrte, war es zu spät, alles noch einmal neu zu arrangieren ...«

»Zurückkehrte?« fragte Markham. »Wozu war es da zu spät? Wie meinen Sie das?«

»Ich meine es wörtlich.« Vance blieb stehen und sah den Bezirksstaatsanwalt an. »Glauben Sie mir, er kam zurück – es kann nicht anders gewesen sein. Brisbane wurde erst Stunden nach Archer erstochen. – Und den Schauplatz des Verbrechens konnte er nicht mehr korrigieren, weil Archers Tür von innen verschlossen war. Der Tatort war verlegt worden – und er, der Mörder, war ausgesperrt. Er wußte schon gestern abend, daß weder Dolch noch Schürhaken in dem Schlafzimmer gefunden werden konnten. Und deshalb war es auch nicht der Mörder, der sie heute morgen dorthin legte ...«

Gamble erschien an der Tür zum Anrichteraum. Er schien besorgt und verlegen.

»Was haben Sie auf dem Herzen, Gamble?« machte Vance ihm Mut, als der Butler zögerte. »Sie wollen uns doch etwas erzählen, oder?«

»Bitte um Verzeihung, Sir, wenn ich unterbreche«, begann der Butler, »aber mir fiel ein, daß ich noch einen Gegenstand habe, der von Interesse sein könnte – Sie verstehen, was ich meine. Normalerweise hätte ich mir wohl kaum Gedanken darum gemacht, doch unter den jetzigen Umständen ...«

»Was für ein Gegenstand?« fuhr Markham dazwischen.

»Es – es ist dieses kleine Objekt hier, Sir«, stotterte Gamble und legte eine zylindrische Lippenstifthülle auf den Tisch. »Ich fand es heute morgen im Papierkorb hier im Zimmer, bevor ich die Leiche des Hausherrn oben entdeckte, und warf es fort. Aber als ich mir vor einigen Minuten noch einmal Gedanken über die entsetzlichen Geschehnisse machte ...«

Vance musterte den Lippenstift.

»Was haben Sie sonst noch im Papierkorb gefunden, Gamble?« fragte er.

»Das war alles, Sir – außer der Abendzeitung.«

»Welche Abendzeitung?«

»Diejenige, die für das Haus abonniert ist. Ich habe sie Mr. Coe hier auf diesen Tisch gelegt, bevor ich gestern das Haus verließ.«

Vance nahm den Stift in die Hand und zog die Hülle ab.

»So gut wie leer«, sagte er nachdenklich. »Nicht vergoldet – also weggeworfen.« Er strich sich ein wenig von dem Lippenrot auf den Finger und roch daran. »Carmine von Duplaix. Ein Blondinenparfüm … Höchst interessant.« Er sah wieder Gamble an.

»Wo genau im Papierkorb haben Sie ihn gefunden? Unter der Zeitung oder obendrauf?«

»Er lag oben, Sir«, antwortete der Diener, ein wenig überrascht. »Die Zeitung lag zerknüllt unten im Korb. Mr. Coe hat sie stets dorthin geworfen, wenn er sie gelesen hatte. Niemand sonst im Haus liest die Abendzeitung, Sir.«

»Und wann kommt die Zeitung?«

»Immer um halb sechs.«

Vance nickte. »Und Sie verließen das Haus wann?«

»Zwischen halb sechs und sechs, Sir. Genauer könnte ich es nicht sagen.«

»Und Sie sind ganz sicher, daß zu dieser Zeit kein Besuch für Mr. Archer im Haus war?«

»Vollkommen, Sir.« Wieder machte Gamble eine besorgte Miene. »Wie gesagt, Sir …«

»Ja, ich weiß. Wie gesagt.« Vance beobachtete den Mann mit halb geschlossenen Lidern. »Aber es sieht doch ganz danach aus, als sei eine Dame hier gewesen … Hatte Mr. Coe nicht vielleicht doch eine Verabredung mit der Besitzerin dieses Lippenstiftes?«

»Eine Verabredung mit einer Dame?« Der Gedanke schien den Butler zu schockieren. »Oh nein, Sir. Mr. Coe hatte keine solche Verabredung, da bin ich mir sicher. Er war – wenn Sie verstehen, was ich sagen will, Sir – ein äußerst enthaltsamer Mann.«

Vance entließ ihn abrupt.

»Das wäre alles, Gamble.«

Als der Diener fort war, blickte er Markham mit belustigter Miene an.

»Ich fürchte, mein Alter, auch wenn Gamble es noch so standhaft leugnet, hatte Archer gestern abend Damenbesuch, etwa zwischen sechs und acht – was vermutlich auch die Stunde ist, zu der er umgebracht wurde.«

Markham zögerte, schürzte die Lippen.

»Ist das nicht ein voreiliger Schluß? Archer selbst könnte den Lippenstift in den Papierkorb geworfen haben. Miss Lake hatte ihn hier liegenlassen, und er ...«

»Also wirklich, mein Lieber – also wirklich! Ich bin sicher, Miss Lake benutzt keinen Lippenstift. Und wenn doch, dann mit Sicherheit keinen so stark parfümierten in einer so grellen Farbe ...«

Heath packte wieder die Ungeduld.

»Was macht das denn schon für einen Unterschied? Gut, dann hatte der alte Knabe eben gestern abend hier noch eine Lady zu Besuch – aber das erklärt doch nichts von dem Hokuspokus, der dann geschah.« Er holte eine neue Zigarre hervor und sah Vance fragend und recht ärgerlich an. »Was ist denn nun mit der verschlossenen Tür oben? Als Sie mir gesagt haben, ich soll das Schloß reparieren lassen, da haben Sie doch was damit vorgehabt, oder, Mr. Vance?«

»Es war nur eine vage Idee, Sergeant.« Vance drückte seine Zigarette aus. »Natürlich werden nur in Kriminalromanen Mordopfer in von innen verschlossenen Räumen gefunden; und etwas, das Miss Lake zu mir gesagt hat, brachte mich auf den Gedanken, wo vielleicht die Erklärung für dieses kuriose und unlogische Detail zu finden ist.«

»Was hat sie gesagt?« fragte Markham schroff.

»Es ging um Brisbane. Sie hat davon gesprochen, werden Sie sich erinnern, daß er sich für Kriminologie interessiere; er sei klug genug, seine Spuren zu verwischen, falls er sich je als Mörder betätigen wolle. Das könnte wichtig werden, Markham.«

»Aber ich sehe nicht, wie das zusammenhängt.« Markham klang ratloser denn je. »Brisbane war doch Opfer – nicht Mörder.«

»Oh, ich hatte ihn auch nicht als Täter im Verdacht. Aber ich überlege, ob uns Miss Lakes Bemerkung nicht auf Umwegen zum Ziel führen kann.«

»Bei Umwegen sind Sie doch Experte«, knurrte Markham. »Wäre es vielleicht möglich, daß auch wir begreifen, was Ihnen durch den Kopf geht?«

»Ganz habe ich die Hoffnung noch nicht aufgegeben.« Vance grinste. »Lassen Sie mich Miss Lake noch ein paar Fragen stellen. Ich wüßte gern mehr über Brisbane den Kriminologen.« Wieder ernst, ging er zur Tür. »Was hielten Sie davon, wenn wir die Unterhaltung in Archers Zimmer führten?«

Markham stieß einen resignierten Seufzer aus, und wir gingen nach oben. Heath schickte Gamble hinauf und ließ Miss Lake zu uns bitten, und ein paar Minuten später trat sie ein, energisch, doch kühl und – hatte ich den Eindruck – mißtrauisch.

»Haben Sie den Mordbuben immer noch nicht gefunden?« fragte sie, halb verächtlich. »Was sind denn das für Sachen!«

Vance ging nicht auf den Spott ein, sondern schob ihr lediglich einen Stuhl hin.

»Wir möchten Sie fragen, Miss Lake«, hob er mit strenger Stimme an, »was Sie damit meinten, als Sie sagten, Ihr Onkel Brisbane habe ›kriminologische Studien‹ getrieben – das waren, glaube ich, Ihre Worte.«

»Ach, das!« Sie klang erleichtert. »Er hat ja eine ganze Reihe von Liebhabereien gehabt, und das war eine davon. Knifflige Denkaufgaben aller Art. Er wäre ein ausgezeichneter Schachspieler gewesen, wenn er die Zeit und Geduld dazu gehabt hätte …«

»Und in welcher Form beschäftigte er sich nun mit der Kriminalistik?« Vance tat, als sei die Frage nicht weiter von Belang.

»Oh, nur als Lektüre.« Sie machte eine leicht wegwerfende Handbewegung. »Soweit ich weiß, hat er aus seinen Kenntnissen nie Nutzen gezogen. Im Grunde seines Herzens war er ein anständiger Bursche, auch wenn er ein wenig zum Fanatismus neigte.«

»Und welche Bücher las er?« Vance behielt weiter seinen ruhigen Ton.

»Sammlungen von Kriminalfällen, Prozeßberichte, Detektivgeschichten – was man eben so liest. In seinem Zimmer sind Hunderte von Bänden; die werden Ihnen die ganze traurige Geschichte erzählen. Sehen Sie sich doch einmal dort um.«

»Ich glaube, den Vorschlag werde ich beherzigen.« Vance verneigte sich. »Und Sie – waren Sie ebenfalls interessiert an Onkel Brisbanes Büchern?«

»Oh ja. Sonst gibt es nichts Vernünftiges zu lesen im Haus. Diese Schinken über Keramik unten in der Bibliothek tue ich mir bestimmt nicht an.«

»Dann könnte man also sagen, daß auch Sie ›kriminologische Studien‹ trieben?«

Sie blickte auf, ihr Lachen klang forciert.

»Ja, das könnte man sagen.«

»Ah! Dann werden Sie uns vielleicht auch helfen können!« Nun schlug Vance einen übermütigen Ton an. »Wir wüßten zu gern, wie es möglich war, daß an dieser Tür der Riegel von innen vorgeschoben war. Archer kann es kaum selbst getan haben, mit einer Kugel im Kopf.«

»Oder einem Dolch im Herzen«, fügte sie, ernster, hinzu. »Er könnte es getan haben, bevor er die Kugel in den Kopf bekam.«

»Aber auch da war er schon tot.« Auch Vance wurde wieder ernst und beobachtete die Frau genau.

»Haben Sie noch nie von den spastischen Bewegungen der Leichen gehört«, fragte sie verächtlich, »bei einsetzendem *rigor mortis*? Es sind Fälle bekannt, wo Männer einen Revolver, den sie in der Hand hielten, noch Stunden nach ihrem Tod abfeuerten, allein durch die Kontraktion der Muskeln.«

Vance nickte, doch sein Blick blieb fest auf sie geheftet.

»Das ist wahr. Es gab einen berühmten Fall in Prag, wo ein Selbstmörder später auf einen Polizeiinspektor schoß.* Und vor nicht langer Zeit hatten wir in Philadelphia einen ähnlichen Fall.** ... Aber ich glaube nicht, daß etwas in dieser Art hier vorliegt. Archer ist schließlich an einem Stich in den Rücken gestorben. Und die Haltung, in der er am Schreibtisch saß, legt nahe, daß er den Schuß nicht selbst abfeuerte.«

»Da mögen Sie recht haben.« Ich war überrascht, wie widerspruchslos sie Vance' Ablehnung akzeptierte. »Da muß wohl jemand anderes den Riegel vorgeschoben haben«, meinte sie keck. »Denken Sie darüber nach.«

»Und Sie wollen uns nicht helfen?« Vance blickte ihr fest ins Gesicht.

»Sie schmeicheln mir.« Sie lächelte ihn an, doch hart und ohne Heiterkeit. »Ich kenne natürlich die klassischen Methoden. Den Bindfaden unter der Tür zum Beispiel, an den ein Nagel geknotet ist, der im Ring des Schlüssels steckt.*** Aber

* Vance bezieht sich hier auf den Fall Wenzel Kokoschka. Dieser, ein Sparkassenkassierer, hatte sich erschossen, brachte jedoch noch Stunden später einem Inspektor der Gendarmerie, einem Mann namens Joseph Marcs, mit demselben Revolver eine schwere Schußverletzung bei – die Totenstarre hatte den Finger gekrümmt, so daß der Tote die Waffe abfeuerte, die er noch immer in der Hand hielt.

** Joseph D. Trego, ein Kriegsveteran aus Reading, Pennsylvania, hätte durch die Muskelkontraktion der Hand noch Stunden nach seinem Tod beinahe den Untersuchungsrichter erschossen. Der Coroner brauchte eine halbe Stunde, bis er dem Toten die Waffe aus der Hand gewunden hatte.

*** Mit einer Variante dieses alten Verfahrens versuchte es Tony Skeel im »Mordfall Canary«, DuMonts Kriminal-Bibliothek Bd. 1062.

hier ist kein Zwischenraum unter der Tür – sie schleift sogar –, und der Schlüssel fehlt schon seit Jahren. – Einen Riegel mit Drehknopf kann jedes Kind manipulieren, mit Haarnadel und Faden.* Aber, ach! hier gibt es keinen Drehknopf. – Natürlich habe ich auch von der Kerzenmethode** gehört, mit der man von außen den Riegel vorlegen kann, aber das funktioniert nur mit einem Fallriegel. – Aus demselben Grund kommt die Eiswürfelmethode*** nicht in Betracht, denn unser Riegel hat eine solide Führung mit Hebel und Nut.«

Nun wurde sie still; sie wirkte ganz verändert und betrachtete Vance mit einem ruhigen, fragenden Blick.

»Über diese Tür denke ich schon seit Stunden nach«, sagte sie, »und finde keine Antwort. Onkel Brisbane, Mr. Wrede und ich haben oft über solche Ganoventricks geredet. Wir haben uns überlegt, wie man Sachen machen könnte, die auf den ersten Blick unmöglich scheinen; aber wie sich dieser Riegel hier von außen vorziehen ließe, dazu ist uns nie etwas eingefallen.«

Mit einer bedächtigen Bewegung nahm Vance die Zigarette aus dem Mund.

»Sie wollen mir sagen, daß Sie und Brisbane und Mr. Wrede tatsächlich darüber spekuliert haben, wie es möglich wäre, hier bei dieser Tür den Riegel von außen vorzuschieben?«

»Oh ja.« Sie sagte es anscheinend ganz offen. »Oft sogar. Aber wir kamen zu dem Schluß, daß es unmöglich ist.«

Vance zögerte, und ich spürte, wie ein seltsamer Schauder mich packte. Ich hatte das Gefühl, daß wir kurz vor einer entscheidenden, aber auch sinistren Erkenntnis standen.

»Hat sonst jemand diese Diskussionen mit angehört?«

* Man biegt die Haarnadel einfach um den Knopf und zieht sie dann zum Schlüsselloch oder unter der Tür hinaus.

** Edgar Wallace beschreibt diese Methode in *The Clue of the Twisted Candle*. Man löst die Sperre des Fallriegels und klemmt eine Kerze darunter, die abbrennt oder weich wird und dadurch den Riegel einschnappen läßt.

*** Eine bessere Variante der Kerzenmethode.

Vance' kühle Stimme brachte mich wieder zurück in die Wirklichkeit.

»Nur Onkel Archer.« Nun wirkte Hilda Lake wieder abweisend und gleichgültig. »Er hat sich über unsere Spekulationen lustig gemacht.«

»Was ist mit Liang?« fragte Vance wie nebenbei.

»Der Koch? Ja, der wird schon manches davon mitbekommen haben. Wir haben gewiß auch manchmal beim Essen darüber geredet.«

»Und nun hat jemand das Rätsel, das Sie so sehr beschäftigte, gelöst.« Vance erhob sich und ging nachdenklich zur Tür. »Wie traurig ...« Er hielt ihr die Tür auf. »Danke, Miss Lake. Wir werden uns bemühen, Sie nicht mehr als unbedingt notwendig zu stören. Es macht Ihnen doch nichts aus, wenn Sie bis zum Abendessen auf Ihrem Zimmer bleiben, nicht wahr?«

»Wenn es mir etwas ausmachte, würde das nichts ändern, nehme ich an.« Sie sagte es hörbar ärgerlich und ging zur Tür. Auf der Schwelle drehte sie sich noch einmal halb um und fragte schroff: »Kann ich mir wenigstens ein Buch aus Onkel Brisbanes Zimmer mitnehmen, um mir die Zeit zu vertreiben, die ich eingesperrt bin?« Sie kniff die Augen zusammen, und die Art, wie sie die Lippen kräuselte, war nicht schön anzusehen.

Aber Vance behielt eisern die Ruhe.

»Glauben Sie mir, ich bedaure es zutiefst«, entgegnete er höflich, »und ich will Ihnen gern jedes Buch hinaufschicken, das Sie sich wünschen – später. Aber zuerst möchte ich ein wenig in den Beständen blättern.«

Die Frau drehte sich auf dem Absatz um und ging ohne ein weiteres Wort davon.

Vance wartete, bis oben die Tür zugeworfen wurde, dann kam er wieder ins Zimmer.

»Nicht gerade das, was man wohlerzogen nennen würde, die junge Dame«, klagte er. »Aber eine Dame ist sie, in manchem zumindest ... Seltsam – warum hat sie uns erzählt, sie hätte mit

Brisbane darüber debattiert, ob sich dieser Riegel von außen vorziehen ließe? Da steckte doch etwas dahinter, Markham. Miss Lake ist ein kluges Mädchen. Was wollte sie damit bezwecken, daß sie uns das verriet? Und der Revolver und die Totenstarre … Verblüffend.«

»Also wenn Sie mich fragen«, meinte Markham, »sie weiß oder vermutet mehr, als sie uns sagt, und will uns von der Fährte abbringen.«

Darüber dachte Vance eine ganze Weile lang nach.

»Denkbar wäre es«, stimmte er schließlich zu. »Andererseits jedoch …«

Markham sah ihn ratlos an.

»Und nun?« fragte er. »Was wäre unser nächster Schritt?«

»Oh, der ergibt sich von selbst.« Vance stieß einen tiefen Seufzer aus. »Auch wenn es mühsam wird – ich muß einen Blick auf Brisbanes Büchersammlung werfen.«

Auch Markham seufzte tief und erhob sich aus seinem Sessel.

Kapitel 14
Vance macht ein Experiment

(Donnerstag, 11. Oktober, 4 Uhr nachmittags)

Wir begaben uns zu Brisbane Coes Zimmer, das nach vorn hinaus an der Westseite des Hauses lag. Es war ein schmaler, langer Raum, ähnlich proportioniert wie Archers Gemach, mit einem großen Erkerfenster zur Straße. Die Einrichtung war schlicht, doch eine Reihe von Eichenschränken gab auch diesem Raum den Eindruck des Massigen, Überfüllten. An der Nordwand neben dem Fenster reichte eine Reihe einfacher eingebauter Bücherregale bis zur Decke. Gefüllt waren sie mit, schätzte ich, drei- bis vierhundert Bänden, alle sorgfältig und akkurat aufgestellt.

Vance ging zum Fenster und öffnete die Springrollos. Dann stellte er einen Stuhl vor die Bücherregale, stieg hinauf und begann mit der Musterung der Bände. Ich stand hinter ihm und ließ ebenfalls meinen Blick über die Buchrücken schweifen. Markham und Heath nahmen auf einem großen Sofa vor dem Kamin Platz und sahen Vance sichtlich gelangweilt zu.

Bei dem vergleichsweise geringen Umfang war Brisbane Coes Sammlung kriminologischer Werke bemerkenswert vollständig. Er besaß eine Gesamtausgabe von Hargrave L. Adams *Police Encyclopedia*, dem Standardwerk von Scotland Yard; den kompletten *Newgate Calendar*, die Serie *Notable British Trials*, Dr. Hans Groß' berühmtes *Handbuch für Untersuchungsrichter*, Dumas' *Celebrated Crimes*, Gayot de Pitavals *Causes célèbres et intéressantes, avec les Jugements qui les ont décidées*, Maurice Méjans *Receuil des causes célèbres* und dazu noch eine Reihe deutschsprachiger Werke, darunter Kurt Langenscheidts *Encyklopädie der Kriminalistik*, ein kompletter *Wiener Pitaval*, Friedlaenders *Kriminal-Prozesse*, Dr. Ludwig Altmanns mehrbändiges *Aus dem Archiv des Grauen Hauses* und Leonhardts Sammlung *Außenseiter der Gesellschaft*. Außerdem standen in den Regalen etliche monographische Bände zu großen Verbrechern und ihren Methoden; wenig fanden wir zur Psychologie des Verbrechens und zur Gerichtsmedizin.

Aus der Zusammenstellung der Titel konnte man schließen, daß Brisbane, hätte er sich jemals selbst auf die Ebene des Verbrechers begeben, eher praktisch zu Werke gegangen wäre als allzu künstlerisch. Die drei unteren Regalbretter waren fast ganz der Detektivliteratur gewidmet, von Gaboriau und Poe bis zu Arthur Conan Doyle und Austin Freeman.

Vance suchte zügig, doch aufmerksam die Buchrücken ab. Die meisten standen auch in seiner eigenen Bibliothek, und er kannte nicht nur die Titel, sondern auch die Einbände. Die erzählenden Werke beachtete er kaum. Keiner von uns wußte, wonach er suchte, aber es mußte etwas Bestimmtes sein, und aus seinen Andeutungen schlossen wir, daß es etwas mit der verriegelten Tür in Archers Zimmer zu tun haben mußte.

Nachdem er die Buchrücken vielleicht eine Viertelstunde lang abgesucht hatte, setzte er sich und steckte sich nachdenklich eine seiner *Régies* an.

»Es hätte hier sein sollen«, murmelte er, mehr zu sich; »es sei denn, jemand hat es mitgenommen ...«

Er erhob sich bedächtig, stieg von neuem auf den Stuhl und prüfte, ob die mehrbändigen Werke vollzählig waren. Als er an die rot-goldenen *Außenseiter* kam, nickte er und stieg herab.

»Da fehlt ein Band«, erklärte er. Er ließ den Blick über die oberen Buchreihen schweifen. »Ob vielleicht ...« Er kniete sich nieder und sah sich die literarische Abteilung nun genauer an. Als er bei der untersten Reihe angelangt war, beugte er sich vor und holte einen schmalen rot-goldenen Band hervor. Er warf einen Blick darauf, dann beugte er sich noch einmal vor und studierte die Bücher rechts und links der Stelle, an der er den fehlenden Band der *Außenseiter der Gesellschaft* gefunden hatte.

»Donnerwetter!« rief er. »Das ist ja hochinteressant.« Er holte ein kleines rotes Buch hervor. »*Das Geheimnis der Stecknadel*, von Edgar Wallace«, las er vor. »Nur daß es in unserem Falle ja *zwei* Nadeln sind, nicht wahr, von der Stopfnadel ganz zu schweigen … Aber das hat etwas zu bedeuten, Markham, daß wir den fehlenden Band der *Außenseiter* unmittelbar neben einem Roman finden, in dem es um eine Nadel geht.«

Markham erhob sich, nahm seine Zigarre aus dem Mund und blickte Vance mit ernster Miene an.

»Ich sehe, worauf es hinausläuft«, sagte er. »Sie meinen, in diesen Büchern hat Brisbane eine Anleitung gefunden, wie er Archers Riegel von außen vorziehen konnte, und zwar mit Nadel und Faden.«

Vance nickte zur Bestätigung.

»Entweder Brisbane oder sonst jemand. Jeder mit geschickten Fingern.« Er nahm die *Außenseiter* und schlug die Titelseite auf. »*Der merkwürdige Fall Konrad*«, las er. »Von Kurt Bernstein … Viel verrät uns das nicht. Ich wüßte gern, wer dieser Konrad war und was er sich Raffiniertes hat einfallen lassen … Ich glaube, ich werde mich ein wenig mit Konrads krimineller Vergangenheit beschäftigen. Und auch einen Blick in den Wallace werfen – wenn Sie es über sich bringen, eine kleine Weile auf mich zu warten.«

Markham signalisierte sein Einverständnis.

»Der Sergeant und ich warten unten – ich muß noch ein paar Telefonate erledigen.«

Wir drei ließen Vance allein in Brisbanes Zimmer zurück, und als ich die Tür schloß, sah ich, wie Vance es sich mit den beiden Büchern auf dem Sofa bequem machte.

Eine Stunde später kam er an den Treppenabsatz und rief uns zu sich. Er wartete in Archers Schlafzimmer auf uns. Er hatte beide Bücher unter dem Arm, und ich sah, daß in beiden Lesezeichen steckten.

»Ich glaube, zu einem Aspekt des Falles habe ich die Lösung gefunden«, sagte er nüchtern, als wir uns alle gesetzt hatten.

»Aber wir werden wohl ein wenig probieren müssen.« Er schlug den Roman auf. »Wallace hat sich etwas Kluges ausgedacht – die entsprechende Stelle hatte ich schnell gefunden. Die Geschichte, soweit ich es beim Überfliegen verstanden habe, erzählt von einem Toten, der hinter verschlossener Tür in einem Kellergewölbe gefunden wird, den Schlüssel vor sich auf dem Tisch. Die Tür war natürlich von außen verschlossen. Hier ist die Passage, in der es erklärt wird: ›*Er sagte nichts weiter, sondern nahm etwas aus der Tasche: eine Rolle kräftigen Baumwollzwirns. Aus seiner Weste zog er eine Stecknadel und knotete sorgfältig und mit ernster Miene den Zwirn um den Nadelkopf; Tab beobachtete ihn genau. Rex Lander summte ein Liedchen vor sich hin, als sei es die unschuldigste Aufgabe der Welt. Schließlich stach er die Nadelspitze in den Tisch und zog dann an dem Faden. Offenbar war er mit dem Ergebnis zufrieden. Er wickelte weiteren Zwirn von der Rolle ab, und als er einen Faden der richtigen Länge hatte, knotete er den Schlüssel daran und ging damit zur Tür hinaus. Mit dem anderen Ende kehrte er ins Gewölbe zurück und zog den Faden dann durch eines der Luftlöcher wieder hinaus. Danach schloß er die Tür von außen. Er hatte den Faden locker gelassen; Tab hörte das Klicken, als der Schlüssel sich im Schloß drehte, und hielt den Atem an. Fasziniert starrte er auf die Tür und sah, daß Lander den Faden nun durch das Luftloch einholte. Gleich darauf kam der Schlüssel unter der Tür hindurch. Der Zwirnsfaden spannte sich zusehends, und der Schlüssel hob sich, bis er auf Tischhöhe war. Immer weiter spannte sich der Faden, bis schließlich die Nadel heraussprang, durch den Ring des Schlüssels rutschte und diesen genau in der Mitte des Tisches liegen ließ. Tab sah der glitzernden Nadel nach, wie sie über den Boden gezogen wurde und dann durch den Türschlitz entschwand.*‹* … So hat Wallace das Problem der verschlossenen Tür gelöst.«

* Wallace, *Das Geheimnis der Stecknadel.*

»Schon«, wandte Markham ein. »Aber da gab es ein offenes Luftloch in der Tür und am Boden einen breiten Schlitz. Das haben wir hier beides nicht.«

»Das ist wahr«, gestand Vance ihm zu. »Aber festhalten sollten wir doch, daß ein Faden und eine Stecknadel Verwendung fanden. Das wäre beiden Fällen gemeinsam ... Nun lassen Sie uns sehen, wie diese Gemeinsamkeiten und die Parallelen zum Fall Konrad zueinanderpassen.« Er schlug den anderen Band auf. »Konrad war ein Kutscher in Berlin vor fast fünfzig Jahren. Seine Frau und fünf Kinder wurden tot im Keller aufgefunden, und die Tür – aus schwerem Holz, das rundum dicht abschloß und nicht einmal ein Schlüsselloch hatte – war fest von innen verriegelt. Es galt als ausgemacht, daß die Mutter ihre Kinder und dann sich selbst umgebracht hatte; Konrad hätte in aller Ruhe seine *inamorata* heiraten können (die schon in den Kulissen wartete), hätte es da nicht einen Amtsrichter namens Hollmann gegeben. Hollmann – man weiß nicht warum – glaubte nicht an die Selbstmordtheorie und machte sich Gedanken, ob Konrad nicht doch die Tür von außen verriegelt haben könnte ... Haben Sie Nachsicht mit meiner improvisierten Übersetzung aus dem Deutschen: ›*Überzeugt, daß Frau Konrad ihre Kinder nicht ermordet und dann Selbstmord begangen hatte, entschloß sich Hollmann, einen letzten Versuch zu machen und die ganze Tür inwendig und auswendig mikroskopisch genau zu untersuchen. Aber nirgends war die geringste Öffnung zu finden, ja die Tür paßte so genau in ihren Rahmen, daß man nicht einmal einen Papierstreifen durch irgendeinen Riß hätte ziehen können. In stundenlanger Arbeit untersuchte Hollmann die Tür mit einer starken Lupe, um endlich seine Mühe belohnt zu sehen. Genau über dem Riegel, an der Innenseite, fast an der Kante der Tür, fand er ein ganz kleines, kaum bemerkbares Loch. Als er aber an der Außenseite der Tür die dem Loch direkt gegenüberliegende Fläche untersuchte, war kein entsprechendes Loch zu entdecken. Er fand jedoch an dieser Stelle ei-*

nen kleinen Fleck, wo der Anstrich frischer war als an der übrigen Tür. Der Fleck war fest, was trotzdem Hollmann in seiner Forschungsarbeit nicht entmutigte. Von einem Mieter im Hause borgte er eine gewöhnliche Hutnadel, erhitzte sie und führte sie von der Innenseite in das Loch. Mit ganz geringem Druck durchbohrte die heiße Hutnadel die Tür und kam genau in der Mitte des frischgestrichenen Flecks an der Außenseite zum Vorschein. Als Hollmann die Hutnadel wieder herauszog, klebte ein Stück zähes Roßhaar daran fest, während die Nadel mit einer dünnen Wachsschicht überzogen war … Nun war es klar, durch welches Verfahren es Konrad gelungen war, die Tür von außen zu verriegeln. Zuerst hatte er ein winzig kleines Loch über dem Riegel durch die Tür gebohrt, hatte dann eine Schlinge von Roßhaar um den Knopf am Riegel gelegt und die beiden Enden durch das Loch gezogen. Dann hatte er den Riegelknopf aufwärts gezogen, bis die Schlinge sich vom Knopf ablöste, und darauf das Roßhaar wieder aus dem Loch herausgezogen. Ein Stück des Roßhaars war jedoch im Loch hängengeblieben. Sodann hatte Konrad das Loch mit Wachs verstopft und es an der Außenseite mit Farbe überstrichen und damit sozusagen jede Spur seines verbrecherischen Verfahrens getilgt. Später wurde er des Mordes an seiner Familie überführt, zum Tode verurteilt und gehängt.‹ …«[*]

Als Vance zu Ende gelesen hatte, sprang Heath auf.

»So was habe ich ja noch nie gehört!« Er ging zur Tür und studierte sie genau.

Vance lächelte.

»Sie werden kein Loch über dem Riegel finden, Sergeant«, sagte er. »Das brauchte unser Täter ja nicht. Er hatte das Schlüsselloch.«

Heath nahm ein wenig Abstand und betrachtete die Tür.

* K. Bernstein, *Der merkwürdige Fall Konrad*, S. 222–224.

»Aber das Loch ist nur halb über dem Riegel und zwanzig Zentimeter tiefer. Kein Faden, der da angebunden ist und durchs Schlüsselloch rausgeht, würde den ziehen.«

»Ganz richtig, Sergeant.« Vance nickte. »Das ist die Stelle, an der jemand den Trick abwandelte. Derjenige, der auf die Idee kam, diese Tür zu verschließen, entwickelte das Verfahren noch um ein paar Dezimalstellen weiter. Immerhin haben wir *zwei* Fäden und *zwei* Nadeln.«

»Also ich verstehe das nicht.« Heath stand noch immer mit finsterer Miene an der Tür. »Was Sie da aus den Büchern vorgelesen haben, das leuchtet mir ja noch ein, aber das paßt doch beides hier nicht.«

»Wie wäre es mit beiden zusammen?« schlug Vance vor. »Sehen Sie sich die Wand unmittelbar rechts vom Rahmen an, auf Höhe des Riegels. Fällt Ihnen da etwas auf?«

Heath studierte die Stelle und nahm sogar das Vergrößerungsglas, das er in der Tasche hatte, und seine Lampe zu Hilfe.

»Viel sehe ich nicht«, brummte er. »In dem Ritz zwischen Rahmen und Wand ist eine Stelle, die ein Nadelloch sein könnte.«

»Genau was wir suchen, Sergeant!« Vance erhob sich und ging zur Tür, und Markham und ich folgten ihm. »Ich glaube, ich werde das Experiment, das mir vorschwebt, wagen.«

Wir sahen ihm alle mit gespannter Erwartung zu. Zunächst holte er aus seiner Tasche die beiden Fäden mit den daran geknoteten verbogenen Nadeln sowie die Stopfnadel hervor, die sich in Brisbane Coes Manteltasche gefunden hatten. Mit seinem Taschenmesser bog er eine der beiden Nadeln wieder gerade und steckte sie in das Loch, das Heath in der Wand an der Kante des Türrahmens gefunden hatte; mit dem Griff des Messers klopfte er sie dann noch fest. Danach knüpfte er das andere Ende des Fadens an die Stopfnadel und führte diese durch das Schlüsselloch hinaus auf den Flur; danach nahm er die Nadel wieder ab und ließ den Faden zu Boden fallen. Als nächstes bog

Funktionszeichnung:

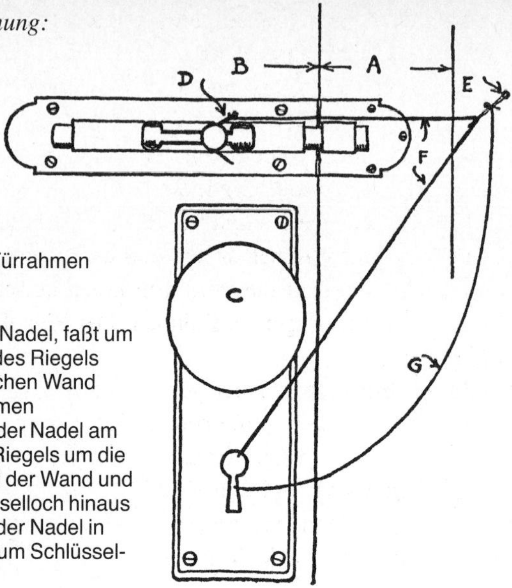

A: Hölzerner Türrahmen
B: Tür
C: Türknauf
D: Verbogene Nadel, faßt um den Knopf des Riegels
E: Nadel zwischen Wand und Türrahmen
F–F: Faden von der Nadel am Knopf des Riegels um die Nadel (E) in der Wand und zum Schlüsselloch hinaus
G: Faden von der Nadel in der Wand zum Schlüsselloch hinaus

er die andere Nadel gründlich um den aufrecht stehenden Knopf des Riegels, lenkte den Faden um die Nadel, die er in die Wand gesteckt hatte, band nun diesen zweiten Faden an die Stopfnadel und zog ihn ebenfalls durch das Schlüsselloch nach draußen. Er öffnete die Tür dann etwa einen halben Meter weit, wobei er die beiden Fäden wieder ein wenig durch das Schlüsselloch nach innen zog, damit sie weit genug aufging, ohne daß sie die Vorrichtung beschädigte.

»Lassen Sie uns sehen, ob es funktioniert«, sagte er, und ein Unterton von unterdrückter Erregung war nicht zu überhören. »Sie bleiben drinnen, ich gehe nach draußen und ziehe an den Fäden.«

Er bückte sich, kroch unter den beiden Fäden hindurch und ging hinaus auf den Flur. Vorsichtig schloß er die Tür, und wir blieben im Zimmer, die Augen gebannt auf die beiden Fäden und die beiden Nadeln geheftet.

Es dauerte nicht lange, und wir sahen, wie der Faden, der um den Knopf des Riegels gelegt war, sich spannte, als Vance ihn langsam durch das Schlüsselloch hinauszog. Der Faden lief über die Nadel in der Wand, die wie ein Flaschenzug wirkte, und von da lief sie im spitzen Winkel zurück. Langsam zog Vance von außen immer weiter, und der Riegel, der nun gezogen wurde, wie man ihn auch von innen bewegt hätte, schob sich in sein Widerlager im Rahmen. Der Riegel saß an seinem Platz!

Als nächstes spannte sich vor unseren Augen der andere Faden – derjenige, der an die Nadel in der Wand gebunden war. Mehrfach wurde heftig an diesem Faden gerissen – die Nadel blieb, wo sie war, und bog sich in die Richtung, aus der die Zugbewegung kam. Schließlich löste sie sich aus der Wand, wurde zum Schlüsselloch hin gezogen und verschwand nach draußen.

Nun wurde wieder am ersten Faden, der ja noch an dem Knopf hing, gezogen, und er führte nun in gerader Linie vom Knopf zum Schlüsselloch, das fast direkt darunter lag. Noch einmal zog Vance an dem Faden, und der Knopf des Riegels rastete in seiner Nut ein. Mit dem nächsten Ruck löste er die verbogene Nadel von dem Knopf und zog sie durch das Schlüsselloch nach draußen.

Markham, Heath und ich waren in dem Zimmer von draußen eingeschlossen, so sicher, als hätten wir selbst den Riegel vorgeschoben. Und kein Indiz – von dem kaum erkennbaren Löchlein zwischen Türrahmen und Wand abgesehen – blieb zurück, das verraten hätte, daß in Wirklichkeit jemand sie von außen verschlossen hatte!

Vance' Demonstration war faszinierend gewesen, aber zugleich auch sinister, denn was sich damit an Möglichkeiten auftat, konnte man vorerst nur ahnen; was sie uns aber in jedem

Falle vor Augen führte, war, daß wir es mit einem scharfsinnigen und phantasievollen Gegenspieler zu tun hatten.

Der Sergeant, der wie gebannt dagestanden hatte, gab sich einen Ruck, zog den Riegel zurück und öffnete die Tür.

»Hat es funktioniert?« fragte Vance und kam zurück ins Zimmer.

»Hat es«, murmelte Heath, als sei nichts dabei, und zündete sich die Zigarre an, auf der er schon seit einer halben Stunde grimmig gekaut hatte.

Kapitel 15
Ein Dolchstoß

(Donnerstag, 11. Oktober, 5 Uhr 30 nachmittags)

Mehrere Minuten lang saß Markham nur da und brütete finster vor sich hin.

»Wie Sie ganz richtig sagen, Vance«, meinte er dann, sah aber nicht auf, »klärt es uns ein Detail des Falles, wenn wir wissen, wie die Tür von draußen verriegelt wurde – aber ich habe nicht den Eindruck, daß es uns wirklich bei der Aufklärung des Doppelmordes weiterhilft. Brisbane ist doch schließlich selbst ermordet worden. Warum hätte er Archer in seinem Zimmer einschließen sollen?«

»Tja, wenn ich das wüßte.« Vance schien genauso ratlos wie Markham. »Vielleicht war es ja gar nicht Brisbane. Daß er Nadel und Faden in seiner Manteltasche hatte, besagt gar nichts … andererseits …«

»Wenn Sie mich fragen«, meinte Heath, »das Schlitzauge war's. Die kennen doch tausend Schliche, die Chinesen. Denken Sie nur an die Chinarätsel in den Zeitungen.«

Von unten hörten wir, wie jemand zur Haustür hereinkam, und dann rief Burke etwas zum Sergeant herauf. Einer der Detectives, die er am frühen Nachmittag ausgeschickt hatte, um die Alibis von Miss Lake und Grassi zu prüfen, war zurück. Es war Emery von der Mordkommission, der schon bei einigen anderen Fällen, für die Vance sich interessiert hatte, dabeigewesen war.* Heath hatte ihn auf Grassi angesetzt, und sein Bericht war kurz und klar.

»Ich habe mich bei Dr. Montrose vom Metropolitan erkundigt. Dieser Grassi ist um kurz nach vier aufgekreuzt, und dann

* Vor allem beim *Mordfall Bischof*, DuMonts Kriminal-Bibliothek Bd. 1006.

sind die zwei in die Wohnung vom Doc in der 86. Straße gegangen. Grassi blieb zum Abendessen und ging um acht. Hätte um neun eine Verabredung in Mount Vernon, erklärte er. Ließ sich vom Doc beschreiben, wie er zum Grand Central kommt.«

Emery holte sein Notizbuch hervor und schlug es auf.

»Dann bin ich rüber zum Crestview Country Club und habe ein paar Takte mit dem Verwalter geplaudert. War anfangs ziemlich zugeknöpft, aber dann hat er mir doch noch den Pförtner und den Oberkellner geholt. Konnten sich beide an den Italiener erinnern – weil er mit Miss Lake da war, nehme ich an –, und soweit sie wußten, war er erst spät am Abend gekommen – gegen elf. Miss Lake hatte einen Tisch im Tanzsaal reserviert, kam aber erst nach Grassi an. Um halb eins sind sie wieder gegangen. – Das wäre alles.«

Heath machte eine Grimasse in Richtung Markham.

»Paßt alles zu dem, was wir wissen. Ich wüßte ja lieber, wo er zwischen acht und elf war. Aber da müßten wir schon großes Glück haben.«

»Verirrt im Labyrinth der Vorstadtbahnen«, meinte Vance mit einem Lächeln –, »wenn wir seiner eigenen Auskunft glauben wollen. Aber«, wandte er sich an Emery, »haben Sie von Dr. Montrose nicht doch noch ein klein wenig mehr erfahren, als daß Grassi sich den Weg zum Bahnhof erklären ließ?«

»Nichts, Sir.« Emery schüttelte das Haupt mit geradezu komischer Verzweiflung. »Höchstens noch, daß er beim Essen einmal ans Telefon gerufen wurde.«

Als der Detective sich verabschiedet hatte, ging Vance seinerseits zum Telefon und rief bei Dr. Montrose an. Er sprach ein paar Minuten lang mit ihm, dann legte er auf und ging im Zimmer auf und ab.

»Dieser Anruf für Grassi«, murmelte er, »– sehr seltsam. Dr. Montrose sagt, Grassi sei schwer verärgert gewesen. Habe nur hastig zu Ende gegessen und sich dann verabschiedet. Das Telefon stand auf dem Flur gleich neben der Eßzimmertür, und Montrose konnte nicht vermeiden, daß er mit anhörte, was Grassi sprach. Er sagt, Grassi habe sich mit dem Anrufer gestritten – es sei eine Unverschämtheit, sagte er, und er werde Mittel ergreifen … Mittel – was könnte er damit gemeint haben? Und wer kann der Anrufer gewesen sein, der ihn so in Rage brachte? Wer wußte, daß er zu Montrose zum Abendessen ging? … Miss Lake wohl kaum – er hätte nicht so vehement mit ihr geredet und wäre anschließend zum Tanz mit ihr gegangen. Und daß er mit Wrede etwas zu besprechen hatte, kann ich mir nicht vorstellen … Brisbane vielleicht … oder Archer …«

Es wurde allmählich dunkel, und Vance schaltete das Deckenlicht ein. Dann setzte er sich und nahm einen tiefen Zug von seiner Zigarette.

»Archer – das könnte ich mir am ehesten vorstellen … Sergeant, holen Sie den Signore.«

Heath ging hinaus, und Vance blickte Markham an.

»Chinaporzellan, nehme ich an. Nichts würde Grassi so verbittern wie eine Enttäuschung auf diesem Felde …«

Der Sergeant führte den Italiener herein, und Vance kam ohne Umschweife zur Sache.

»Mr. Grassi, wer hat Sie angerufen, als Sie gestern bei Dr. Montrose zum Abendessen waren?«

Grassi fuhr sichtlich zusammen; dann sah er Vance trotzig ins Gesicht.

»Es war ein privater Anruf – das geht nur mich etwas an.«

Mit einem Seufzer zog Vance den Vertrag über den Verkauf der Sammlung aus der Tasche, den Archer Coe für Grassi aufgesetzt hatte. Vance faltete das Blatt auseinander, strich es auf seinem Knie glatt und beobachtete Grassi dabei. Auch ich behielt ihn genau im Auge und sah, welch seltsame Wandlung mit ihm vorging. Er riß die Augen auf und blickte starr vor sich hin, sein Gesicht wurde bleich, und er stand steif mit angehaltenem Atem da, als sei er plötzlich in Hypnose verfallen.

»Der Anrufer war Mr. Archer Coe, nicht wahr, Mr. Grassi?« fragte Vance mit ruhiger, sachlicher Stimme.

Grassi regte sich nicht und antwortete nichts darauf.

»Vielleicht bereute er die Vereinbarung, die er mit Ihnen getroffen hatte – den Verkauf, mit dem er sich von einem so großen Teil seiner geliebten Sammlung trennen sollte«, fuhr Vance fort. »Vielleicht hatte er sich, nachdem er noch einmal stille Zwiesprache mit seinen Schätzen gehalten hatte, entschlossen, den Handel abzusagen ... Vielleicht wollte er Sie von seiner Entscheidung gleich in Kenntnis setzen, damit Sie nicht mit Dr. Montrose über die Transaktion sprachen ...«

Noch immer stand Grassi reglos da, aber es schien, daß Vance den Inhalt des Telefonats vom Vorabend richtig erraten hatte.

»Ich kann mir gut vorstellen, wie Ihnen zumute war, Mr. Grassi«, fuhr Vance fort, noch immer im gleichen Ton. »Schließlich hatten Sie einen Handel geschlossen und hielten Mr. Coes schriftliche Bestätigung in Händen. Aber daß Sie ihm deswegen gleich drohen ...«

Nun brachen die Gefühle aus dem Italiener heraus.

»Es war mein gutes Recht, ihm zu drohen!« rief er, sein Gesicht nun plötzlich rot. »Seit einer Woche verhandle ich – gehe auf immer höhere Preise ein. Gestern dann endlich die Einigung. Er gibt es mir schriftlich, und ich melde meinen Erfolg nach Italien. Dann soll es mit einemmal nicht mehr gelten – er ruft mich an, sagt, er verkauft nicht, er hat es sich anders überlegt. Er beleidigt mich über das Telefon: Er sagt, ich hätte ihn betrogen. Er will mir drohen, damit ich ja nichts unternehme! Er sagt sogar, er werde schwören, daß ich ihn zur Unterschrift gezwungen hätte, mit der Pistole in der Hand ...« Grassi reckte die geballte Faust. »Was sollte ich tun?« Nun brüllte er beinahe. »Ich habe ihm gedroht, genau wie er mir zuvor gedroht hatte. Ich habe gesagt, ich werde jedes Mittel einsetzen, ihn zu zwingen, daß er sich an seine Zusage hält. Ich war im Recht!«

»Oh, keine Frage – unter solchen Umständen.« Vance nickte beiläufig. »Was antwortete Mr. Coe darauf?«

»Was er antwortete?« Grassi kam einen Schritt auf Vance zu und beugte sich vor. Er sprach in einem seltsamen, halb flüsternden Ton. »Er antwortete, er würde lieber jede Vase im Haus zerschlagen, als daß er sie mir überließe.«

Vance lächelte, doch ohne Heiterkeit.

»Kein Wunder, daß Ihnen der Anblick der Ting-yao-Scherben ein wenig auf den Magen schlug! … Aber Mr. Coe hat diese Vase nicht zerbrochen, Mr. Grassi. Diese Untat geht – unwillentlich – auf das Konto des Mörders. Und was für eine Schande, nicht wahr?«

Vance erhob sich mühsam aus seinem Sessel, faltete Archer Coes Brief zusammen und reichte ihn Grassi.

»Wenn dieses Schriftstück Ihnen ein Trost ist, dann können Sie es jetzt zurückhaben. Ich glaube nicht, daß ich es noch einmal brauche … Das wäre alles für den Augenblick.«

Grassi zögerte. Einen Moment lang sah er Vance mißtrauisch an. Dann nahm er den Brief, verneigte sich tief und ging hinaus.

Markham, der die Befragung gespannt verfolgt hatte, wandte sich an Vance, als Grassi außer Hörweite war.

»Keine beneidenswerte Lage. Grassi werden die Rechte an der Sammlung streitig gemacht, an der offensichtlich sein Herz hängt und für deren Erwerb er sich bereits verbürgt hat, und er droht Coe. Dann verschwindet er drei Stunden lang, angeblich weil er in den falschen Zug stieg. Und heute morgen findet man Coe tot, auf den ersten Blick ein Selbstmord.«

»Genau das.«

»Und außerdem«, schnaubte Heath, »ist Coe erdolcht worden, von hinten. Weiß man doch, wie locker das Messer bei den Itakern sitzt.«

»Aber welchen Grund hatte er, dann auch noch Brisbane zu erstechen?« fragte Vance müde. »Welche Rolle spielte der Revolver? Und die verriegelte Tür? Nicht zu vergessen der Scotty

… Allmählich dürften wir die Teile des Puzzles beisammen haben – aber sie passen nicht.«

»Heute morgen haben Sie sich ja noch viel von dem Hund versprochen«, erinnerte Markham ihn.

»Das ist wahr – der Hund.« Vance blieb eine Weile still und blickte zum Fenster hinaus in die Dämmerung des Oktoberabends. »Und keiner hier im Haus mochte Hunde – keiner außer Wrede. Seltsam, daß er seinen fortgegeben hat …« Vance' Stimme war kaum noch zu hören; es war, als dächte er laut. »Ein Dobermann … Zu groß natürlich für eine kleine Wohnung. Und wie ein Hundefreund sieht Wrede ja nicht aus. Nicht das Einfühlungsvermögen … Ich glaube, ich werde mich noch einmal mit ihm unterhalten …«

Er ging zum Telefon. Gleich darauf hatte er Wrede am Apparat. Sie wechselten nur ein paar Worte, aber Vance machte sich einige Notizen auf dem Block neben dem Telefon. Dann legte er auf, und Markham quittierte es mit einem lustlosen Seufzer.

»Was wollen Sie denn bloß mit Wredes abgelegten Haustieren?« fragte er.

»Glauben Sie mir, ich weiß es wirklich nicht«, gab Vance offen zu. »Es muß eine vage Gedankenverbindung sein. Der unbekannte Scotty fand sich unten im Flur – und der einzige andere Hund, auf den wir bisher in der Sache gestoßen sind, gehörte Wrede. Nicht gerade viel, da haben Sie recht. Aber Wrede und Hunde, das paßt nicht zusammen – das ist genauso abwegig wie die Tatsache, daß überhaupt ein verwundeter Scotchterrier hier im Haus war. Eine Ungereimtheit. Und Ungereimtheiten sind mir verhaßt.«

Markham unterdrückte mit Mühe seinen Zorn.

»Und was haben Sie über Wredes Hund erfahren?«

»Nichts Weltbewegendes. Er hatte den Dobermann nur ein paar Monate – hatte ihn auf einer Ausstellung in Westchester gekauft. Als er dann von seinem Haus in Greenwich Village in die jetzige Wohnung zog, verschenkte er den Hund an Freunde.« Er wies auf den Telefonblock. »Ich habe die Adresse. Sie wohnen am Central Park, in Höhe der 80. Straße … Ich glaube, ich werde ihnen einen Besuch abstatten. Ich habe nämlich eine Schwäche für Dobermannpinscher, Markham. Prachtvolle Tiere. In Deutschland waren sie die ersten Polizeihunde. Obwohl der Begriff in die Irre führt. Fast jede Hunderasse kann Polizeihund sein. Hierzulande glauben die Leute, nur der Schäferhund passe zur Polizei, und für manche bedeuten beide Worte ein und dasselbe. Der Dobermann ist eine Kreuzung zwischen Schäferhund und Pinscher – und Pinscher wiederum ist der deutsche Ausdruck für unsere Terrier. Die Züchtung ist noch relativ neu, aber sie ist sehr populär geworden, denn diese Hunde sind nicht nur äußerst wohlproportioniert, sie sind dazu kräftig, muskulös, wachsam, intelligent, munter und, wenn man sie reizt, extrem hartnäckig und wild. Mit anderen Worten, ausgezeichnet geeignet für den Polizeidienst; und einmal ausgebildet, behalten sie ihr Wissen besser im Gedächtnis als jeder andere Hund …«

Markham erhob sich und gähnte.

»Tausend Dank. Ein ausgesprochen lehrsamer Vortrag. Aber trotzdem glaube ich nicht, daß ich zur Lösung des vorliegenden Falles einen Dobermann anfordern werde. Nicht daß mir der Sergeant eifersüchtig wird.«

Heath grinste gutmütig.

»Mir soll alles recht sein, Chef, wenn's nur vorangeht. Aber ich denke mir, Mr. Vance hat bestimmt was im Kopf.«

»Sergeant«, meinte Vance, schon auf dem Weg zur Tür, »was für ein Kompliment!«

Wir beschlossen, den Fall bis zum nächsten Morgen ruhen zu lassen. Alle waren müde und ratlos, und es gab keine Spur, der wir folgen konnten. Möglichkeiten warteten im Übermaß, aber die Widersprüche zwischen den Informationen, die wir gesammelt hatten, waren so groß, daß jede Spekulation in den Ansätzen steckenblieb. Vance schlug vor, daß wir die Arbeit einstellten, bis er Gelegenheit gehabt hatte, den Besitzer des verwundeten Scottys zu ermitteln. Ich fragte mich nach wie vor, warum er der Gegenwart des Hundes im Haus so große Bedeutung beimaß, und ich wußte, daß es Markham nicht anders ging. Aber da es kaum etwas gab, was man im Augenblick sonst noch tun konnte, fügte er sich in Vance' Vorschläge, in der Hoffnung, daß etwas dabei herauskam.

»Wenn Sie den Mitgliedern des Haushalts ihre Freiheit zurückgeben wollen«, sagte er zu Markham, als wir wieder unten im Flur angelangt waren, »habe ich keine Bedenken. Nur morgen sollten sie für weitere Befragungen zur Hand sein. Glauben Sie mir, Markham, uns läuft schon keiner davon.«

Eine kurze Besprechung im Wohnzimmer regelte die Sache. Gamble bekam Order, seinen Pflichten wie gewöhnlich nachzugehen, und Miss Lake und Grassi teilten wir mit, daß sie kommen und gehen konnten, wie sie wollten, solange sie am nächsten Tag zur Verfügung standen.

»Lassen Sie aber eine Wache in Coes Schlafzimmer«, riet Vance dem Sergeant, »und am besten postieren Sie auch jemanden draußen, der ein Auge darauf hält, wer kommt und geht.«

Als wir schon zur Haustür gingen, kam noch Guilfoyle, der Beamte der Mordkommission, den der Sergeant auf Hilda Lakes Alibi angesetzt hatte. Er hatte jedoch nichts erfahren, was uns weiterhalf. Miss Lake hatte mit Freunden im Arrowhead Inn zu Abend gegessen, war von dort allein mit dem Wagen aufgebrochen und gegen elf im Crestview Country Club eingetroffen. Über den Unfall, der angeblich ihre Ankunft dort verzögert hatte, hatte Guilfoyle nichts herausfinden können.

Vance, Markham und ich gingen hinaus an die frische Luft. Es war ein Tag voller Schrecken gewesen, und die kühle Brise aus dem Park weckte die Lebensgeister. Als wir in seinen Wagen stiegen, fragte Markham:

»War Ihnen das eigentlich ernst, Vance, daß Sie noch die Leute besuchen wollten, die Wredes Dobermann aufgenommen haben?«

»Ich bitte darum ... Nur ein paar Minuten.«

Es handelte sich um ein Ehepaar namens Enright, das im Penthouse eines der neuen Apartmenthäuser an der Westseite des Central Park wohnte, fast schon auf Höhe des Wasserturms. Der Butler ließ uns wissen, daß Mrs. Enright nicht in der Stadt sei, und Mr. Enright sei unten im Park und führe den Hund aus. Wir würden ihn, fügte er hinzu, vermutlich auf dem Rundweg um den Turm finden.

Wir nahmen den Parkeingang 85. Straße, passierten die Gärten auf der Westseite, überquerten die Hauptstraße und gingen dann über den Rasen zum Weg am Wasserturm. Um diese Tageszeit waren nur wenige Leute im Park, und der Weg am Turm war fast menschenleer. Wir ließen uns auf einer Bank nieder und warteten. Nicht lange, und aus Richtung Fifth Avenue erschien ein massiger Mann mit einem Hund an der Leine.

»Das dürfte Enright sein«, meinte Vance. »Kommen Sie, wir gehen ihm entgegen.«

Enright erwies sich als freundlicher, umgänglicher und wohlbeleibter Mann. (Später hörte ich, daß er mit Nahrungsmitteln aus den ferneren Gegenden der Südsee handelte.) Vance machte sich mit ihm bekannt und stellte dann Markham und mich vor. Enright plauderte offensichtlich gern, und als Vance auf Wrede zu sprechen kam, war seine Begeisterung kaum noch zu bremsen, und er erzählte ausgiebig von seiner langen Freundschaft mit ihm. Während er redete, sah ich mir den Hund genauer an. Es war eine Rasse, die ich nicht näher kannte, aber ihre Qualitäten leuchteten mir sofort ein. Er war schlank und kräftig, wunderbar harmonisch, sein Fell ein glänzendes Schwarz mit klar umrissenen rostroten Flecken. Es war etwas Kompaktes, Muskulöses an ihm, er mußte beweglich und intelligent sein – ein Hund, der ein treuer und tapferer Freund und ein gefährlicher Gegner war.

»Oh ja«, antwortete Enright auf Vance' Frage. »Wrede hat uns Ruprecht letztes Frühjahr geschenkt. Kein Hund für eine kleine Wohnung, fand er. Wir wohnen im Penthouse – da hat er viel Dachfläche, auf der er herumtollen kann. Aber am Abend gehe ich trotzdem noch mit ihm in den Park und laufe ein ordentliches Stück. Tut ihm gut. So ein Hund verkümmert, wenn er immer nur Fliesen unter den Pfoten hat – muß ab und zu den Erdboden wittern, damit seine Nase nicht vergißt, wie das riecht. Genau wie wir Menschen auch. Ich mache jedes Jahr meinen Ausflug aufs Land – raus in die Natur. Mitten hinein in die Wildnis – das einfache Leben ...«

»Das kann ich mir vorstellen«, stimmte Vance ihm munter zu. »Obwohl einem doch in der Wildnis manche Annehmlichkeit fehlt, finden Sie nicht auch?«

Er ging zu dem Dobermann und beugte sich zu ihm hinunter, schnalzte aufmunternd mit der Zunge und rief ihn sanft beim Namen. Vorsichtig streckte er dem Hund den Handrücken hin, kraulte ihm die Stirn und fuhr ihm über den leicht gekrümmten Rücken. Aber der Hund wich zurück, stieß einen ängstlichen Laut aus und drückte sich zitternd an den Boden.

»Denken Sie nicht, er hätte was gegen Sie, Mr. Vance«, erklärte Enright und tätschelte den Hund. »Der ist nur furchtbar ängstlich. Traut keinem Fremden. Aber meine Güte, Sie hätten ihn sehen sollen, als er hier zu uns kam! Da ist er unter das große Wohnzimmersofa gekrochen und kam zwei Tage nicht mehr hervor – nicht mal zum Fressen. Hab' ihn zweimal am Tag rausgezerrt und draußen aufs Dach gebracht. Und sobald er wieder drin war, ging's gleich wieder ab unter das Sofa ... Da fragt man sich, was Hunde so im Kopf haben. Wir sind ja nun wirklich keine Leute, vor denen man Angst haben muß, meine Frau und ich, und wir haben Hunde gern. Wollten ihn nicht missen. Aber Ruprecht geht's jetzt schon viel besser als damals in der ersten Zeit. Allmählich bekommt er Mut. Wenn er allein mit mir ist, benimmt er sich schon fast normal.«

»Das wird schon noch«, machte Vance ihm Mut. »Gute Behandlung, mehr braucht er nicht ... Ein prachtvoller Kerl –

nicht ganz der Kanzler von Sigalsburg,* aber ein klar gezeichneter Kopf, feste Schnauze, langer, schön geschwungener Rükken, kräftige Brust; muskulös, schön geformte Hinterhand, die richtige Größe – etwa siebzig Pfund, würde ich sagen … Haben Sie ihn auf Ausstellungen gezeigt?«

»Nur einmal – beim Cornwall. Aber er wollte nicht mitspielen. Legte sich im Ring auf den Bauch und wimmerte. Schade – die zwei, die den Preis bekommen haben, waren jämmerliche Köter.«

»Tja, so geht das«, murmelte Vance mitfühlend.

Wir begleiteten den redseligen Enright noch zurück zu seiner Wohnung, dann verabschiedeten wir uns von ihm. Erst als wir wieder im Wagen der Bezirksstaatsanwaltschaft saßen und Richtung Innenstadt fuhren, brach Vance sein Schweigen, und es klang, als mache er sich Sorgen.

»Merkwürdig, dieser Hund, Markham – verdammt merkwürdig. Warum ist er so ängstlich? Warum mißtraut er jedem Fremden? Das ist überhaupt nicht Dobermannart. Von Natur aus sind sie wachsam und klug und mutig, und sie sind äußerst ausdauernd. Unter den großwüchsigeren Rassen findet man kaum einen besseren Wachhund … Aber dieser ist schüchtern – legt sich im Ring auf den Bauch … Etwas ist mit ihm geschehen. Etwas Traumatisches …«

Markham trommelte ungeduldig mit den Fingern auf die Armlehne.

»Ein tragischer Fall, gewiß. Aber was hat ein ängstlicher Dobermann im Central Park mit dem Mord an Archer Coe zu tun?«

»Ich habe nicht die leiseste Ahnung«, gab Vance munter zurück. »Aber bisher sind uns bei diesem Fall nur zwei Hunde be-

* Ein Dobermannchampion, der seinen ersten Titel mit noch nicht einmal fünfzehn Monaten gewann – der jüngste Sieger überhaupt. F. R. Kingman hat ihn kürzlich nach Amerika gebracht, und auch hier errang er den Titel konkurrenzlos.

gegnet, und der eine ist entsetzlich verschüchtert, den anderen hat jemand übel zugerichtet.«

»Das ist doch abstrus«, brummte Markham.

Vance seufzte.

»Mag sein. Aber die Umstände dieses Doppelmordes sind ja nun auch nicht gerade die nächstliegenden.« Er zündete sich eine neue Zigarette an und warf einen Blick auf die Uhr. »Bald Abendessenszeit. Currie hat Seezunge Marguéry versprochen, mit Chatouillardkartoffeln und Erdbeeren à la Parisienne. Könnte Sie das locken? … Ich mache auch eine Flasche von dem 95er Château-Yquem auf, den Sie so mögen.«

»Ein Sonnenstrahl, mein Alter.« Markham gab dem Chauffeur neue Anweisungen. »Aber vorher einen doppelten Napoléon. Der vertreibt uns die bösen Geister.«

»Oh daß man vergessen könne – nicht wahr? Genau was wir brauchen. Und keiner wird unseren Schlummer stören.«

Doch da sollte Vance sich täuschen. In dieser Nacht trat der Fall Coe in eine neue und noch beklemmendere Phase. Markham aß mit uns zu Abend und blieb bis kurz vor elf, und das Gespräch drehte sich um die entlegensten Themen, von den Zeichnungen von George Grosz bis zu Griffith Taylors neuen Theorien über die Völkerwanderung. Als er ging, vereinbarten wir, daß er uns um zehn Uhr am nächsten Morgen abholen würde.

Um Punkt halb drei Uhr morgens klingelte Vance' privates Telefon. Ich hatte tief geschlafen und brauchte eine ganze Weile, bis ich abnehmen konnte. Markham war am anderen Ende und wollte Vance sprechen. Ich nahm den Apparat und ging damit in sein Zimmer. Er lauschte einen Moment lang; dann legte er auf, gähnte, streckte sich und schlug die Bettdecke zurück.

»Teufel noch mal, Van!« brummte er und läutete nach Currie. »Jemand hat es auf Grassi abgesehen!«

Kapitel 16
Das Herrenzimmerfenster

(Freitag, 12. Oktober, 3 Uhr morgens)

Als Vance und ich am Hause Coe anlangten, waren Markham und Sergeant Heath schon dort. Auf der Treppe saß ein Detective der Mordkommission und blickte verdrossen vor sich hin. Er sah nur kurz zu uns auf – als wäre es ihm lieber gewesen, wir wären nicht gekommen. Erst später konnte ich mir einen Reim darauf machen.

Gamble, bleich und fahrig, in Pantoffeln und einem langen Flanellmorgenmantel, öffnete uns und führte uns nach oben. Wir gingen in den ersten Stock, zur Vorderseite des Hauses und in Grassis Zimmer. Die Vorhänge waren vorgezogen, und sämtliche Lichter brannten.

Heath und Markham standen am Fußende von Grassis Bett und blickten hinunter zu der Gestalt, die darin lag. Uns gegenüber saß auf einem einfachen Stuhl ein tüchtig wirkender Mann von etwa vierzig Jahren, schmächtig und das Haar schon ein wenig schütter.

»Das ist Doktor Lobsenz«, stellte Markham ihn vor. »Er hat seine Praxis hier in der 71. Straße, ganz in der Nähe, und Gamble hat ihn kommen lassen.«

Dr. Lobsenz blickte auf, nickte uns zu und machte sich dann sogleich wieder an seine Arbeit.*

Grassi lag auf dem Rücken, in einem weißen Seidenpyjama. Er war gespenstisch bleich, und der uns zugewandte Arm fuhr rastlos über die Laken, wie bei jemandem, der unter dem Einfluß eines Alkaloids steht. Auf seiner Linken, dort wo der Doktor saß, war auf dem Bettuch ein großer Blutfleck von vielleicht

* Es ist vielleicht interessant zu vermerken, daß Dr. Jacob Munter Lobsenz später Vances Hausarzt wurde.

vierzig Zentimetern Durchmesser. Auch sein Schlafanzug war mit Blut verschmiert.

Die Augen hatte Grassi geschlossen, aber er murmelte etwas Unverständliches vor sich hin. Der linke Schlafanzugärmel war bis zur Schulter hinaufgeschoben, der linke Arm am Ellbogen mit einer festen Kompresse verbunden. Ein Blutfleck auf dieser ließ ahnen, daß die Wunde nach wie vor blutete.

Nach einer kleinen Weile erhob sich der Arzt.

»Mehr kann ich im Augenblick nicht für ihn tun, Mr. Markham«, sagte er. »Ich werde den Krankenwagen bestellen.«

Markham nickte. »Danke, Doktor.«

Dann wandte er sich an Vance.

»Grassi hat einen Stich in den linken Arm bekommen. Doktor Lobsenz sagt, es ist nicht gefährlich.«

Vance' Blick blieb auf Grassis Gesicht geheftet. »Was ist das für eine Wunde, Doktor?«

»Der Stich traf ihn am Oberarmmuskel, knapp oberhalb der Bizepssehne. Die mittlere Armvene ist verletzt, daher die Blutung. Aber zum Glück blieb die Hauptarterie unversehrt.«

»Was würden Sie sagen, wie sah die Waffe aus?« fragte Vance.

Der Arzt zögerte.

»Die Wunde war gequetscht und recht merkwürdig geformt; die Waffe war kein Messer, eher etwas wie eine dicke Ahle.«

»Ein kleiner Dolch mit rautenförmiger Klinge, käme das hin?«

»Das könnte passen. Aber es war kein glatter Stich, und es blutete auch zu stark, um die Umrisse zu sehen; nachher, wenn ich es ausgewaschen und sterilisiert habe, kann ich Ihnen mehr sagen.«

Vance nickte. »Danke, nicht nötig.« Dann fügte er hinzu: »Sie bringen ihn ins Krankenhaus?«

»Jetzt sofort«, antwortete der Arzt. »Ich habe nur einen Notverband gemacht – eine Gazekompresse mit einer Bandage darüber. Ich muß die Wunde öffnen und desinfizieren und das Blutgefäß vernähen. Aber morgen sollte es ihm schon wieder besser gehen.«

»Haben Sie ihm eine Medizin gegeben?«

»Er war sehr erregt, und ich fand ein leichtes Beruhigungsmittel angebracht. Damit wird er heute nacht schlafen, und morgen ist er schon wieder auf den Beinen. Den Arm wird er für ein paar Tage in der Schlinge tragen müssen, aber wenn wir eine Infektion vermeiden, ist die Verletzung nicht gefährlich.«

Vance hatte den Blick nicht von Grassi abgewandt.

»Können wir ihm ein paar Fragen stellen«, erkundigte er sich, »bevor Sie ihn ins Krankenhaus bringen?«

Der Doktor beugte sich über Grassi, fühlte seinen Puls und sah ihm in die Pupillen.

»Ohne weiteres.« Er ging zur Tür. »Eine halbe Stunde wird es ohnehin dauern, bis der Wagen hier ist.« Er ging auf den Flur, wo Gamble wartete.

»Wo ist das Telefon?« hörten wir ihn noch fragen.

Als Dr. Lobsenz aus dem Zimmer war, schlug Grassi sogleich die Augen auf und sah uns an; er bemühte sich, sich im Bett aufzusetzen. Vance rückte die Kissen hinter ihm zurecht und deckte ihn mit der Bettdecke zu. Grassi starrte uns an, vom einen zum anderen, als sei er überrascht, uns zu sehen.

»Gott sei Dank, daß Sie gekommen sind«, sagte er, den Blick auf Vance geheftet. »Nach allem, was heute geschehen ist – und nun auch noch das. Entsetzlich! Ich hoffe, daß ich dieses Haus nie wiedersehe.« Ein Beben überlief seinen Körper, und er schloß die Augen. »Es ist unglaublich!« rief er dann. »Einfach unglaublich! Ich habe viel gehört von der Gesetzlosigkeit der Amerikaner, aber das übersteigt meine schlimmsten Erwartungen.«

»Na, wenigstens sind Sie mit dem Leben davongekommen«, murmelte Vance.

Er ging im Zimmer auf und ab, und als hätte er plötzlich den Mann, der im Bett lag, vergessen, studierte er alle Einrichtungsstücke. Ausgiebig musterte er die Tür, probierte, wie sie schloß, ließ dann den Blick über Grassis Schuhe am Fuße des Bettes schweifen, öffnete die Schranktür und blickte hinein, ging zum Ostfenster, zog das Rollo auf und zu, nahm von einem kleinen, mit Elfenbein verzierten Wäschekorb den Deckel ab, warf einen Blick hinein und setzte den Deckel wieder auf, musterte die Möbel und schaltete schließlich das Licht aus und wieder ein.

Grassi hatte die Augen halb geschlossen, aber ich konnte sehen, daß er jeder Bewegung Vance' folgte. Als Vance die Lampe wieder eingeschaltet hatte, stützte er sich mit dem gesunden Ellenbogen auf.

»Wonach suchen Sie?« fragte er. »Woher nehmen Sie das Recht? Sie kommen hier herein und nutzen meine Hilflosigkeit aus … wenn Sie mir verraten, was Sie suchen, werde ich Ihnen sagen, wo Sie es finden – wenn das die übliche Polizeimethode in diesem barbarischen Land ist.«

Es klang sarkastisch, aber ein Unterton von Erregung war nicht zu überhören.

Vance ließ sich in einem Sessel neben dem Bett nieder, holte in aller Seelenruhe eine Zigarette aus seinem Etui und zündete sie gelassen an.

»Ist es denn nicht auch in Ihrem Land, Mr. Grassi, üblich«, fragte er, »daß man sich am Ort eines Verbrechens – oder eines versuchten Verbrechens – umsieht?«

»Und was haben Sie gefunden?« fragte der Mann auf dem Bett.

»Nicht viel«, antwortete Vance. »Erzählen Sie uns, was geschehen ist.«

»Da gibt es kaum etwas zu erzählen.« Grassi drehte sich zu Markham hin. »Aber ich will Gerechtigkeit. Ich will Vergeltung.«

»Die sollen Sie bekommen«, versicherte Markham ihm. »Aber dazu brauchen wir Ihre Mitarbeit. Fühlen Sie sich der Anstrengung gewachsen – können Sie uns noch berichten?«

Grassi lehnte sich wieder in seine Kissen zurück.

»Gewiß. – Ich ging früh zu Bett. Ich war erschöpft – die Erregungen des Tages ... das werden Sie verstehen. Es war noch vor elf Uhr – und ich bin sofort eingeschlafen. Ich war hundemüde ...«

»Hatten Sie das Licht ausgeschaltet?« fragte Vance lässig.

»Selbstverständlich. Ich hatte auch die Rollos heruntergezogen. Die Straßenlampen können lästig sein ... Ein Geräusch weckte mich – ich könnte nicht mehr sagen, was es war. Aber einen Moment lang lag ich reglos da, horchte, und als ich nichts mehr weiter hörte, schlummerte ich wieder ein, doch dann – ich weiß nicht, wie ich es beschreiben soll – spürte ich plötzlich, daß jemand im Zimmer war. Es war kein Laut, keine Bewegung – wie ein sechster Sinn ...«

»Vielleicht haben Sie ja eine übersinnliche Ader«, meinte Vance mit dem Anflug eines Gähnens.

»Vielleicht«, stimmte Grassi ihm zu. »Jedenfalls blieb ich mäuschenstill und ließ den Blick durch das Zimmer schweifen. Aber es war stockdunkel – nur ein schwacher Lichtschimmer, der noch durch die Springrollos kam. Doch als ich in Richtung Fenster sah, sah ich eine Gestalt vorüberhuschen – den Anflug eines Schattens –, und instinktiv hielt ich mir den linken Arm vor die Brust, als wollte ich eine Gefahr abwehren, die ich spürte, doch nicht erfassen konnte. Fast im selben Augenblick spürte ich den stechenden Schmerz in meinem Arm, knapp über dem Ellbogen, und – wie soll ich sagen? – eine Art Druck. Ob es der Schmerz war oder der Schreck und die Furcht, weiß ich nicht, aber an die nächsten Augenblicke kann ich mich nicht mehr erinnern. Ich muß wohl das Bewußtsein verloren haben ...

Als ich wieder zu mir kam, spürte ich etwas Warmes, Feuchtes auf meiner linken Seite, und der pochende Schmerz in meinem Arm war noch schlimmer geworden.»

Grassi sah Markham flehend an. Dann wanderten seine Augen zu Heath, schließlich zu Vance. Markham und Heath standen beide am Bett und hörten mit angehaltenem Atem zu; Vance hingegen hatte sich träge in seinem Sessel zurückgelehnt und rauchte vor sich hin, als sei dieser Bericht von keinerlei Bedeutung für ihn. Aber ich kannte Vance gut genug und wußte, daß er in Wirklichkeit die Erzählung mit größter Aufmerksamkeit verfolgte.

»Was taten Sie dann?« fragte er.

Grassi atmete tief durch und schloß wieder die Augen.

»Ich rief ein paarmal um Hilfe und wartete; aber da niemand kam, stand ich auf und drückte den Lichtschalter an der Tür ...«

»Auf welcher Seite des Bettes stiegen Sie aus?« unterbrach ihn Vance.

»Auf der Seite, auf der Sie jetzt sitzen«, antwortete Grassi. »Und als das Licht brannte, öffnete ich die Tür ...«

Vance hob die Augenbrauen.

»Die Tür war verschlossen?«

»Nicht richtig. Sie war, wie Sie sagen, nicht abgeschlossen ... Ich rief noch einmal – hinaus auf den Flur. Und der Butler antwortete mir von oben. Ich setzte mich auf die Bettkante und wartete, bis er kam ...«

»Und sonst antwortete niemand auf Ihren Ruf?«

»Nein. Der Butler begab sich sogleich nach unten, und ich konnte ihn am Telefon hören, wie er ärztliche Hilfe herbeiholte.«

»Mich hat er ebenfalls verständigt«, fügte Markham hinzu. »Deshalb sind wir überhaupt hier.«

»Wofür ich Ihnen äußerst dankbar bin«, entgegnete Grassi galant.

Vance erhob sich bedächtig und ging zu einer wunderbaren alten Boulle-Kommode zwischen den beiden Ostfenstern; er fuhr mit den Fingern über die Einlegearbeiten.

»Was mich beschäftigt, Mr. Grassi« – er sagte es, ohne sich umzudrehen –, »ist das blutbefleckte Handtuch im Wäschekorb.«

Grassi blickte auf, schärfer als während der gesamten vorherigen Unterhaltung.

»Hier an dem kleinen Ständer neben dem Bett hing ein Handtuch«, erklärte er. »Ich habe ja kein eigenes Badezimmer, und der Butler legt mir mein Handtuch für den Abend immer hier zurecht. Als ich aufstand, wickelte ich es mir um den Arm ...«

»Ah, verstehe.« Vance drehte sich um und ging von der Boulle-Kommode zur Tür. »Das erklärt, warum auf dem Boden keine Blutflecken sind.«

Vance inspizierte nun das Türschloß.

»Wie kommt es, Mr. Grassi«, fragte er wie beiläufig, »daß Sie gestern vor dem Nachtgebet Ihre Tür nicht verschlossen haben?«

»Das Schloß klemmt«, erwiderte Grassi mit beleidigtem Ton.

Gamble kam im selben Augenblick zur Tür herein. »Das ist die Wahrheit, Sir«, sagte er, »und ich muß mich bei Mr. Grassi entschuldigen. Ich hätte mich schon lange darum kümmern sollen, aber ich hatte es vergessen.«

Vance scheuchte den Butler mit einer Handbewegung hinaus.

»Schon in Ordnung, Gamble. Das genügt uns als Erklärung.«

Draußen war eine Sirene zu hören, und Vance ging zum Vorderfenster und blickte hinaus.

»Der Krankenwagen ist da«, erklärte er. »Wir wünschen Ihnen eine ruhige Nacht, Mr. Grassi, und wollen hoffen, daß wir Sie morgen schon wieder ganz bei Kräften sehen.«

Dr. Lobsenz erschien mit Gamble an der Tür.

»Fertig mit meinem Patienten?« fragte er. »Dann sollte ich sehen, daß ich ihm etwas anziehe, und dann nichts wie ab mit ihm.«

Vance nickte.

»Danke, Doktor, und alles Gute ... Und wir, Markham, sollten jetzt nach unten in die Bibliothek gehen und ein wenig nachdenken – obwohl es ja eine gräßliche Tageszeit für geistige Anstrengungen ist …«

Nachdem Grassi in Begleitung von Dr. Lobsenz das Haus verlassen hatte, schloß Vance die Bibliothekstür und ging zum großen Tisch in der Mitte.

»Da hätten wir ihn wieder, Markham, mein Alter«, sagte er mit grimmigem Lächeln und wies auf den chinesischen Dolch.

Der Dolch lag auf dem Bibliothekstisch an fast genau der gleichen Stelle, an der wir ihn am Nachmittag zurückgelassen hatten; doch nun war frisches Blut daran, und sein Zustand verriet uns unmißverständlich, daß dies die Waffe war, von der die Verletzung an Grassis Arm herrührte.

»Aber warum«, fragte Markham mit gerunzelter Stirn, »sollte denn derjenige, der Grassi umbringen wollte, die Waffe hierher zurück in die Bibliothek legen?«

»Vermutlich«, antwortete Vance, »aus demselben Grunde, aus dem derjenige, der Archer und Brisbane Coe erstach, den Dolch hier in eine Vase steckte.«

»Und welcher Grund ist das?«

»Das weiß ich nicht – glauben Sie mir. Aber immerhin deutet es doch auf jemanden mit gewissen festen Gewohnheiten.«

»Sie meinen«, fragte Markham, »derjenige, der die beiden Coes umgebracht hat, hatte es auch auf Grassi abgesehen?«

»So weit würde ich nun auch wieder nicht gehen«, seufzte Vance. »Da gibt es noch viele Dinge, die geklärt werden müssen, bevor wir zu einem so sicheren Schluß kommen können.«

»Zum Beispiel?«

Vance machte es sich in einem dicken Sessel bequem.

»Nun«, antwortete er und nahm einen tiefen Zug von seiner *Régie*, »ich würde mir schon gern von den diversen Hausbewohnern erzählen lassen, was sie von dem nächtlichen Vorfall wissen … Und es gibt anderes, was einen nachdenklich stimmen könnte – die Frage etwa, warum Grassis Hilferufe Miss Lake im zweiten Stock nicht weckten, bevor sie an Gambles

Ohren im dritten drangen. Und was hat Ihr Zerberus auf der Treppe über das Kommen und Gehen zu später Stunde zu sagen? Wo war der feinsinnige Mr. Liang, und was tat er in dem Augenblick, in dem das Messer zustach? Und der wackere Wächter, den Sie auf mein Anraten in Archer Coes Schlafzimmer postierten, was hat der zu berichten?«

Heath, der die ganze Zeit über still und auf eine verbissene Weise ratlos dabeigesessen hatte, erhob sich nun und spannte die Schultern.

»Nun, Mr. Vance, das werden wir gleich wissen.«

Energisch ging er zur Haustür. Bevor er sie öffnete, drehte er sich noch einmal zu uns um.

»Ist ja auch nicht so, als ob mich das nicht interessieren würde. Ich habe den Detective vorhin gleich gefragt, und er sagt, es war niemand hier. Aber wir fragen ihn noch einmal.«

Er riß die Tür auf.

»Sullivan, kommen Sie rein«, donnerte er, und die bekümmerte Gestalt, die wir bei unserer Ankunft auf der Treppe gesehen hatten, trat in die Bibliothek.

»Ein Mann wäre beinahe erstochen worden«, schnauzte Heath ihn an. »Sie sagen, es ist keiner gekommen und keiner gegangen. Aber das ist eine ernste Angelegenheit, und ich will, daß Sie noch einmal Ihr Hirn anstrengen – falls Sie eins haben – und uns sagen, was Sie wissen.«

Detective Sullivan war verlegen, aber auch ärgerlich.

»Das habe ich Ihnen doch gesagt, Sergeant«, brummte er. »Ich habe seit sieben Uhr heute abend hier auf der Treppe gesessen und nichts und niemand, nicht mal eine Küchenschabe, ist hier rein- oder rausgegangen.«

»Na, vielleicht haben Sie ja ein Nickerchen gehalten und alles nur geträumt?« versuchte sich der Sergeant in Sarkasmus.

Der Detective machte ein mürrisches Gesicht.

»Wer soll denn hier schon schlafen! Ehrlich, Sergeant, in der

Straße hier ist ein Autoverkehr, der würde einen Toten aufwekken. Da könnte sich keiner aufs Ohr legen.«

»Lassen Sie es gut sein, Sergeant«, sagte Vance milde. »Ich denke mir, Sullivan sagt die Wahrheit. Ich hatte von Anfang an das Gefühl, daß heute nacht niemand durch diese Tür gegangen ist.«

Sullivan wurde zurück auf seinen Posten geschickt, und Heath ging hinaus auf den Flur.

»Jetzt finde ich noch raus, was mit Burke in Coes Zimmer ist.«

Wir hörten ihn die Treppe hinaufpoltern, zwei Stufen auf einmal. Er riß Archer Coes Zimmertür auf, und schon im nächsten Moment erschien er wieder bei uns, Detective Burke im Schlepptau.

»Sagen Sie es Mr. Markham und Mr. Vance selbst«, kommandierte er grimmig. »Sagen Sie ihnen, was Sie den ganzen Abend über getan haben.«

»Ich hab' geschlafen«, gab Burke ohne Umschweife zu. »Hab' mir einen Stuhl an die Tür gestellt, und praktisch im nächsten Moment war ich schon weg. Hätte ich das nicht gedurft, Sergeant?«

Heath zögerte.

»Doch, wahrscheinlich schon. Sie waren den ganzen Tag im Dienst gewesen – und ich hatte nicht ausdrücklich gesagt, daß Sie wach bleiben sollen. Aber zwei Zimmer weiter wäre beinahe jemand erstochen worden, und er hat um Hilfe gerufen – und Sie haben nichts gehört.« Der Sergeant schüttelte ungläubig den Kopf. »Also dann wieder hoch mit Ihnen, und schlafen Sie nicht gleich wieder ein.«

Burke ging hinaus.

»Meine Schuld«, brummte Heath. »Sie können ihm nichts vorwerfen, Mr. Vance.«

»Ich fürchte, Burke hätte uns ohnehin nicht viel helfen können«, tröstete Vance ihn. »Am besten, wir unterhalten uns mit Gamble.«

Der Butler wurde geholt. Es war ein mitleiderregender Anblick, wie er vor uns stand, hilflos und ängstlich.

»Wie erklären Sie sich«, fragte Vance ihn, »daß Sie Mr. Grassi aus dem ersten Stock rufen hörten, wohingegen sein Hilfeschrei Miss Lake, die in der Etage zwischen Ihnen beiden wohnt, nicht erreichte?«

Gamble schluckte zweimal und lehnte sich an die Tür.

»Das ist einfach zu erklären, Sir«, antwortete er. »Miss Lakes Schlafgemach liegt auf der Rückseite des Hauses, und ein großes Wohnzimmer trennt das Schlafzimmer von der Tür zum Flur. Ich, Sir, lasse meine Zimmertür in der dritten Etage offen, für den Fall, daß es an der Haustür klingelt oder daß jemand mich ruft.«

Gamble wurde wieder nach oben geschickt, und mit einem Seufzen drückte Vance seine Zigarette aus.

»Tja, das wäre also auch erklärt … Daß sich die Erkenntnisse überschlagen, Markham, kann man wirklich nicht sagen.«

Er zündete sich eine frische Zigarette an und erhob sich.

»Ich glaube, ich werfe einmal einen Blick auf die Rückseite des Hauses. Haben Sie noch die Kraft, mich zu begleiten?«

Der Sergeant nickte wissend.

»Sie denken, der Bursche, der den Italiener erstechen wollte, ist hinten reingekommen, stimmt's, Mr. Vance?«

»Ich habe einsehen müssen, Sergeant«, erwiderte Vance, schon in der Tür zum Eßzimmer, »daß der Versuch, zu dieser nächtlichen Stunde zu denken, nur Kraftverschwendung ist.«

Vance schaltete das Eßzimmerlicht ein, und wir folgten ihm in die Küche. Als wir in den Anrichteraum kamen, sah ich zu meiner Überraschung einen Lichtstreif unter der Küchentür.

Vance hielt einen Moment lang inne.

»Da wird doch nicht …«, murmelte er, wie zu sich selbst. »Nein, Gamble hätte sich nie in den Küchentrakt getraut – ihm schlottern ja die Knie.«

Er ging zur Tür und drückte sie auf.

Unter der Lampe am großen Küchentisch, noch in Tageskleidern und einen grünen Blendschutz tief in die Augen gezogen, saß Liang. Vor sich hatte er einen Stapel Bücher und einen Wust an beschriebenen Blättern.

Als wir eintraten, erhob er sich, nahm den Blendschutz ab und sah uns an. Er schien nicht im mindesten überrascht, uns zu so ungewöhnlicher Stunde zu sehen; er lächelte uns freundlich an und verneigte sich steif.

»Guten Abend, Mr. Liang«, begrüßte Vance ihn freundlich. »Sie sind noch spät bei der Arbeit.«

»Ich hatte heute abend viel zu tun – vieles war liegengeblieben. Mein Monatsbericht an die Ta Tao Huei ist überfällig … Ich habe doch hoffentlich niemanden gestört?«

»Sie haben den ganzen Abend hier gearbeitet – hier in der Küche?« fragte Vance, ging zur Hintertür und probierte den Knauf. (Die Tür war verschlossen.)

»Seit acht Uhr«, entgegnete der Chinese. »Kann ich etwas für Sie tun?«

»Und ob Sie das können.« Vance war wieder an den Tisch gekommen und setzte sich auf einen hohen Schemel. »Ist Ihnen am heutigen Abend im Haus etwas Ungewöhnliches aufgefallen, Mr. Liang?«

Der Mann sah ihn ein wenig überrascht an.

»Ganz im Gegenteil. Es schien mir ein ausgesprochen friedlicher Abend nach den Aufregungen des Tages.«

»Friedlich – was Sie nicht sagen! Und doch, Mr. Liang, unternahm, während Sie hier bei Ihren literarischen Arbeiten saßen, jemand einen Anschlag auf Mr. Grassis Leben.«

Ohne mit der Wimper zu zucken, entgegnete der Chinese: »Das ist bedauerlich.«

»So kann man es ausdrücken.« Vance schien ein wenig gereizt. »Sie haben nicht zufällig etwas gehört oder haben gesehen, wie jemand am Abend durch die Hintertür ins Haus kam?«

Liang schüttelte langsam den Kopf, ein leises, gleichgültiges Verneinen.

»Nein«, antwortete er. »Soviel ich weiß, ist niemand durch die Hintertür gekommen … Vielleicht die Haustür …«

»Haben Sie vielen Dank für diesen Vorschlag«, unterbrach ihn Vance mit einem Schulterzucken, »die Haustür wird bewacht.«

»Ah.« Der Chinese hob kaum merklich den Blick, bis er an einen Punkt oberhalb von Vance' Kopf geheftet war. »Das ist in der Tat interessant. Das Herrenzimmerfenster wäre noch eine Möglichkeit …«

»Ein ausgezeichneter Vorschlag!« Vance stieg von seinem Hocker herab. »So, so, Mr. Liang, das Herrenzimmerfenster?«

»Ein naheliegender Gedanke«, antwortete der Koch. »Man kann es weder von der Straße noch vom Haus aus sehen, und im Betonweg darunter würden keine Fußabdrücke zurückbleiben.«

»Mr. Liang, wir sind Ihnen zu Dank verpflichtet«, murmelte Vance. »Ich werde mir das Fenster ansehen … Aber nun sollten Sie sich wieder Ihrer Arbeit widmen.« Er führte uns durch das Eßzimmer zurück in die Bibliothek.

»Und was hat uns das jetzt geholfen?« knurrte Heath. »Da haben Sie ja allerhand erfahren von dem Schlitzauge.«

»Aber, Sergeant«, erwiderte Vance, »es war doch freundlich von Mr. Liang, daß er uns auf das Fenster aufmerksam gemacht hat. Werfen Sie einmal einen Blick darauf.«

Heath zögerte, kniff die Augen zusammen, dann ging er mit raschen Schritten zum Wohnzimmer. Wir konnten ihn hören, wie er die Tür zum Herrenzimmer öffnete und mit schweren Schritten durch das kleine Zimmer stapfte. Ein paar Augenblicke darauf war er wieder in der Bibliothek.

»Da stimmt etwas nicht«, verkündete er. »Dieses Schlitzauge hatte tatsächlich recht. Das Fenster war offen – und das Sofa davor stand schief, als ob es jemand beiseite gerückt hätte.« Er sah Markham unschlüssig an. »Gut möglich, daß tatsächlich einer durch das Fenster ins Haus und wieder nach draußen gekommen ist, Chef … Aber wie geht es jetzt weiter?«

»Von hier geht es direkt ins Bett, mein lieber Pepys«, antwortete Vance. »Um diese Tageszeit sind anständige Menschen nicht auf den Beinen. Und hier ist jetzt sowieso nichts mehr zu tun.«

Kapitel 17
Die sechs Richter

(Freitag, 12. Oktober, 9 Uhr morgens)

Am Morgen stand Vance in aller Frühe auf. Ich selbst kam um neun Uhr aus meinem Zimmer und war überrascht, daß er schon in Straßenkleidern war und im Begriff, das Haus zu verlassen.

»In einer halben Stunde bin ich zurück, Van«, sagte er ohne weitere Erklärung.

Eine Viertelstunde darauf kam Markham, und er brauchte nur zehn Minuten zu warten, bis Vance wieder eintrat. In den Armen hatte er den Scotchterrier. Der Hund hatte einen Verband am Kopf, der von einem Pflasterstreifen gehalten wurde, doch sonst schien er schon wieder wach und munter.

»Morgen, Markham«, begrüßte Vance den Bezirksstaatsanwalt. »Hätte nicht gedacht, daß Sie so früh kommen. Ich war nur eben bei Doktor Blamey und habe mich erkundigt, wie es unserer kleinen schottischen Hundedame geht – und hier hätten wir sie.«

Er setzte den Hund auf den Boden und läutete nach Currie. Als der Diener kam, bestellte er einen Toast Melba und eine Schale warme Milch.

»Ein kleines Frühstück für unsere Freundin«, erklärte er. »Ich habe nämlich so eine Ahnung, als ob sie heute noch eine ganze Menge unternehmen wird.«

Markham sah ihn skeptisch an.

»Sie meinen immer noch, der Hund kann uns zum Mörder führen?«

»Es ist ja im Grunde die einzige Hoffnung, die wir haben«, entgegnete Vance grimmig. »Mit den Ermittlungen, wie sie jetzt stehen, können wir nichts anfangen – da widerspricht sich vieles viel zu sehr. Sie als Staatsanwalt könnten die Verbrechen vermutlich jemandem anhängen und hätten drei oder vier Kandidaten dafür. Aber solange ich nicht weiß, woher dieser Scotty kommt und was gestern mit ihm geschah, wird es mir keine Ruhe lassen.«

Markham runzelte die Stirn. »Wie wollen Sie vorgehen?«

Vance brockte die Toastscheibe in die Milch und betrachtete den Terrier dabei. Er tastete die Proportionen ab, studierte die Zähne, warf einen Blick auf das Fell, legte ihm die Hand unter die Brust und befühlte eine Pfote.

»Wie gesagt, Markham, diese kleine Dame ist für die Hundeschau geschaffen. Wer sie getrimmt und zurechtgemacht hat, ist ein Fachmann, und ich bin mir sicher, daß sie noch vor kurzem auf Ausstellungen zu sehen war. Hier war ein Profi am Werk, kein Amateur im Tierladen oder der Pfleger beim Veterinär, und ein Hundebesitzer läßt seinen Liebling nicht teuer trimmen, wenn er nicht ein Auge auf Ausstellungen hat. Nach seinem Zustand würde ich schließen, daß dieser Hund innerhalb des letzten Monats irgendwo zu sehen war, und welche Hundeschauen in halbwegs vernünftigem Umkreis von New York in diesem Zeitraum stattgefunden haben, das ist nicht schwer herauszufinden.«

»Und warum kann es nicht länger zurückliegen?« fragte Markham.

»Weil«, erklärte Vance, »sein Fell vorher noch nicht so weit war. Erst jetzt kräuselt es sich richtig – vor fünf Wochen wäre es noch zu kurz gewesen ... Aber überlassen Sie die technische Seite getrost mir.«

Er ging in die Bibliothek und kehrte mit einem Fachblatt für Hundezüchter zurück. Er setzte sich in seinen Lehnstuhl, breitete das Heft auf den Knien aus und suchte die Veranstaltungskalender ab.

»Da haben wir es«, murmelte er. »In den letzten vier Wochen hat es in der New Yorker Gegend eine Schau in Syracuse gegeben – Van, schreiben Sie das auf. Dann Cornwall, danach Tuxedo. In der Woche darauf war die Camden-Schau, dann Westbury, und noch eine in Englewood. Die kämen allesamt in Frage, und damit wären wir auch bei der Gegenwart angelangt. Wir können uns auf die Welpen- oder Novizenklassen beschränken – vielleicht unter den einheimischen Züchtungen, aber das würde ich bezweifeln.«

»Und woher wissen Sie das alles?« Markham war weiterhin skeptisch.

»Das ist nicht schwer«, erklärte Vance. »Der Hund ist etwa ein Jahr alt – ein oder zwei Monate älter oder jünger vielleicht ...«

»Sie brauchen einen Hund nur anzusehen und wissen, wie alt er ist?«

»Nun, ungefähr schon. Die Zähne verraten es. Die Milch- und die festen Zähne eines Hundes wachsen zu einem bestimmten Zeitpunkt. Der dritte Mahlzahn zum Beispiel wächst zwischen dem sechsten und dem neunten Lebensmonat. Und da unser Scotty schon kräftige Zähne hat, weiß ich, daß er mindestens neun oder zehn Monate alt ist. Aber vor allem liest man das Alter an den Schneidezähnen und an der Abnutzung der Höcker ab. Die Schneidezähne haben drei Kämme, einen mittleren und zwei seitliche, etwa in der Art eines *fleur-de-lis*. Im ersten Jahr sind diese Höcker deutlich zu sehen und noch kaum abgenutzt; aber im zweiten Jahr schleift sich der mittlere Höcker ab, das Lilienmuster verschwindet von den mittleren Schneidezähnen des Unterkiefers ... Wenn wir davon ausgehen, daß dieser Scotty eine durchschnittliche Ernährung bekommen, nicht an zu vielen Knochen genagt und sich auch nicht an Steinen die Zähne verdorben hat, können wir aus seinem Gebiß schließen, daß er etwa ein Jahr alt ist – vielleicht gerade am Anfang seines zweiten Jahres ...«

»Meinetwegen.« Markham langweilte sich. »Wie geht es dann weiter?«

»Bis zum ersten Geburtstag«, fuhr Vance fort, »starten Hunde in der Welpenklasse. Und jeder, der noch kein blaues Band errungen hat, oder höchstens eines als Welpe, kann in der Novizenklasse antreten. Dieser Hund ist noch zu jung für die höheren Preise, deshalb meine Vermutung, daß er zur Welpen- oder Novizenklasse gehört … Es ist nicht weiter von Bedeutung, aber es grenzt mein Untersuchungsfeld ein wenig ein, und die Sache wird schneller gehen.«

»Für mich klingt es wie ein Schuß ins Dunkel.« Markham überzeugte es nach wie vor nicht.

»Bis zu einem gewissen Grade ist es das sicher«, stimmte Vance ihm zu. »Aber es gibt auch noch eine einfachere Möglichkeit, den Besitzer des Hundes aufzuspüren, und das werde ich als erstes versuchen.«

Vance betrachtete den bandagierten Scotty, wie er seine Milch mit Toast schleckte.

»Je mehr ich ihn mir ansehe, Markham, desto überzeugter bin ich, daß es nur vier oder fünf Leute hier in der Gegend gibt, die einen Hund so perfekt scheren können. Nur jemand, der in allen Einzelheiten mit dem Körper eines Scotchterriers vertraut ist und der jahrelange Erfahrung damit hat, wird die Umrisse so harmonisch und das Fell in so perfekter Länge schneiden. William Prentice hätte das Talent dazu; George Wimberly und Jimmy McNab und Ellery Burke und Steve Parton.«

Vance umkreiste den Hund einige Male und studierte ihn genauer.

»Wimberly hat seinen Salon in Boston, den können wir wohl schon wegen der Entfernung ausschließen. McNab arbeitet jetzt als Angestellter eines Zwingers auf Long Island, da wird er wohl kaum in Frage kommen. Burke und Parton wohnen beide weit draußen, aber Kandidaten bleiben sie.«

Er kniete sich neben den Hund, fuhr ihm über den Nacken, bürstete die Haare am Rückgrat gegen den Strich. Dann erhob er sich.

»William Prentice! Das ist unser Mann. Diesen Nacken hat ein Meister frisiert, und William Prentice ist der Größte hierzulande. Außerdem wohnt er nicht weit von New York … Ja, bei ihm werde ich anfangen. Wenn er diesen Hund getrimmt hat, sollte er auch wissen, wem er gehört.«

Markham verabschiedete sich, und gleich darauf brachen wir nach Haworth, New Jersey auf, zu Mr. Prentice' berühmtem Barlae-Zwinger. Prentice, ein Schotte in mittleren Jahren mit mürrischer Miene, doch einem Zwinkern in den blauen Augen, kam eben aus dem großen Drahtverschlag, als wir aus dem Wagen stiegen. Er warf nur einen einzigen Blick auf den Hund in Vance' Armen.

»Hallo, Mr. Vance«, begrüßte er ihn. (Vance kannte ihn schon seit Jahren – Prentice hatte viele seiner Hunde für die Ausstellung vorbereitet.) »Pachtvolles Mädchen, der Scotty.«

»Sie kennen sie?« fragte Vance gespannt.

»Sicher.«

»Und haben sie auch geschoren?«

»Sicher.«

»Wie lang ungefähr ist das her?«

»Genau könnte ich es nicht sagen, aber es war nach dem ersten September.«

»Wem gehört sie?«

»Das weiß ich nicht. Ein Herr und eine Dame kamen eines Nachmittags und fragten, ob ich den Hund gleich scheren könnte. Hab' ja gesagt und mich gleich an die Arbeit gemacht.«

Vance machte ein enttäuschtes Gesicht.

»Haben Sie mit den beiden gesprochen?« fragte er.

»Der Herr sagte, ich soll den Hund so zurechtmachen, daß er ihn in einer Ausstellung zeigen kann.«

»Ah! Und wie war das bei den Ausstellungen seither, ist er Ihnen da noch einmal begegnet?«

Prentice schüttelte den Kopf. »Hab' mich diesen Herbst auf Cairnterrier konzentriert.«

»Was war das für ein Mann, der Ihnen den Hund gebracht hat? Könnten Sie ihn beschreiben?«

»Sicher. Ziemlich groß, um die Fünfzig, sehr schweigsam.«

»Und die Frau?«

»Die war jung und hübsch.«

»Eine Blondine?«

»Sicher.«

»Seine Tochter vielleicht?«

Der Schotte kommentierte es mit einem vielsagenden Zwinkern.

»Da hätte ich meine Zweifel«, meinte er nur.

Vance blieb ungefähr eine halbe Stunde im Barlae-Zwinger und plauderte über Hunde. Auf der Rückfahrt schien er guter Laune.

»Einen gewissen Mut hat es uns doch gemacht, Van. Hätte Prentice sich doch nur Namen und Adresse des Eigners aufgeschrieben, wie einfach wäre dann alles gewesen.«

Wieder in der Wohnung angekommen, rief er beim Hundezüchterverein an und informierte sich, wer die Terrier in den sechs Ausstellungen begutachtet hatte, in denen unser Scotty am ehesten aufgetreten war.

Bei den sechs Richtern handelte es sich um Marguerite Kirmse, Karl B. Smith, Edwin Megargee, William MacBain, Morgan Stinemetz und Robert D. Hartshorne.

Vance hatte sich die Namen aufgeschrieben und studierte nun die Liste.

»Lassen Sie uns überlegen … Die meisten kann ich wahrscheinlich hier in der Stadt ausfindig machen. Mr. Hartshorne und Mr. Smith dürften in ihren Büros sein, obwohl ja heute Columbus Day ist. Und um diese Jahreszeit ist Mrs. Cole* meistens in New York. Mr. Megargee ist mit etwas Glück in seinem Atelier. Mr. MacBain dürfte in der Wall Street zu finden sein,

* Marguerite Kirmse, die Kupferstecherin, die sich auch als Scotchterrierzüchterin und Preisrichterin in Ausstellungen einen Namen gemacht hat, ist im Privatleben Mrs. George W. Cole.

und Mr. Stinemetz hat doch sicher ein New Yorker Büro … Ich will sehen, was ich herausfinden kann.«

Er begab sich wieder ans Telefon und war fast eine halbe Stunde lang beschäftigt. Dann erhob er sich und nahm den Hund auf den Arm.

»Kommen Sie, Van, wir machen einen Ausflug.«

Wenige Minuten darauf saßen wir in Vance' Wagen, unterwegs zum Börsenviertel.

Wir mußten eine ganze Weile warten, bis Mr. Hartshorne vom Parkett in sein Büro zurückkam. Der Hund gefiel ihm sichtlich, und er studierte ihn genau. Aber daß er ihn in der Schau, in der er Preisrichter gewesen war, gesehen hätte, daran erinnerte er sich nicht. Er hätte ihn auf alle Fälle wiedererkannt, versicherte er uns, denn einen Hund mit solchen Qualitäten vergesse man nicht – aber auf der Ausstellung sei er nicht gewesen.

Mr. MacBain war wegen des Feiertags nicht in seinem Büro, aber wir fanden Mr. Karl Smith im New Cosmopolitan Club. Doch auch Mr. Smith konnte uns nicht weiterhelfen; er war sich sicher, daß der Hund in seiner Schau nicht dabcigewesen sei. Also fuhren wir weiter zum Union Square und statteten Mr. Megargee einen Besuch ab.

Mr. Megargee war in seinem Atelier, mit einem großformatigen Ölbild der zwölf Tapscot-Cairn-Champions beschäftigt. Doch auch er konnte uns nicht weiterhelfen und war ebenfalls überzeugt, daß der Hund nicht in seiner Schau gewesen war.

»Wir hatten sehr viele Meldungen«, sagte er zu Vance, »aber ich denke mir, ich würde jeden wiedererkennen, der an jenem Tag einen Preis bekommen hat, und dieser hier war mit Sicherheit nicht dabei, sonst hätte er entweder als Welpe oder als Novize das blaue Band errungen.«

Allmählich verloren wir den Mut, und Vance war nicht gerade in bester Stimmung, als wir bei Mrs. Marguerite Kirmse Coles Winteratelier an der East Side vorfuhren.

Mr. und Mrs. Cole, Eigentümer des Tobermory-Zwingers,

begrüßten uns herzlich und taten alles, um Vance zu helfen. Aber auch hier dasselbe Ergebnis. Mrs. Cole war sicher, daß sie den Hund noch nie gesehen hatte.

Wir blieben noch eine Weile und sahen uns ihre hübschen Aquarelle und Stiche von Hunden an,* dann kehrten wir in Vance' Wohnung zu einem späten Mittagessen zurück.

Es war schon nach vier Uhr, als wir in Mr. William MacBains Diehard-Zwinger in Closter, New Jersey, ankamen. Mr. MacBain, der damals Vizepräsident des Scotchterrierclubs von Amerika war, war von einer ganzen Schar von jüngeren Vertretern dieser Rasse umgeben. Er ging bereitwillig darauf ein, als Vance ihn um Mitarbeit bat. Er schien ganz vernarrt in den Hund, den Vance mitgebracht hatte, aber identifizieren konnte er ihn nicht.

»Ornsay-Blut, eindeutig«, sagte er, als er ihm mit der Hand über den Schädel fuhr.

Mr. MacBain züchtete schon so lange Scotchterrier, es war undenkbar, daß er den Hund nicht erkannt hätte, wenn er ihn schon einmal begutachtet hätte, und als er den Kopf schüttelte, war damit besiegelt, daß Vance auch hier mit seiner Suche nach dem Besitzer des verwundeten Scottys nicht weiterkam.

Vance hatte das New Yorker Büro von Mr. Stinemetz ausfindig gemacht; am Telefon hatte er jedoch erfahren, daß dieser nicht in der Stadt war – er könne ihn aber gewiß in seinem Landhaus finden.

Von den Diehard-Zwingern waren es nur ein paar Meilen zu Mr. Stinemetz' Gut in Orangeburg, und wir begaben uns mit gemischten Gefühlen dorthin. Die Sonne ging bald unter, und von Südwesten kam ein kühler Abendwind herauf.

»Das wäre also unsere letzte Chance«, brummte Vance mutlos, »es sei denn, er war doch auf einer Ausstellung in Neueng-

* Vance besaß drei von Marguerite Kirmses Scotty-Stichen: »My Scotties«, »Safety First« und »Gangway!«.

land oder weiter im Süden. Aber warum sollte er dann in New York gelandet sein?«

Vance war niedergeschlagen; erst jetzt begriff ich wirklich, wieviel Hoffnung er bei der Lösung dieses Mordfalls, der ihn so sehr beschäftigte, auf den geheimnisvollen Scotty gesetzt hatte. Aber gerade in dem Augenblick, in dem alles am finstersten aussah, zeigte sich ein erster Lichtstrahl. Mr. Stinemetz – der letzte der sechs Richter, den wir besuchten – hatte endlich die Information, die Vance weiterhalf. Vance zeigte ihm die kleine herrenlose Hündin und fragte ihn, ob sie ihm je auf einer Ausstellung begegnet sei. Mr. Stinemetz sah sie kurz an, nahm sie auf den Arm und stellte sie auf den Tisch in seinem Zwinger.

»Ja«, sagte er bedächtig. »Die kenne ich. Ich habe sie sogar erst vor drei Wochen aufs Siegertreppchen gestellt, in Englewood. Da war sie Sieger in der Welpenklasse, und ich hätte ihr auch in der Novizenklasse den ersten Preis gegeben, wenn jemand sie ordentlich vorgeführt hätte. Denn die richtigen Qualitäten hat sie; mit einer guten Betreuung sollte sie es bis ganz nach oben schaffen. Aber zur Schau kam sie mit einer jungen Frau, die nicht die geringste Erfahrung hatte. Natürlich wußte sie nicht, wie man einen Hund gut zur Geltung bringt. Ich wollte ihr erklären, wie man es macht, aber es half alles nichts; ich mußte das blaue Band einem Hund geben, der sich mit Stil zu bewegen wußte, auch wenn er es in der Anatomie nicht mit diesem hier aufnehmen konnte … Einen kleinen Makel hatte sie allerdings an den Zähnen.«

Mr. Stinemetz zog die Lippen des Hundes zurück, so daß wir die Zähne sehen konnten.

»Sehen Sie den oberen Schneidezahn hier? Der steht ein wenig schief. Aber ein großes Manko ist das nicht – ich habe schon manchen Champion mit schlechteren Zähnen gesehen.«

Vance dankte ihm und fragte noch: »Sie wissen nicht zufällig, wie unsere kleine Freundin heißt oder wem sie gehört?«

Mr. Stinemetz schüttelte den Kopf. »Nein, vorher hatte ich

sie noch nie gesehen – ihr erster Auftritt offenbar. Ob etwas im Katalog steht, weiß ich nicht, und es gab auch keine Nachbesprechung zu der Schau.«*

Vance war wieder sichtlich besserer Laune, als er Mr. Stinemetz' Quince-Hill-Zwinger verließ.

»Morgen«, sagte er auf der Rückfahrt durch die aufsteigende Abenddämmerung, »werden wir wissen, wem der Hund gehört.«

Wieder in New York angekommen, rief Vance sogleich bei Markham zu Hause an und erfuhr, daß sich im Laufe des Tages nichts Neues in unserem Fall ergeben hatte. Um elf Uhr vormittags war Grassi zum Hause Coe zurückgekehrt und hatte offenbar bei den Ereignissen des Vorabends keinen größeren Schaden genommen. Er hatte in ein Hotel umziehen wollen, aber Markham hatte ihn überredet, noch im Hause Coe zu bleiben, bis ein wenig Licht in die Sache kam, und widerstrebend hatte Grassi sich bereit erklärt.

Wrede hatte den ganzen Tag über das Haus nicht verlassen, hatte zweimal bei Markham angerufen und ihm versichert, daß er zu jeder Hilfe bereit sei, die er leisten könne.

Hilda Lake war gegen zehn Uhr morgens ausgegangen, im Sportdreß. Als Heath gefragt hatte, wohin sie wolle, hatte sie ihm kühl geantwortet, sie werde eine Spazierfahrt aufs Land machen.

Sergeant Heath war den ganzen Tag über mit dem Fall beschäftigt gewesen, aber hauptsächlich hatte er Telefonanrufe beantworten und eine ganze Armee von Reportern beschwichtigen müssen, die einfach nicht glauben wollten, daß es keine »neuen Entwicklungen« gab. Das Herrenzimmerfenster hatte

* Es gilt als unfair, wenn ein Richter sich, aus dem Katalog oder mit anderen Mitteln, mit den Namen der Hunde vertraut macht, die er beurteilen soll, und jeder ehrliche Richter hält sich an dieses ungeschriebene Gesetz. Sind die Preise erst einmal vergeben, darf er sich natürlich auch erkundigen, wie die Hunde heißen und wem sie gehören.

eine eingehende Untersuchung auf Fingerabdrücke hinter sich, doch ohne Ergebnis. Der Sergeant verfolgte alle Routinestränge weiter, aber neue Ergebnisse gab es bisher nicht.

»Ich weiß nicht mehr weiter«, klagte Markham beim Abendessen. (Er hatte uns in den Stuyvesant-Club eingeladen.) »Es gibt nichts mehr, wo wir noch ansetzen könnten. Selbst wenn wir wüßten, wer der Täter war, könnten wir ihm nichts nachweisen – er müßte sich schon selbst verraten … Und dieser Anschlag auf Grassi war ja auch keine Hilfe – das verwirrt die Sache noch vollends. Wir wissen nicht, wo wir ansetzen sollen. Keine der herkömmlichen Ermittlungsmethoden hat uns weitergebracht. Es gibt ja nun weiß Gott genug Leute, die als Täter in Frage kommen – und Motive haben wir genug für ein Dutzend Morde.«

»Traurig, traurig«, sagte Vance. »Glauben Sie mir, mein Herz blutet für Sie. Aber ich bin sicher, es gibt eine einfache Erklärung. Gewiß, es ist ein kompliziertes Rätsel – ein Silbenrätsel, dessen Silben anscheinend nicht zusammenpassen. Aber wenn wir erst einmal das erste Wort haben, wird der Rest sich ganz von selbst ergeben. Und das erste Wort, das könnte der Scotty sein. Darauf hoffe ich noch immer.«

Eine Weile lang widmete er sich ganz seinem Salat.

»Ein wenig Belugakaviar«, schnurrte er, »würde dieser russischen Soße guttun.«

»Soll ich das Versäumnis dem Aufsichtsrat des Clubs mitteilen, Monsieur Brillat-Savarin?«

»Oh, lieber nicht«, flötete Vance. »Sie würden womöglich gesalzenen Kaviar nehmen und die Soße endgültig ruinieren … Verraten Sie mir lieber, wie am heutigen Abend die Dinge im Hause Coe stehen.«

»Da gibt es nicht viel zu verraten«, entgegnete Markham säuerlich. »Heath hat getan, was in solchen Fällen getan wird, und ist dann nach Hause gegangen. Allerdings hat er zwei Wachen zurückgelassen, eine an der Straße und eine auf der Rückseite des Hauses. Grassi ist den ganzen Tag auf seinem Zimmer geblieben – bei seinem letzten Anruf sagte Heath, er sei zu Bett gegangen. Das Schloß in seiner Zimmertür ist übrigens repariert; da wird er wohl die Nacht überleben. Miss Lake kam nach Hause, als der Sergeant eben ging … Übrigens hat der Anschlag auf Grassi sie ziemlich schwer getroffen …«

Vance blickte überrascht auf.

»Das ist ja hochinteressant.«

»Der Chinese ist auch nicht aus dem Haus gegangen«, fuhr Markham fort, »und zu Heath sagte er, er bleibe lieber, bis der Schuldige gefunden sei.«

»Da wollen wir hoffen, daß er nicht zu lange warten muß«, seufzte Vance. »Obwohl es mir nur recht ist, wenn Liang uns zur Seite steht. Ich habe das Gefühl, daß er uns schon bald sehr nützlich sein wird … Und Sie, Markham, mein Alter – was haben Sie den Tag über getrieben? Untersuchungsausschüsse auf den Weg gebracht, nehme ich an, Ausschußsitzungen mit ehrbaren Bürgern, die auch ihren Teil zur moralischen Hebung New Yorks beitragen möchten – und der Rapport beim Stadtrat.«

»Gut geraten«, gab Markham zu. »Was hätte ich denn Ihrer Meinung nach tun sollen?«

»Ach, wissen Sie, Markham, mit Meinungen war es heute nicht weit her.« Vance lehnte sich in seinem Sessel zurück. »Morgen hingegen …«

»Eine große Hilfe!« schnaubte Markham. »*Morgen, morgen, nur nicht heute, sagen alle faulen Leute*.«

»Aber Markham, mein Lieber!« protestierte Vance. »Faul bin ich nun wirklich nicht. Lassen Sie mich mit Cicero antworten: *Aliquod crastinus dies ad cogitandum dabit*.«

Kapitel 18
Die Spur des Scottys

(Samstag, 13. Oktober, 9 Uhr morgens)

Am nächsten Morgen um neun Uhr stattete Vance dem Büro des American Kennel Club in der Fourth Avenue 221 einen Besuch ab und erklärte dem freundlichen und verständnisvollen Sekretär, Mr. Perry B. Rice, worum es ging. Mr. Rice war sofort zur Hilfe bereit und versicherte ihm, er werde alles ihm Mögliche tun, um die Ermittlungen zu unterstützen.

»Im Katalog der Englewood-Ausstellung sollten Sie finden, was Sie brauchen«, sagte er.

Er führte uns den Gang hinunter zu einem weitläufigen Büroraum und stellte uns Mrs. Del Campo vor, die alles über die Hundeschauen der Region wußte. Der Raum war gut zwölf Meter lang, mit Fenstern auf der gesamten Ostseite. Lange Reihen von stählernen Aktenschränken säumten die Wände, und am Fenster stand ein großer Bücherschrank mit Glastüren, der, in Maroquinleder gebunden, die Kataloge von fast einem halben Jahrhundert Hundeausstellungen sammelte. In einer Ablage neben der Tür wurden die Anmeldeformulare und die Akten der Preisrichter verwahrt.* Daneben stand noch eine Reihe von Aktenschränken, die Karteikarten für jeden registrierten Hund in jeder Rasse enthielten, die für jeden einzelnen auch sämtliche Preise verzeichnete, die er auf Ausstellungen erhalten hatte. Ein ganzes Dutzend tüchtiger Sekretärinnen ging in diesem Büro still seiner Arbeit nach und verarbeitete die zahlreichen Akten und Aufzeichnungen, die jede offizielle Hundeschau hervorbringt. An den Wänden hingen gerahmte Bilder berühmter Hunde der verschiedensten Rassen.

* Diese Unterlagen, erklärte uns Mr. Rice, wurden gut ein halbes Jahr lang aufbewahrt; es wurde genau geprüft, ob sie mit den offiziellen Aufzeichnungen übereinstimmten.

Als Mr. Rice Mrs. Del Campo erklärt hatte, weswegen Vance gekommen war, hatte sie den Englewood-Katalog im Nu gefunden; eine der Sekretärinnen bearbeitete ihn gerade. Sie schlug die Abteilung Scotchterrier auf, ging die Welpenklasse durch und hatte sogleich den Klassensieger ermittelt. Als Besitzer war ein gewisser Julius Higginbottom angegeben, als Name des Hundes Miss MacTavish. Es folgte der Herkunftsnachweis des A. K.C. und das Geburtsdatum – der 20. November des vergangenen Jahres. Als Vater war Champion Ornsay Autocrat angegeben, als Mutter Laurieston Lovelace. Züchter war Henry D. Bixby.

Vance schrieb sich die Daten auf, und Mrs. Del Campo fügte hinzu: »Diesen Katalog haben wir noch nicht mit den Aufzeichnungen der Preisrichter verglichen … Warten Sie einen Augenblick, dann übernehme ich das für Sie.«

Aus einem der Schreibtische holte sie eine Kladde hervor und schlug eine Seite auf, die mit »Welpenklasse« überschrieben war; dort sah sie nach, was in der ersten Zeile eingetragen war. Mit Bleistift war dort die Zahl 258 vermerkt. Sie sah im Katalog nach, und vor Miss MacTavishs Namen stand dieselbe Zahl.

»Damit wäre es amtlich?« sagte Vance.

»Nein, noch nicht ganz«, erklärte Mr. Rice. »Die Angaben hier sollten noch an der Stammkarte gegengeprüft werden.« Er schrieb sich die A. K.C.-Nummer auf, die im Katalog hinter Miss MacTavishs Namen erschien.

Dann führte er uns nach nebenan, in einen Raum, der dem, den wir gerade verlassen hatten, recht ähnlich sah. Auch hier reihten sich an den Wänden die stählernen Aktenschränke, und hier waren auf Karteikarten die Stammbäume und alle weiteren Informationen sämtlicher Hunde versammelt, die beim A. K.C. registriert waren, dazu ein Register, das die gesamte Produktion von etwa fünftausend Züchtern verzeichnete.

Miss Dora Makin, die Leiterin der Registratur, nahm die Nummer, die Mr. Rice ihr gegeben hatte, ging zu einem großen

Stahlschrank links von der Tür und zog eine Schublade heraus, in der Karteikarten in Zweierreihe standen. Jede Rasse hatte ihre eigene Abteilung, und innerhalb dieser waren die Karten nach Nummern geordnet. Rüden hatten weiße Karten, die Hündinnen lachsfarbene. Binnen Sekunden zog Miss Makin die Karte für Miss MacTavish hervor. Auf der obersten Zeile standen der Name der Hündin, die Bezeichnung der Rasse und die A.K.C.-Nummer. Es folgten die Namen der Eltern, das Geburtsdatum, der Name des Züchters und schließlich Name und Adresse des Besitzers. Die Angaben deckten sich in jedem Punkt mit dem, was wir im Ausstellungskatalog gefunden hatten, doch eine weitere Information gewannen wir noch hinzu, nämlich die Adresse von Julius Higginbottom, und das war Mount Vernon, New York.

»Damit hätten Sie es amtlich, Mr. Vance«, sagte Mr. Rice. »Auf diese Informationen können Sie sich verlassen. So wird jeder Teilnehmer an jeder Schau geprüft. Hundeliebhaber machen sich gar keinen Begriff davon, wieviel Fleißarbeit wir beim A.K.C. leisten, damit Hunderttausende von Einträgen korrekt bleiben und jeder, der bei dem Spiel mitmacht, so gut wie sicher sein kann, daß alles mit rechten Dingen zugeht.«

Vance schaute noch in einem Büro auf der anderen Seite des Ganges vorbei und begrüßte Mr. Louis de Casanova, den Chefredakteur der *American Kennel Gazette*, dann verabschiedete er sich und gab seinem Fahrer Anweisung, uns zum Strafgerichtshof an der Ecke Franklin und Centre Street zu bringen.

Auf dem Weg in die Innenstadt war Vance voll des Lobes über den A.K.C. und seine Dokumentationsarbeit.

»Es ist verblüffend, Van. Eine ganze Institution, die nur dem Ideal der korrekten Information verbunden ist. Sie verkaufen nichts – sie sammeln nur. Sie sorgen dafür, daß Tausende von Sports- und Hundefreunden im ganzen Land sich auf ihre Daten verlassen können und vor Betrügern sicher sind. Kaum zu glauben, daß es so etwas gibt.«

Als wir im Büro des Bezirksstaatsanwalts im dritten Stock des Strafgerichtshofs anlangten, beriet Markham sich eben mit Heath. Swacker, der Sekretär des Bezirksstaatsanwalts, führte uns gleich in Markhams Privatbüro.

»Allmählich kommt Schwung in die Sache.« Vance setzte sich und holte sein Zigarettenetui hervor. »Ich komme eben vom American Kennel Club und habe etwas Hochinteressantes herausgefunden. Der verwundete Scotty, Markham, gehört niemand anderem als Julius Higginbottom.«

»Und wer ist das, Vance? Und warum finden Sie es bemerkenswert?«

Vance zündete sich in aller Ruhe seine Zigarette an.

»Ich kenne Higginbottom. Er ist Mitglied im Crestview Country Club und hat einen großen Landsitz bei Mount Vernon, wo er seine Tage mit dem verbringt, was er für das Leben eines Landedelmanns hält ...«

Heath richtete sich in seinem Sessel auf.

»Das war doch im Crestview Country Club bei Mount Vernon«, unterbrach er, »wo Miss Lake und Grassi am Mittwochabend zum Tanzen hingefahren sind.«

»Und das ist noch nicht alles, Sergeant.« Vance lehnte sich wohlig in seinem Sessel zurück und nahm einen tiefen Zug von seiner *Régie*. »Higginbottom war recht gut mit Archer Coe bekannt. Vor einigen Jahren hat Higginbottom von einer Tante eine ansehnliche Sammlung früher chinesischer Malerei geerbt und viele Stücke zu einem lächerlich niedrigen Preis an Coe verkauft. Higginbottom ist ein lustiger Vogel – ganz der Sportsmann – und hatte keine Ahnung, wieviel so etwas wert ist. Später, als er längst an Coe verkauft hatte, erfuhr er von einem Händler, welchen Wert diese Bilder hatten, und in gewissen New Yorker Kunstliebhaberkreisen wurde darüber geredet, daß Coe sich Higginbottoms Unwissenheit zunutze gemacht, ja daß er ihn übers Ohr gehauen habe. Higginbottom, das weiß ich, hat Coe zur Rede gestellt, doch ohne Erfolg, und seitdem ist die

Stimmung zwischen beiden nie die beste gewesen. Higginbottom war Major im Weltkrieg und ist ein recht heißblütiger Bursche.«

Markham trommelte nervös auf den Schreibtisch.

»Und was hilft uns das?« fragte er. »Wollen Sie sagen, Higginbottom stieg mit seinem Hund vom Mount Vernon herab und ermordete Coe?«

»Liebe Güte, nein!« Vance machte eine leicht ärgerliche Handbewegung. »Ich will überhaupt nichts sagen. Ich berichte Ihnen nur von meinen Ermittlungen. Aber ich muß schon sagen, der Gedanke fasziniert mich, daß es eine Beziehung zwischen dem Scotty und Major Higginbottom und Archer Coe gibt.«

»Für mich ist das nur noch eine weitere Komplikation«, brummte Markham.

Vance seufzte. »Sie können einem aber auch allen Mut nehmen. Immerhin ist es doch etwas, was uns beschäftigen kann.«

»Ich bin beschäftigt genug.« Ärgerlich stand Markham von seinem Schreibtisch auf und ging an das Fenster, das auf das Tombs-Gefängnis hinausging. »Was wollen Sie jetzt tun?«

Auch Vance erhob sich.

»Ich mache eine kleine Landpartie. Ein Ausflug nach Mount Vernon, wo ich in aller Freundschaft, doch ohne falsche Scheu – und, hoffe ich, mit gutem Gewinn – mit dem Major über Miss MacTavish plaudern werde … Möchten Sie später erfahren, was sich bei meinem Ausflug in die gesellige Welt ergeben hat?«

Markham kam vom Fenster zurück und ließ sich ermattet in einen Sessel fallen.

»Ich bin den ganzen Nachmittag hier«, antwortete er und blickte uns mürrisch nach.

Die Fahrt nach Mount Vernon in der frischen Oktoberluft war ein Vergnügen. Wir fanden Higginbottoms Gut auf Anhieb, und es schien ein gutes Omen, daß der Major auf der großen Veranda vor dem Haus saß.

Er war ein rundlicher Mann von mittlerer Größe, mit Stirnglatze und frischer Gesichtsfarbe. Die grauen Knopfaugen hatten etwas von einem Lüstling, das auch noch so viel Landleben nicht ganz verbergen konnte. Aber seine Art war herzlich und sympathisch.

Er begrüßte Vance überschwenglich und lud uns ein, uns zu setzen und einen Highball mit ihm zu trinken.

»Was verschafft mir die Ehre Ihres Besuches, mein Lieber?« Seine Freude war ungespielt. »Was für eine Überraschung. Sie sollten öfter kommen.«

»Mit Freuden.« Vance ließ sich an einem kleinen Glastisch nieder. »Aber heute bin ich, wenn Sie so wollen, geschäftlich hier, Major ... Ich interessiere mich nämlich sehr für einen kleinen Scotty, eine gewisse Miss MacTavish, die auf der Schau in Englewood zu sehen war ...«

Den Namen des Hundes quittierte Higginbottom mit einem lauten Husten, er schob heftig seinen Stuhl zurück und sah sich über die Schulter nach der offenen Terrassentür zum Haus um. Er war sichtlich in Verlegenheit, und seine Stimme und die Art, in der er antwortete, kamen mir sehr befremdlich vor.

»Ja natürlich, natürlich.« Er sagte es äußerst beherzt. »Ich gehe in letzter Zeit kaum noch auf Hundeschauen. Aber Sie haben ja meine Rosen noch gar nicht gesehen, Mr. Vance ...« Er ging die Treppe hinunter zu einem kleinen Rosengarten zur Rechten.

Vance hob ein wenig verwundert die Augenbrauen, folgte jedoch dem Hausherrn, der ihm, als wir außer Hörweite des Hauses waren, vertraulich die Hand auf die Schulter legte.

»Liebe Güte«, raunte er, »ich hoffe nur, meine Frau hat nicht gehört, was Sie da gefragt haben. Meist ist sie vormittags im Wohnzimmer, und die Fenster stehen offen!« Er schien geradezu verstört. »Sehr peinlich, wenn sie das mit angehört hätte. Ich wollte nicht unhöflich sein – ganz im Gegenteil, mein Lieber! – aber das hat mich doch in Verlegenheit gebracht ... Eine höchst delikate und unschöne Situation.« Er näherte sich Vance noch weiter, als wolle er ihm etwas ins Ohr flüstern. »Wo haben Sie von meinem Scotty gehört? – Waren Sie auf der Schau in Englewood? – Und wieso interessieren Sie sich dafür?« Wieder warf er einen Blick über die Schulter zur Veranda. »Himmel! Ich hoffe nur, meine Frau hat das nicht gehört.«

Vance sah ihn fragend an.

»Aber, aber, Major«, meinte er munter. »So schlimm kann das doch nicht sein. Nein, ich war nicht in Englewood, und Miss MacTavish habe ich erst vorgestern zum erstenmal gesehen. Um es genauer zu sagen, Major, ist Ihre kleine Freundin sogar in diesem Augenblick in meiner Wohnung in New York.«

»Ist das die Möglichkeit! – In *Ihrer* Wohnung?« Nun schien Higginbottom vollends verdattert. »Wie ist sie dahin gekommen? – Ich verstehe überhaupt nichts mehr, Mr. Vance. Ich bitte Sie, klären Sie mich auf.«

»Aber es *ist* Ihr Hund, nicht wahr, Major?« fragte Vance in aller Ruhe.

»Nun … also – wie soll ich sagen? – genaugenommen …« Higginbottom verhedderte sich vor Verlegenheit immer weiter. »Ja – schon – technisch gesehen bin ich wahrscheinlich der Besitzer. Aber er ist schon seit gut einem halben Jahr nicht mehr hier in meinem Zwinger … Also, es ist so, Mr. Vance – ich habe Miss MacTavish verschenkt – jemandem – einer guten Freundin, einer *sehr* guten Freundin, verstehen Sie – in New York.«

»Ah«, hauchte Vance und hob den Blick zum makellos blauen Himmel. »Und wer, Major, könnte diese Freundin sein?«

Wieder verhaspelte Higginbottom sich, nun auch noch mit allen Zeichen der Empörung.

»Also wirklich, Mr. Vance! Ich wüßte nicht – das ist eine Sache, die nur mich etwas angeht – und natürlich die Empfängerin … Eine rein private Transaktion – eine persönliche Transaktion, möchte ich sogar sagen.« Er räusperte sich umständlich. »Und selbst wenn der Hund nun in Ihren Besitz gekommen ist, wüßte ich nicht – das heißt, ich verstehe überhaupt nicht, wie …«

»Major«, fiel Vance ihm streng ins Wort, »Ihre Privatangelegenheiten gehen mich nichts an. Aber es hat sich etwas recht Schwerwiegendes ereignet, und es wird weitaus besser für Sie sein, wenn Sie sich mir anvertrauen, als wenn der Staatsanwalt Sie in sein Büro bestellt.«

Higginbottom riß die Schweinsäuglein weit auf, und plötzlich war er sehr mit dem Ausklopfen seiner Pfeife beschäftigt.

»Nun, wenn es sich um eine dermaßen ernste Angelegenheit handelt, dann werde ich mich ja gewiß auf Ihre Diskretion verlassen können … Aber um Himmels willen, mein Lieber«, flehte er, »lassen Sie niemand anderen davon erfahren.«

Wieder sah er sich um und vergewisserte sich, daß niemand lauschte.

»Also, es ist so, Mr. Vance – ich habe eine gute Freundin in New York – jemand, der mir sehr am Herzen liegt – eine junge Frau – eine bezaubernde junge Frau, darf ich sagen …«

»Blond?« fragte Vance lässig.

»Ja, die junge Dame ist blond. Sie kennen sie doch nicht etwa?«

Vance schüttelte mit bedauernder Miene den Kopf.

»Nein, das Vergnügen hatte ich bisher nicht. Aber fahren Sie fort, Major.«

»Sehen Sie, Mr. Vance, ich komme ja recht oft in die Stadt – geschäftlich, verstehen Sie – und ich gehe schon einmal gern ins Theater oder in einen Nachtclub, und – na, Sie wissen ja, wie das ist – ich gehe nicht gern allein, und Mrs. Higginbottom hat nichts übrig für leichtfertige Vergnügungen …«

»Sie brauchen sich doch nicht zu rechtfertigen, Major«, beschwichtigte Vance ihn. »Wie war doch gleich der Name der jungen Dame?«

»Miss Doris Delafield – ein anständiges junges Mädchen. Aus bester Familie …«

»Und Miss Delafield haben Sie den Hund vor einem halben Jahr geschenkt?«

»So ist es. Aber ich möchte, daß es geheim bleibt. Denn sehen Sie, Mr. Vance, ich kann mir nicht vorstellen, daß Mrs. Higginbottom das rechte Verständnis aufbrächte, wenn sie davon erführe.«

»Wohl kaum«, murmelte Vance. »Mein Mitgefühl in Ihrer Not ist Ihnen sicher ... Und wo wohnt Miss Delafield, Major?«

»Im Apartmenthaus Belle Maison, 71. Straße.«

Vance' Augen flackerten ein wenig, als er eine neue Zigarette aus seinem Etui nahm und sie nachdenklich entzündete.

»Das ist das kleine Apartmenthaus auf der anderen Seite des leeren Grundstücks neben Archer Coes Haus, nicht wahr?«

»Richtig.« Der Major nickte entrüstet. »Coe – der alte Gauner! Geschieht ihm ganz recht, daß ihn jemand umgebracht hat. Ich wette, den Mörder hatte er auch übers Ohr gehauen ... Aber irgendwie«, fügte er nachsichtiger hinzu, »habe ich es ihm ja nie wirklich übelnehmen können. Und natürlich soll man nichts Schlechtes über die Toten sagen. Wäre nicht sportlich, nicht wahr?«

Vance nickte. »Höchst unsportlich. Das heißt, Sie haben die Zeitungen studiert, Major?«

»Aber natürlich.« Higginbottom schien überrascht von der Frage. »Das interessiert mich doch. Um ehrlich zu sein, Mr. Vance, ich war bei Miss Delafield zu Besuch, an dem Abend, an dem er ermordet wurde.«

»Was Sie nicht sagen, Major! Das ist ja hochinteressant.« Vance beugte sich vor und pflückte von dem Salomonssiegel ein welkes Blatt ab. »Übrigens, Major«, fuhr er in beiläufigem Ton fort, »die kleine Miss MacTavish hat man am Morgen im Hause Coe gefunden, mit einer recht üblen Wunde am Kopf.«

Dem Major fiel die Pfeife aus dem Mund und blieb unbeachtet auf dem Rasen liegen. Er war kreidebleich geworden und starrte Vance an wie vom Schlag getroffen.

»Ich ... ich weiß gar nicht – sind Sie denn – sind Sie wirklich sicher?« stammelte er.

»Vollkommen, keine Frage. Wie gesagt ist Miss MacTavish jetzt in meiner Wohnung. Ich fand sie im Haus – im unteren Flur. Ich habe sie von Dr. Blamey verarzten lassen – aber es geht ihr schon wieder viel besser ... Und wie erklären Sie es sich, Major« – Vance blickte ihm fest ins Gesicht –, »daß Ihr Hund im Mordhaus war, zu dem Zeitpunkt, zu dem das Verbrechen geschah?«

»Erklären!« sprudelte es aufgeregt aus ihm heraus. »Ich *kann* es mir nicht erklären ... Liebe Güte! Das ist unglaublich! Ich weiß überhaupt nicht, was ich ...«

»Und wie kommt es«, fuhr Vance unbeirrt fort, »daß Sie noch nicht einmal gehört haben, daß der Hund aus Miss Delafields Wohnung verschwunden ist ...?«

»Oh, das habe ich vergessen zu sagen«, entgegnete der Major, dann zögerte er.

»Was war es, was Sie vergessen haben mir zu sagen?«

Der Major wandte den Blick ab.

»Ich hatte vergessen zu sagen, daß Miss Delafield am Mittwochabend nach Europa aufgebrochen ist.«

»Am Abend, an dem Mr. Archer Coe umgebracht wurde«, sagte Vance nachdenklich.

»Genau das«, erwiderte der Major bissig. »Ich kam an jenem Abend zu ihr, weil wir uns zu einem Abschiedsessen verabredet hatten, und anschließend wollte ich sie zum Schiff bringen.«

»Und wie kommt es, Major, daß Sie den Hund nicht mit zurück in Ihren Zwinger genommen haben, als Miss Delafield gen Europa segelte?«

»Nun, es war so« – Higginbottom wurde wieder verlegen – »Doris – Miss Delafield, meine ich – ließ auf mein Anraten den Hund in der Obhut ihres Dienstmädchens, das während ihrer Abwesenheit auch die Wohnung hüten sollte.«

»Auf Ihr Anraten? ... Wieso das?«

»Ich fand, es war das beste so«, antwortete der Major schlaff. »Denn sehen Sie, wenn ich den Hund hergebracht hätte, hätte das zu allerlei Komplikationen führen können, denn ich hätte es meiner Frau erklären müssen, wenn Doris – Miss Delafield – zurückkam und den Hund gern wiederhaben wollte. Und natürlich …«

»Ah ja, verstehe.« Vance nickte.

»Sie müssen wissen«, fuhr Higginbottom fort, »ich hatte damit gerechnet, daß meine Frau im Herbst auf Europareise gehen würde, aber dann blieb sie doch hier, und ein oder zwei – ähm – private Probleme ergaben sich dadurch, weshalb es sich als ratsam erwies, daß Miss Delafield für eine kleine Weile ins Ausland ging – bis bestimmte Gerüchte sich gelegt hatten … Ich bin sicher, Mr. Vance, Sie werden Verständnis für meine Lage haben.«

»Aber natürlich. Und wann brach Miss Delafield am Mittwoch abend auf?«

»Um Mitternacht – auf der *Olympic*.«

»Und wann kamen Sie in ihre Wohnung?«

»Ich war gegen sechs Uhr dort, und wir gingen sogleich wieder aus. Wir aßen zu Abend in – nun, sagen wir, einem kleinen Restaurant – Sie würden es eine Spelunke nennen – und blieben dort, bis es Zeit war, zum Kai zu fahren.«

»Wie hieß das kleine Restaurant?«

Higginbottom runzelte die Stirn.

»Ehrlich, Mr. Vance, das weiß ich nicht mehr. Es war nur ein winziges Lokal, etwa 50. Straße – oder schon in den Vierzigern? Eine Freundin hatte es Miss Delafield empfohlen.«

»Nicht gerade präzise, was?« Vance betrachtete den Major milde. »Aber es soll mir genügen. Ich denke, ich werde jetzt zurück nach New York trotten und ein wenig mit Miss Delafields Maid plaudern. Das macht Ihnen nichts aus, oder? Wie, nebenbei gefragt, hieß sie?«

Der Major machte eine verdutzte Miene.

»Annie Cochrane«, antwortete er und fuhr dann eilig fort: »Aber Mr. Vance, das klingt ja nun doch, als ob die Sache ernst sei. Hätten Sie etwas dagegen, wenn ich mitkomme? Ich wüßte ja selbst gern, warum Annie mir nicht gemeldet hat, daß der Hund fort ist.«

»Es soll mir ein Vergnügen sein«, entgegnete Vance.

Wir nahmen Major Higginbottom mit zurück nach New York, hielten am Riviera zu einem eiligen Mittagessen und fuhren dann sogleich zum Belle Maison.

Annie Cochrane war eine dunkelhaarige junge Frau von Anfang Dreißig, deren irische Abstammung unverkennbar war, und als sie auf unser Läuten die Tür öffnete und Major Higginbottom sah, schien sie ängstlich und verlegen.

»Was ist denn das für eine Geschichte, Annie?« fuhr der Major sie an. »Warum haben Sie mir nicht Bescheid gegeben, daß Miss Delafields Hund verschwunden ist?«

Stockend antwortete Annie, daß sie sich gefürchtet habe, etwas zu sagen, denn sie gab sich die Schuld daran, daß der Hund entwischt war, und hatte von Tag zu Tag neu gehofft, daß er zurückkehren würde. Die Angst der Frau war nun offensichtlich.

»Wann war es denn genau, daß der Hund verschwunden ist, Annie?« fragte Vance mit beschwichtigender Stimme.

Die Frau blickte dankbar zu ihm auf.

»Gleich nachdem Major Higginbottom und Miss Doris am Mittwoch abend fortgegangen waren, Sir«, antwortete sie, »gegen neun, Sir.«

Vance wandte sich an Higginbottom, mit dem Anflug eines Lächelns.

»Hatte ich das nicht eben so verstanden, daß Sie schon um sechs Uhr gingen, Major?«

Bevor Higginbottom etwas sagen konnte, platzte das Mädchen heraus: »Oh nein, so früh war das nicht. Erst um neun. Kurz nach acht hatte ich das Abendessen fertig.«

Der Major blickte zu Boden und fuhr sich nachdenklich über das Kinn.

»Ja natürlich!« Er nickte. »Sie hat ganz recht. Ich hatte sechs

Uhr im Kopf, aber jetzt fällt es mir wieder ein. Und ein ausgezeichnetes Abendessen hatten Sie uns gekocht, Annie.« Er sah Vance mit einem Unschuldslächeln an. »Bitte um Verzeihung für die falsche Auskunft, Mr. Vance. Die – äh – Umstände waren mir entfallen … Ich hatte ursprünglich vorgehabt, mit Miss Delafield auszugehen. Doch als ich eintraf, hatte Annie schon alles für uns vorbereitet, und wir überlegten es uns anders.«

Vance akzeptierte diese Antwort anscheinend ohne weiteres. »Und wann kamen Sie an jenem Abend hier an, Major?«

Darüber mußte Higginbottom offenbar erst nachdenken; doch bevor er etwas antworten konnte, bekam Vance die Information schon von Annie.

»Sie sind gegen sechs gekommen, Sir«, erinnerte sie ihn mit der Naivität des Respektes. »Und Miss Doris kam ungefähr um halb acht.«

»Ja, natürlich. Richtig, Annie.« Der Major zeigte überschwenglich, wie dankbar er war, daß sie sein Gedächtnis aufgefrischt hatte. »Miss Delafield«, erklärte er Vance munter, »sagte, sie sei noch einkaufen gewesen.«

»Ich wußte ja gar nicht«, murmelte Vance, »daß die Läden so spät noch offen haben … Erstaunlich.«

Der Major kniff die Äuglein zusammen und blickte Vance listig an.

»Oh«, versicherte er ihm, »manche kleinen Läden an der Madison Avenue haben noch bis spät abends offen.«

Vance hörte ihm anscheinend gar nicht zu. Er hatte sich schon wieder dem Dienstmädchen zugewandt.

»Aber beim Abendessen, Annie«, fragte er, »da war der Hund noch hier?«

»Oh ja, Sir«, versicherte sie ihm. »Wenn ich auftrage, läuft er mir immer vor den Füßen herum.«

»Und wie erklären Sie es sich, daß er verschwand, unmittelbar nachdem Major Higginbottom und Miss Delafield gegangen waren?«

»Ich weiß es nicht, Sir – ehrlich nicht. Ich habe überall gesucht. Ich hab' hinter dem Haus nachgesehen und im Hof, und im Haus habe ich jeden Gang abgesucht. Aber er war nicht mehr da.«

»Warum haben Sie nicht auf der Straße gesucht?« fragte Vance.

»Oh, da kann er nicht hingekommen sein«, erklärte das Dienstmädchen. »Er war in der Küche und hier im Eßzimmer, Sir; und nur die Tür im Wohnzimmer führt auf den Flur nach draußen. Aber die war zu, sogar abgeschlossen, als Miss Doris und Mr. Higginbottom gegangen waren.«

»Wenn ich es recht verstehe, hätte der Hund also nur in den Garten hinter dem Haus gekonnt?«

»Ja, Sir, das ist die einzige Erklärung. Und das ist eben das Merkwürdige, Sir – denn wenn er da irgendwo gewesen wäre, hätte ich ihn doch finden müssen.«

»Haben Sie auch auf dem unbebauten Grundstück nachgesehen, zwischen diesem Haus und dem Haus Coe nebenan?«

»Ja, Sir, obwohl ich ja wußte, daß er da bestimmt nicht sein würde. Durch das Tor wäre er nicht gekommen, das ist immer abgeschlossen.«

»Aber hinter dem Haus, da durfte Miss MacTavish nach Herzenslust tollen?«

»Oh ja, Sir. Die Wohnung hier liegt ja im Erdgeschoß; ich habe immer die Küchentür offengelassen, da konnte sie kommen und gehen, wie sie wollte.«

Vance schwieg einen Moment lang, dann fragte er auffällig streng:

»Annie, sagen Sie mir genau, wann Sie mit der Suche nach dem Hund begonnen haben. Es ist wichtig, daß Sie sich so genau erinnern, wie Sie können.«

»Das kann ich Ihnen ziemlich genau sagen, Sir«, antwortete die Frau, ohne zu zögern. »Ich habe angefangen, als ich mit der Hausarbeit fertig war. Miss Doris und Mr. Higginbottom sind um neun Uhr gegangen, und als ich alles aufgeräumt hatte, war es genau halb elf.«

Vance nickte. »Wie erklären Sie sich, daß der Hund verschwunden ist, Annie?«

»Das kann ich mir überhaupt nicht erklären, Sir. Als ich ihn nirgends fand, habe ich überlegt, ob womöglich einer von den Boten oder Lieferanten ihn gestohlen hatte. Es ist ja schließlich eine kleine Hexe. Und wirklich süß. Und zu jedem freundlich. Da hätte keiner Mühe gehabt, sie mitzunehmen. Aber seit sieben Uhr war niemand mehr hier gewesen.«

Flehend sah sie den Major an.

»Es tut mir so leid, glauben Sie mir. Ich habe doch die kleinen Miss MacTavish gern gehabt ...«

»Machen Sie sich keine Sorgen, Annie«, sagte Vance im freundlichsten Ton. »Wir wissen, wo Miss MacTavish ist, und es geht ihr gut.«

Er wandte sich wieder an Higginbottom.

»Wo haben Sie Miss MacTavish eigentlich her, Major?« fragte er.

»Ich habe sie von Mr. Henry Bixby gekauft, als sie fünf Monate alt war, und habe sie dann gleich an Miss Delafield weitergegeben«, antwortete der Major kleinlaut. »Doris war ganz vernarrt in sie und wollte sie unbedingt auf Ausstellungen zeigen. Ich wollte es ihr ausreden ...«

»Das war ein Hund, der sich auf jeder Ausstellung sehen lassen konnte«, sagte Vance. »Sie fuhren also zu Mr. William Prentice und ließen den Scotty für die Ausstellung trimmen, nicht wahr? ... Aber warum sind Sie in Englewood unter Ihrem eigenen Namen angetreten?«

»Glauben Sie mir, ich weiß es wirklich nicht.« Der Major schien nun vollends zerknirscht. »Das sind eben die Dummheiten, die man begeht.« Er sah Vance treuherzig an, und dieser nickte. »Mr. Bixby stellte die Papiere auf meinen Namen aus«, fuhr der Major fort, »und ich habe mir nie die Mühe gemacht, den Hund umschreiben zu lassen. Ich bin einfach nicht auf den Gedanken gekommen, Doris könne ihn zur Ausstellung anmelden. Ich habe das Formular ausgefüllt – und so kam eins zum anderen. Ärger, nichts als Ärger … Möchten Sie sonst noch etwas wissen, Mr. Vance?«

»Nein, ich glaube nicht. Aber an Annie hätte ich noch eine Frage.« Er wandte sich wieder an das Mädchen. »Annie«, fragte er, »was für eine Art Lippenstift nimmt Miss Delafield?«

Das Mädchen war verblüfft von der Frage, und sie sah Vance mit großen Augen an. Zu Higginbottom warf sie einen verstohlenen Blick.

»Nun, Annie, wissen Sie es oder nicht?« fragte der Major streng.

»Doch, Sir, sicher weiß ich das. Erst Mittwoch morgen hat Miss Doris mich zum Drugstore am Broadway geschickt, damit ich diese Sorte kaufe.«

»Dann sagen Sie Mr. Vance, was für eine Sorte das ist.«

»Es war ein Duplex Carmine – oder so ähnlich; Miss Doris hatte es mir aufgeschrieben«, sagte sie.

»Haben Sie tausend Dank, Annie. Das wäre alles.«

Als sie wieder auf die 71. Straße traten, fragte der Major neugierig: »Dieser Lippenstift, was hat es damit auf sich?«

»Nichts Ernstes – hoffe ich«, erwiderte Vance lässig. »Nur ein ungeklärtes Detail. Eine leere Lippenstifthülle, Duplaix Carmine, fand sich am Donnerstag morgen im Papierkorb von Mr. Coes Bibliothek.«

»Donnerwetter! Was Sie nicht sagen!« Aber besonders erschrocken schien der Major nicht. »Dann ist Doris wohl noch bei Archer Coe gewesen und hat sich verabschiedet.«

»Oh, das heißt, die beiden kannten sich?«

Der Major nickte mürrisch.

»Habe sie selbst bekannt gemacht, vor ungefähr einem Jahr. Sie hat ihn dann gelegentlich besucht, soviel ich weiß – obwohl ich, das kann ich ruhig sagen, diese Besuche nicht gern gesehen habe. Um ehrlich zu sein, habe ich sogar klipp und klar gesagt, daß ich nicht will, daß sie zu ihm geht.«

»Wußte Miss Delafield, wie Coe Sie beim Verkauf der chinesischen Bilder hintergangen hatte?«

»Aber ja.« Der Major war die Offenheit in Person. »Ich habe es ihr erzählt. Aber sie fand überhaupt nichts dabei. Sie wissen ja, wie die Frauen sind. Kein Sinn für einen anständigen Handel.«

»Zweifellos – zweifellos«, erwiderte Vance unbestimmt.

Dann streckte er ihm die Hand hin.

»Major, ich möchte Ihnen für Ihre Hilfe danken. Ich gebe Ihnen Bescheid, sobald sich mit Ihrem kleinen Scotty etwas Neues ergibt. Und verlassen Sie sich darauf, er bekommt gute Pflege.«

»Und was mache ich jetzt?« fragte der Major.

»Tja«, antwortete Vance gutgelaunt, »ich an Ihrer Stelle würde nach Hause fahren und mich ordentlich ausschlafen.«

»Nein, das ist nichts für mich«, beschloß der Major. »Ich gehe in den Club und schaue, was ich noch in der Schublade habe – nie habe ich einen Scotch so nötig gehabt wie jetzt.«

Als er fort war, stieg Vance in seinen Wagen, der am Belle Maison wartete, und gab Order, sofort zum Strafgerichtshof zu fahren. Als wir wieder in Markhams Büro waren, ließ Vance sich sogleich in einen Sessel fallen, schloß die Augen und lehnte sich zurück.

»Markham, mein Alter, ich habe Neuigkeiten«, verkündete er.

»Das hört man gern.« Markham nahm sich eine neue Zigarre. »Ich bin ganz Ohr.«

Vance sank noch tiefer in den Sessel.

»Ich glaube, ich weiß, wer die Brüder Coe umgebracht hat.«

Kapitel 19
Tod und Enthüllung

(Samstag, 13. Oktober, 4 Uhr 30 nachmittags)

Markham beugte sich in seinem Stuhl vor und schnitt eine Grimasse.

»Ich bin vor Ehrfurcht starr«, sagte er. »Kann ich jetzt gleich den Haftbefehl ausstellen?«

»Seien Sie doch nicht so ungeduldig, Markham«, tadelte Vance ihn. »Falsche Hast schadet nur. Es bleibt noch eine ganze Reihe von Kleinigkeiten zu tun – wir müssen Gewißheit schaffen, bevor der Arm des Gesetzes – oder die Hand, sollte man ja wohl eher sagen – den Schuldigen ergreift.«

»Könnten Sie sich denn dann überwinden und mir Ihr Geheimnis anvertrauen?« fragte Markham ironisch.

»Das möchte ich lieber nicht, mein Alter. Lassen Sie mir doch mein kleines Geheimnis noch für ein Weilchen.« Dann wurde Vance ernst. »Schließlich ist meine Lösung ja, könnte man sagen, nur geraten. Alles hängt an einem mehr als mageren Indiz – einem, das jeder gute Strafverteidiger in der Luft zerreißen könnte. Und daß meine Folgerungen für meine Begriffe schlüssig sind, heißt noch nicht, daß sie ein Schwurgericht überzeugen würden – oder auch nur einen Anwalt. Einen kleinen Beweis werde ich allerdings, glaube ich, bald liefern können … Das macht Ihnen doch nichts aus, Markham, wenn ich Ihre Geduld noch ein klein wenig strapaziere?«

»Bei den Strapazen, die Sie ihr ohnehin zumuten«, brummte Markham, »werde ich das wohl auch noch aushalten. Ich nehme an, immerhin können Sie mir sagen, *wie* die Verbrechen begangen wurden.«

»Leider nein!« Vance schüttelte mit bekümmerter Miene den Kopf. »Das ist ja der Hauptgrund, weswegen ich noch nicht mit meiner Theorie herauswill. Ich finde, Markham, man sollte einen Menschen nicht eines Verbrechens bezichtigen, wenn man nicht die geringste Ahnung hat, wie er es begangen hat, und schon gar nicht, wenn der Betreffende auch noch schlüssig beweisen könnte, daß er unmöglich der Täter sein kann.«

»Das hört sich ja mehr als vage an«, meinte Markham.

»Es *ist* vage«, gab Vance zu. »Der Mord an Archer paßt wunderbar zu meinem Kandidaten. Schwierig ist nur, daß er keinerlei Grund gehabt hätte, Brisbane umzubringen. Das Motiv fehlt – der zweite Mord ist, logisch gesehen, der reine Unsinn. Andererseits bin ich überzeugt, daß der Mörder geradezu leidenschaftlich den Tod Archers suchte. Und doch wäre es unvernünftig, ihm diesen Mord anzulasten – denn allem Anschein nach kann er ihn nicht begangen haben … So sieht es aus. Haben Sie da nicht Mitleid mit mir in meiner Not?«

»Es fehlt nicht viel, und ich breche in Tränen aus«, erwiderte Markham. »Aber was schlagen Sie denn nun vor – wie wollen Sie sich aus dieser Verlegenheit befreien?«

Vance gab sich einen Ruck und stand auf. Nun war er wieder wach und ernsthaft.

»Ich schlage vor, daß ich zum Hause Coe fahre und den Bewohnern einige Fragen stelle. Wollen Sie mich begleiten?«

Markham warf einen Blick auf die Wanduhr und läutete nach Swacker.

»Ich bin für den Rest des Tages außer Haus«, erklärte er dem Sekretär. Er nahm Hut und Mantel vom Kleiderständer in der Ecke und ging zu seinem Privatausgang. »Das interessiert mich schon«, sagte er, »– ein wenig … Was ist mit Heath?«

»Unbedingt«, antwortete Vance. »Der Sergeant sollte dabeisein.«

Markham kehrte noch einmal zu seinem Schreibtisch zurück und rief bei der Mordkommission an. Als das Telefonat zu Ende war, ging er wieder zur Tür.

»Heath wartet vor dem Präsidium auf uns.«

Wir stiegen in Vance' Wagen, holten den sichtlich schlecht

gelaunten Sergeant ab und fuhren stadtauswärts. An der Ecke 59. Straße und Fifth Avenue bogen wir in den Central Park ein und nahmen die geschlängelte Durchfahrt zum Westeingang an der 72. Straße.

Es war noch hell, als wir den See passierten, doch die Abendluft war schon dunstig. Das Thermometer war den ganzen Nachmittag lang gestiegen, und eine drückende Schwüle lag über der Stadt. Ich weiß noch, daß mir durch den Kopf ging, daß nun wohl der Altweibersommer begann. Die ersten Blätter verfärbten sich, und der ganze Park, wie er sich vor uns dunstig und in bunten Flecken breitete, erinnerte mich an ein Bild von Monet, das ich einmal im Salle Commandeau des Louvre gesehen hatte.

Als wir uns dem Westeingang näherten, sah ich gerade jenseits der Ligusterhecke, ein Stück ab von der Straße, auf einer Parkbank eine vertraute Gestalt sitzen, und im gleichen Augenblick beugte Vance sich auch schon vor und wies den Chauffeur an zu halten.

»Dort auf der Bank sitzt Wrede und hält Zwiesprache mit seiner Seele«, sagte er. »Und mit Wrede hätte ich ohnehin ein Wörtchen zu reden. Ich denke, ich spaziere hinüber und plaudere ein wenig mit ihm.«

Er öffnete die Wagentür. Wir stiegen mit ihm aus und wandten uns durch einen Durchlaß in der Hecke ostwärts.

Wrede saß mit dem Rücken zu uns, vielleicht noch dreißig Meter entfernt, und blickte hinaus auf den See. Als wir auf seine Höhe kamen, immer an der Hecke entlang, fiel mir die rundliche Gestalt Enrights auf. Er kam auf die Bank zu, auf der Wrede saß, und hatte den Dobermann an der Leine.

»Sieh mal einer an«, meinte Vance. »Der redselige Mr. Enright erobert neues Terrain. Wahrscheinlich konnte Ruprecht das Panorama des Wasserturms nicht mehr sehen …«

Dann geschah etwas Unglaubliches. Der Dobermann blieb wie angewurzelt stehen, ging einen Schritt oder zwei zurück und duckte sich verängstigt. Und dann, mit einem merkwürdigen Heulen, machte er einen Satz nach vorn und riß dem verblüfften Enright die Leine aus der Hand. Mit aller Macht stürzte er sich auf Wrede.

Wrede blickte auf und sah den Hund, schreckte zurück und wollte aufspringen. Aber es war zu spät. Der Dobermann sprang ihn an und schlug sofort seine mächtigen Fänge in den Hals des Mannes. Wrede wurde nach hinten geworfen und lag auf dem Rücken, und der Hund stand auf ihm und grollte aus tiefer Kehle. Es war ein entsetzlicher Anblick.

Sergeant Heath brüllte, so laut er konnte, im vergeblichen Versuch, den Hund von seinem Opfer abzubringen, und sprang mit einer Behendigkeit über die Hecke, daß ich nur staunen konnte. Er lief zu Wrede, dessen Glieder zuckten, und zog im Laufen seinen Revolver. Vance sah mit einer Kaltblütigkeit zu, die mir unbegreiflich war.

»Da sehen Sie Gerechtigkeit, Markham«, war sein Kommentar, und mit ruhigen Fingern zündete er sich eine Zigarette an.

Heath war nun am Ort des Geschehens angelangt und hielt dem Hund den Revolver an den Kopf. Zweimal gab es einen lauten Schlag. Der Dobermann bäumte sich auf, sackte zusammen und lag still.

Auch Wrede rührte sich nicht mehr, als wir ihn erreichten. Er lag auf dem Rücken, den Blick starr nach oben, die Arme angewinkelt, reglos wie der Tod. Der Hals war blutüberströmt, und eine große Blutlache hatte sich unter seinem Kopf gesammelt. Ich wünschte, ich hätte diesen Anblick nie gesehen.

Enright kam herangewankt, den Mund offen, das Gesicht kreidebleich.

»Herr im Himmel – Herr im Himmel!« murmelte er immer und immer wieder.

Vance blickte hinunter auf Wrede und rauchte in aller Seelenruhe. Er wandte sich an Enright.

»Das hat schon seine Richtigkeit«, sagte er mit kalter Stimme. »Er hat nur bekommen, was er verdient. Er muß dem Tier Entsetzliches angetan haben, und nun hat der Hund sich gerächt.«

Vance kniete sich neben den am Boden Liegenden und fühlte ihm den Puls. Dann beugte er sich vor, inspizierte die Wunde in Wredes Hals und nickte nachdenklich. Er erhob sich wieder und zuckte mit den Schultern.

»Er ist tot, Markham«, sagte er ohne die kleinste Gefühlsregung. »Die Reißzähne haben ihm die Halsschlagader durchtrennt. Er muß binnen Sekunden tot gewesen sein – der Blutverlust und wahrscheinlich noch eine Luftembolie dazu ... Da brauchen wir keinen Arzt mehr.«

Ein Streifenpolizist kam herbeigelaufen. Als er Markham sah, salutierte er.

»Kann ich etwas tun, Sir?«

»Sie können eine Ambulanz anfordern, Officer«, antwortete Markham mit heiserer, gepreßter Stimme. »Dies hier ist Sergeant Heath von der Mordkommission«, fügte er hinzu.

Der Beamte eilte davon zu seinem Telefonkasten an der 72. Straße.

»Und was soll ich jetzt tun?« jammerte Enright.

Vance übernahm die Antwort.

»Sie gehen nach Hause und gießen sich etwas Hochprozentiges ein, und dann versuchen Sie, die ganze Geschichte zu vergessen. Wenn wir Sie noch brauchen, melden wir uns.«

Enright wollte etwas sagen, doch er brachte nichts heraus, und schließlich drehte er sich um und schlurfte davon in den immer dichter werdenden Nebel.

»Lassen Sie uns gehen, Markham«, schlug Vance vor. »Wrede ist schließlich kein schöner Anblick, und der Sergeant wird sich schon um alles kümmern.« Er wandte sich an Heath. »Wir sind im Hause Coe, Sergeant. Kommen Sie nach, wenn die Ambulanz hier war.«

Heath nickte, blickte jedoch nicht auf. Er stand noch immer da, den Revolver in der Hand, und starrte wie ein Hypnotisierter den toten Wrede an.

»Wer hätte gedacht, daß ein Hund zu so was fähig ist!« murmelte er.

»Ich persönlich bin dem Dobermann sogar dankbar«, sagte Vance, mehr zu sich, auf dem Weg zurück zum Wagen.

Es waren nur zwei Blocks bis zum Haus Coe, und keiner sprach auf der Fahrt ein Wort; erst als wir in der Bibliothek saßen, brach Markham das Schweigen und versuchte, seiner Verwirrung Worte zu geben.

»Vance, das ist mir nicht geheuer – Ihr Interesse an diesem Dobermannpinscher, und dann fällt er so brutal über Wrede her. Und weiter bringt uns das auch nicht. Eine Bluttat nach der anderen geschieht, und wir tappen noch genauso im dunkeln wie im ersten Augenblick. Für Sie gibt es ja anscheinend eine Verbindung zwischen dem Scotchterrier und dem Dobermann. Können Sie mir denn erklären, weswegen Sie gestern zu Enright gegangen sind?«

»So kryptisch ist das nicht, mein lieber Markham.« Vance ging ziellos durch den Raum, musterte die Vasen und anderen Kunstwerke. »Als der Sergeant mir erzählte, Wrede habe einmal einen Hund besessen, spitzte ich sogleich die Ohren, denn Wrede war nicht im mindesten der Typ, der ein Tier geliebt hätte. Er war ein purer Egozentriker mit einem Minderwertigkeitskomplex, der ein wenig zum Gewalttätigen neigte – genauer gesagt war es jene Art von Egozentrik, die sich zwangsläufig entwickelt, um einen tiefsitzenden Mangel an Selbstvertrauen zu kompensieren. Er hatte einen scharfen, skrupellosen Verstand, aber er wußte nichts damit anzufangen. Und er brauchte ständig etwas, worauf er sein eigenes Gefühl der Unterlegenheit übertragen konnte. Es ist nichts Seltenes, daß Menschen wie er es mit unverständigen Tieren versuchen. Sie tun es nicht, weil sie eine innere Sympathie für diese Tiere spüren, sondern weil sie, wo sie schon keinen Eindruck bei ihresgleichen machen können, ein Tier einschüchtern und quälen und erniedrigen können, und daraus beziehen sie ein Gefühl der Überlegenheit. Das Tier wird zum Ventil ihrer Schwäche, und zugleich befriedigt es ihren übermächtigen Drang zu herrschen. Als ich hörte, daß Wrede einmal einen Hund besessen hatte, wollte ich diesen Hund sofort sehen, denn ich war mir sicher, daß er ihn mißhandelt hatte. Und als ich den Dobermann sah, seine verschüchterte, unterwürfige Art, da war mir klar, daß Wrede ihm Entsetzliches angetan hatte. Markham, diesem Dobermann stand im Gesicht geschrieben, daß jemand ihn geschlagen und mißhandelt hatte – und das paßte haargenau zu dem Bild, das ich von Wredes Charakter hatte.«

»Aber«, wandte Markham ein, »jetzt eben hat der Dobermann doch nicht die geringste Furcht vor Wrede gezeigt. Er hat ihn ohne Hemmungen angegriffen und – puh!«

»Er hatte sein Selbstvertrauen wiedergefunden«, erklärte Vance. »Enrights Freundlichkeit, die gute Behandlung nach den schrecklichen Erfahrungen, die er bei Wrede gemacht hatte, stärkten die Lebensgeister des Hundes, bis er schließlich Mut genug hatte, Wrede zu töten.«

Er setzte sich und zündete sich eine neue Zigarette an.

»Fast jeder Mensch kann zum Mörder werden, aber nur eine bestimmte Art von Mensch wird einen Hund so zurichten, wie es vorgestern abend mit dem Scotty geschehen ist. Mit dem Schlag, den er diesem kleinen Hund versetzte, ließ der Mörder am Tatort seine Visitenkarte zurück ... Verstehen Sie jetzt, warum ich unbedingt mehr über Wredes Dobermannpinscher wissen wollte?«

Markham beugte sich vor.

»Soll das heißen, Wrede ...?«

Vance hob die Hand.

»Nicht so schnell. Ich muß mit Liang reden. Einige Erklärungen stehen noch aus. Und vielleicht wird Liang jetzt eher bereit sein, sie uns zu geben.«

Gamble wurde geschickt, um den Chinesen zu holen, und in der Zwischenzeit traf Heath ein. Er war bleich und verstört. Er nickte uns nur geistesabwesend zu und setzte sich.

»Sie hatten recht, da war nichts mehr zu machen … Dieser ganze Fall, das ist doch nicht normal.« Er warf Markham einen hilflosen Blick zu. »Was machen wir denn jetzt, Chef?«

»Mr. Vance möchte sich mit dem chinesischen Koch unterhalten«, antwortete Markham schlaff.

»Das wird Ihnen auch nichts nutzen, Mr. Vance«, prophezeite der Sergeant düster.

Bevor Vance etwas entgegnen konnte, trat Liang vom Eßzimmer her ein und blieb respektvoll an der Tür stehen; er sah uns nicht an.

Vance erhob sich, ging zu ihm und hielt ihm sein Zigarettenetui hin.

»Bitte, Mr. Liang, nehmen Sie eine *Régie.*« Er sagte es, wie man mit einem Gleichrangigen spricht. »Unsere Unterhaltung soll kein Verhör sein. Es ist eine Konferenz, und wir möchten Sie um Ihre Mitarbeit bitten.«

Liang betrachtete Vance nachdenklich und gelassen. (Ich werde wohl nie verstehen, wie das Einverständnis zustande kam, das sich in jenem kurzen Augenblick, den die beiden sich musterten, zwischen ihnen einstellte.) Liang neigte den Kopf, murmelte ein »Danke« und nahm sich eine *Régie*, und Vance gab ihm Feuer.

Vance kehrte zu seinem Sessel zurück, und Liang setzte sich ebenfalls.

»Mr. Liang«, hob Vance an, »ich glaube, ich kann mir vorstellen, in welche Lage Sie durch die unglücklichen Ereignisse in diesem Hause geraten sind, und ich denke mir, auch Sie haben bemerkt, daß mir Ihre Notlage nicht ganz verborgen blieb. Sie haben, wenn ich das sagen darf, genau so gehandelt, wie ich in Ihrer Lage ebenfalls gehandelt hätte. Aber der Zeitpunkt ist gekommen, an dem Offenheit Weisheit ist – und ich hoffe, Sie vertrauen mir genug und glauben mir, wenn ich Ihnen versichere, daß für Sie keine Gefahr mehr besteht. Sie haben nichts mehr zu befürchten. Wir werden nichts mißverstehen. Ich selbst habe Sie, genaugenommen, ja von Anfang an nicht mißverstanden.«

Wiederum neigte Liang das Haupt und sagte:

»Ich würde Ihnen mit Freuden behilflich sein, wenn ich Gewißheit hätte, daß in diesem unglücklichen Hause die Wahrheit triumphiert und daß ich nicht der Dinge bezichtigt werde, die ein anderer so eingerichtet hat, daß ich ihrer bezichtigt werden soll.«

»Das kann ich Ihnen versichern, Mr. Liang«, erwiderte Vance ruhig. Und fügte dann mit Nachdruck hinzu: »Mr. Wrede ist tot.«

»Ah!« murmelte der Diener. »Das ist etwas anderes.«

»Unbedingt. Mr. Wrede wurde von einem Hund getötet, den er mißhandelt hatte.«

»Lao-tse sagt«, entgegnete Liang, »der, der die Schwachen mißhandelt, wird am Ende von seiner eigenen Schwachheit zerstört.«

Diesmal war es Vance, der in höflicher Zustimmung das Haupt neigte.

»Ich hoffe, der Tag wird kommen«, sagte er, »an dem die Weisheit des Tao-te-king auch in unserer westlichen Welt Gehör findet ... Doch noch, so beklagenswert das ist, fehlt uns die Einsicht in die östlichen Weisheiten, und ich kann Sie nur bitten, uns Licht in das Dunkel unserer Ratlosigkeit zu bringen ... Würden Sie uns berichten, was vorging – besser gesagt, was Sie sahen –, als Sie am Mittwoch abend zwischen acht und neun Uhr hierher zum Haus zurückkehrten?«

Liang rückte ein wenig in seinem Sessel hin und her und blickte Vance forschend an. Er zögerte zunächst und nahm einen tiefen Zug von der Zigarette, die Vance ihm angeboten hatte.

»Es war genau acht Uhr«, hob er dann mit gleichmäßiger Stimme an. »Als ich in die Küche kam, hörte ich Stimmen hier in der Bibliothek. Mr. Wrede und Mr. Archer Coe sprachen. Sie stritten sich. Ich versuchte nicht hinzuhören, aber die Stimmen wurden immer lauter, bis ich sie sogar in meinem Zimmer hörte. Mr. Coe protestierte heftig, und Mr. Wrede wurde immer wütender. Dann klang es, als rängen sie miteinander, ich hörte einen Schreckensschrei, dann einen Laut, als falle etwas Schweres zu Boden. Einen Moment lang war es still – danach ein Klirren, als ob Porzellan zerbricht. Dann wieder Stille. Ein paar Sekunden darauf hörte ich, wie jemand sich durch die Küche schlich und das Haus durch die Hintertür verließ. Vielleicht eine Viertelstunde lang wartete ich auf meinem Zimmer und überlegte, ob ich mich in Dinge einmischen sollte, die mich nichts angingen; dann kam ich zu dem Schluß, daß ich aus Treue zu meinem Arbeitgeber der Sache nachgehen sollte.

Ich kam also wieder aus meinem Zimmer und sah mich hier in der Bibliothek um. Es war niemand mehr hier, aber der kleine Tisch vor dem Sofa war umgestürzt. Ich richtete ihn auf, danach kehrte ich in die Küche zurück und saß dort etwa eine Stunde lang und las. Aber die Sache ließ mir keine Ruhe – es machte mich stutzig, daß Mr. Wrede nicht die Haustür genommen hatte, sondern heimlich durch die Küche verschwunden war. Ich ging nach oben zu Mr. Coes Schlafzimmer und klopfte an die Tür. Es kam keine Antwort. Ich klopfte noch einmal. Kein Laut. Ich probierte, ob die Tür verschlossen war; aber der Riegel war nicht vorgeschoben, und als ich sie öffnete, sah ich Mr. Coe in seinem Sessel sitzen, anscheinend eingeschlafen. Doch seine Gesichtsfarbe kam mir verdächtig vor. Ich ging zu ihm hin und stieß ihn an, aber er rührte sich nicht – und da wußte ich, daß er tot war … Ich verließ das Zimmer, schloß die Tür und kehrte in die Küche zurück.

Ich überlegte, wie ich mich am besten verhalten sollte, und beschloß, daß ich, da mich ja niemand gesehen hatte, als ich zum Haus zurückkehrte, noch einmal fortgehen und erst spät am Abend wiederkommen würde. Ich ging und besuchte Freunde. Als ich gegen Mitternacht zurückkehrte, machte ich großen Lärm, damit auch alle im Haus hörten, wann ich kam. Nach einer Weile kam ich noch einmal hier in die Bibliothek und sah mich sehr aufmerksam um, denn ich konnte mir nicht erklären, was am Abend hier vorgegangen war. Ich fand das Schüreisen im Kamin liegen, und es war Blut daran. Und ich fand den Dolch in der großen Ting-yao-Vase, der Yung-Cheng-Vase auf dem Tisch dort. Ich hatte sehr das Gefühl, daß jemand diese beiden Dinge mit Absicht dort zurückgelassen hatte, und mir ging auf, daß, wenn dort am Abend ein Mord verübt worden war, es offenbar aussehen sollte, als ob ich der Täter sei ...»

»Vollkommen richtig, Mr. Liang. Ich bin überzeugt, daß beide Waffen hier zurückgelassen wurden, um den Verdacht auf Sie zu lenken.«

»Ich verstand noch immer nicht ganz, was geschehen war«, fuhr der Chinese fort. »Aber ich hatte das Gefühl, es wäre besser für mich, wenn ich den Haken und den Dolch mitnähme und sie versteckte. Ich konnte mir ausmalen, wie leicht es sein würde, mich zu beschuldigen, wenn man diese Waffen in der Bibliothek fand, zumal sich vielleicht auch noch beweisen ließ, daß ich zur Tatzeit im Hause gewesen war. Außerdem handelte es sich um einen chinesischen Dolch, und man hätte leicht herausfinden können, daß ich die Art nicht eben guthieß, wie Mr. Archer Coe aus meinem Heimatland Antiquitäten fortschaffte, die dorthin gehörten.«

»Ja«, nickte Vance, »genauso hatte es sich der Mörder gedacht, da bin ich sicher ... Und als sich die Gelegenheit bot, brachten Sie beide Waffen in das Schlafzimmer oben?«

»So war es«, gab Liang zu. »Ich legte sie dorthin, als der Butler mich am nächsten Morgen zu Miss Lake hinaufschickte. Ich glaube, wenn ich begriffen hätte, wie ernst die Angelegenheit war und welche Komplikationen ich damit heraufbeschwor, hätte ich anders gehandelt. Den Ablauf des Verbrechens verstehe ich bis heute nicht. Die, wenn ich so sagen darf, Handgreiflichkeiten zwischen Mr. Wrede und Mr. Archer Coe fanden hier in der Bibliothek statt, doch seine Leiche saß oben im Zimmer.«

»Es wäre nicht denkbar«, fragte Vance, »daß Mr. Wrede nach dem Schlagabtausch Mr. Coe nach oben half?«

»Unmöglich.« Liang sagte es mit Nachdruck. »Schon ein paar Augenblicke nach dem Handgemenge hörte ich Mr. Wrede durch die Küche schleichen, und er verschwand durch die Hintertür.«

»Wie können Sie sicher sein, daß es Wrede war, Mr. Liang, wenn Sie ihn nicht gesehen haben?« fragte Vance.

Der Chinesc lächelte leise.

»In meinem Land sind die Sinne wacher als im Okzident. Ich hatte Mr. Wrede oft genug im Hause gehört und kannte seinen Schritt, und ich spürte, daß er es war.« Liang hielt inne und sah Vance an. »Und wäre es mir nun wohl gestattet, meinerseits eine Frage zu stellen?«

Vance gab sein Einverständnis mit einer Verbeugung.

»Fragen Sie mich, was Sie wollen, Mr. Liang, und ich werde versuchen, genauso offen zu sein, wie Sie es zu uns waren.«

»Wie sind Sie darauf gekommen, daß ich schon an dem Abend, an dem es geschah, von dem Verbrechen wußte?«

»Dafür hatte ich mehrere Indizien, Mr. Liang«, antwortete Vance, »aber Sie selbst haben es mir mit einem Versehen verraten. Als ich mich am nächsten Morgen zum erstenmal mit Ihnen unterhielt, sprachen Sie von einem tragischen Ereignis; und als ich fragte, woher Sie wüßten, daß ein solches Ereignis geschehen sei, erklärten Sie, Sie hätten Gamble telefonieren hören – als Sie das Frühstück zubereiteten.«

Liang sah Vance einen Moment lang fragend an. Dann ging es ihm auf, und ein Lächeln kräuselte seine Lippen.

»Jetzt verstehe ich«, sagte er. »Ich hatte das Frühstück schon bereitet, als der Butler telefonierte, denn das Verbrechen wurde ja erst entdeckt, als er Mr. Coe das Frühstück aufs Zimmer bringen wollte ... Ja, da habe ich mich verraten; aber nur einem klugen Mann wäre es aufgefallen.«

Vance nickte zum Dank für das Kompliment.

»Und nun möchte ich Ihnen noch eine Frage stellen, Mr. Liang. Warum haben Sie gestern um drei Uhr morgens, nach dem Attentat auf Mr. Grassi, so getan, als arbeiteten Sie in der Küche?«

Der Chinese blickte listig auf. »So getan?«

»Die Tinte war auf allen Papieren, die Sie so schön auf dem Tisch ausgebreitet hatten, trocken.«

Wieder machte sich auf Liangs asketischen Lippen ein Lächeln breit.

»Ich habe später überlegt, ob es Ihnen wohl aufgefallen war ... Um ehrlich zu sein, Mr. Vance, ich hielt Wache. Ein Geräusch hatte mich gegen halb drei in jener Nacht geweckt. Es war ein Schlüssel, der ins Schloß der Hintertür gesteckt wurde. Ich habe einen leichten Schlaf – und ich reagiere auf jeden Laut. Ich hörte, wie jemand durch die Küche in den Anrichteraum ging, dann ins Eßzimmer und von da in die Bibliothek ...«

»Erkannten Sie die Schritte?«

»Oh ja. Der, der da so behutsam ins Haus kam, war Mr. Wrede ... Nach dem, was ich nun wußte, traute ich ihm natürlich nicht, und ich hoffte, daß ich ihm, ich wußte nicht wie, eine Falle stellen könnte. Ich stand auf, zog mich an, schaltete sämtliche Küchenlampen ein und bezog meinen Posten am Tisch, als säße ich noch spät bei der Arbeit. Eine Viertelstunde später hörte ich, wie Mr. Wrede mit leisen Schritten wieder in den Anrichteraum kam, sich dann aber zurückzog, hierher zur Bibliothek. Ich wußte, daß er das Licht in der Küche gesehen hatte und sich nun nicht hineintraute. Von der Vordertür war nichts zu hören – und das wäre außer dem Fenster der einzige andere Weg gewesen, um das Haus zu verlassen –, und so beschloß ich, lieber zu bleiben, wo ich war.

Ein wenig später hörte ich Mr. Grassi um Hilfe rufen, und dann hörte ich den Butler telefonieren. Trotzdem fand ich es richtig, weiter in der Küche zu verharren, denn es war ja möglich, daß Mr. Wrede sich noch im Haus versteckt hielt und auf eine Chance wartete, durch die Hintertür zu entwischen. Als Sie dann eintraten und mich von dem Anschlag auf Mr. Grassi informierten, schlug ich das Herrenzimmerfenster vor. Ich konnte mir nicht erklären, wie Mr. Wrede sonst aus dem Haus gekommen sein konnte.»

Liang blickte traurig auf.

»Ich bedaure, daß meine Mühen nicht mehr Erfolg zeitigten, aber immerhin habe ich es Mr. Wrede nicht leicht gemacht.«

Vance erhob sich und drückte seine Zigarette aus.

»Sie waren uns eine große Hilfe«, sagte er. »Damit wäre eine ganze Reihe von Fragen geklärt. Wir sind Ihnen zu großem Dank verpflichtet.«

Er begleitete Liang zur Tür und reichte ihm die Hand. Der Chinese nahm sie und verneigte sich.

Kapitel 20
Die ganze Wahrheit

(Samstag, 13. Oktober, 6 Uhr 30 nachmittags)

Als Liang gegangen war, schickte Vance Gamble und ließ Hilda Lake herunterbitten. Als sie die Bibliothek betrat, informierte er sie als erstes, daß Wrede umgekommen war.

Sie sah ihn einen Moment lang an, hob die Augenbrauen, zuckte leicht mit den Schultern und sagte: »Kein großer Verlust für die Welt.«

»Zumal«, fuhr Vance fort, »ich vermute, daß Mr. Wrede der Mörder Ihrer beiden Onkel ist und auch den Anschlag auf Mr. Grassi verübte.«

»Das würde mich nicht wundern«, entgegnete die junge Frau kühl. »Ich hatte ihn von Anfang an als Onkel Archers Mörder im Verdacht – aber ich konnte mir nicht erklären, wie er es getan hatte. Sind Sie hinter seinen *modus operandi* gekommen?«

Vance schüttelte den Kopf.

»Nein, Miss Lake«, gestand er. »Diesen Teil der Aufgabe haben wir noch vor uns.«

»Aber warum hätte er Onkel Brisbane umbringen sollen?« fragte sie. »Onkel Brisbane stand doch auf seiner Seite.«

»Auch das ist ein Teil des Rätsels, den wir noch nicht gelöst haben. Irgendwo ist ein Fehler unterlaufen – ein Teil des Planes ging nicht auf.«

»Daß er es auf Mr. Grassi abgesehen hatte«, fügte Hilda Lake hinzu, »kann ich verstehen. Mr. Wrede war äußerst eifersüchtig auf Mr. Grassi.«

»Jeder kluge, intrigante Mann, der spürt, daß er unterlegen ist«, meinte Vance, »neigt zu extremer Eifersucht … Aber mich beschäftigt heute abend etwas anderes, und dazu möchte ich Sie befragen. – Sagen Sie mir, Miss Lake, welchen Grund könnte Brisbane gehabt haben, Archer umzubringen?«

Vance' Frage verblüffte mich, und ich sah, daß auch Markham und Heath ihn ungläubig ansahen. Aber Hilda Lake nahm die Frage auf, als sei es eine ganz normale Unterhaltung.

»Ach, da gäbe es eine ganze Reihe von Gründen«, antwortete sie ruhig. »Es herrschte eine tiefe Feindseligkeit zwischen den beiden. Onkel Brisbane war ein ehrgeiziger Mann voller Pläne, aber er konnte nie etwas machen, weil Onkel Archer alles Geld unter Kontrolle hatte. Das pekuniäre Motiv wäre also das erste. Dann war Onkel Brisbane der Ansicht, daß Onkel Archer mich schlecht behandelte, und setzte sich sehr für meine Heirat mit Mr. Wrede ein. Onkel Archer war, wie Sie wissen, ein überzeugter Gegner dieser Verbindung.«

»Und Sie, Miss Lake?«

»Oh«, erwiderte sie leichtfertig, »ich fand, es war eine gute Idee. Mr. Wrede war eine umgängliche Seele, und er hätte mich nicht im geringsten behindert – und ich konnte es gar nicht erwarten, aus diesem Irrenhaus fortzukommen. Ich kannte seine Schwächen, aber solange er sein Leben lebte und ich meines …«

»Doch vielleicht«, schlug Vance vor, »änderte die Ankunft von Mr. Grassi Ihre Einstellung ein wenig?«

Zum erstenmal, seit ich sie kannte, sah ich einen sanften, femininen Ausdruck in Hilda Lakes Augen.

»Vielleicht, wie Sie sagen«, antwortete sie mit leiser Stimme, »änderte die Ankunft von Mr. Grassi etwas.«

Vance erhob sich.

»Dann möchte ich«, sagte er, »Ihnen beiden alles Gute wünschen, Miss Lake.«

Das Abendessen nahmen wir in Vance' Wohnung ein. Markham und Vance waren beide nicht recht bei der Sache, denn der Fall war zu keinem befriedigenden Abschluß gekommen – zu vieles blieb unerklärt, zu viele Glieder in der Kette der Rekonstruktion fehlten noch immer. Doch bevor der Morgen kam, sollten alle Rätsel sich lösen, und jeder einzelne Schritt dieses abscheulichen Verbrechens, jeder Faktor, so verwirrend und widersprüchlich er war, klärte sich auf.

Die Art, wie die letzte Erklärung sich einstellte, war so absonderlich wie alles an diesem Fall. Wir saßen nach dem Essen beisammen in Vance' Bibliothek und redeten.

»Zufrieden bin ich nicht«, brummte Markham. »Es gibt noch zu vieles, was ich nicht verstehe und was keine Erklärung gefunden hat. Warum sollte Wrede Brisbane ermorden? Wie kam der Revolver in Archers Hand – und wieso die Kugel im Kopf, lange nachdem er tot war? Warum die verschlossene Tür und der ungeheure Aufwand, der getrieben wurde, um sie zu verschließen? …«

Vance rauchte eine ganze Weile lang in bedrücktem Schweigen.

»Man kommt nicht dahinter«, murmelte er. »Ich kann nicht verstehen, wie Archer nach oben gekommen ist, nachdem man ihn unten in der Bibliothek erstochen hatte. Nach Liangs Erzählung kann ja kaum ein Zweifel bestehen, daß die Tat dort geschehen ist.«

»Da bin ich mir nicht so sicher, Vance«, wandte Markham ein. »Wenn das stimmte, müßten wir ja annehmen, daß ein Toter die Treppe hinaufgegangen ist.«

Vance legte den Kopf schief.

»Ich weiß«, sagte er nachdenklich. Plötzlich sprang er auf und stand vor Markham, erregt und angespannt. »Ein Toter ging die Treppe hinauf«, wiederholte er mit heiserer Stimme. »Das ist es! Das ist die Lösung zu allem … Jawohl, Markham« – und er nickte heftig dazu – *»ein Toter ging die Treppe hinauf!«*

Markham betrachtete ihn mit gutmütiger Sorge.

»Aber, aber, Vance«, sagte er in sanften, väterlichen Tönen. »Die Sache setzt Ihnen zu. Trinken Sie noch einen Schluck, und dann gehen Sie zu Bett …«

»Nein, Markham, glauben Sie mir«, unterbrach ihn Vance, den Blick starr nach vorne gerichtet. »Genau das ist vorgestern abend geschehen. Archer Coe – bereits ein toter Mann – ging nach oben. Und das Entsetzliche daran, Markham, das ist: *Er wußte nicht, daß er tot war!*«

Vance drehte sich hastig um und bückte sich zu einer Reihe dicker Quartbände auf den unteren Brettern seines Bücherregals. Er fuhr mit dem Finger die Rücken entlang, bis er beim Band »E« angelangt war. Er schlug die Seiten um und fand, wonach er suchte. Er überflog die eng gedruckten Spalten.

»Hören Sie zu, Markham«, sagte er. »Hier haben wir den historischen Fall einer Toten, die noch auf den Beinen war.« Er las uns aus dem Lexikon vor: *»›Elisabeth (Amélie Eugénie), 1837–1898, Gemahlin des Kaisers Franz Joseph von Österreich, Tochter des Herzogs Maximilian Joseph von Bayern und der Louisa Wilhelmina, geboren am 24. Dezember 1837 am Starnberger See ....‹«* Er blätterte weiter. »Hier ist der Absatz zu ihrem Tod: *›Elisabeth verbrachte einen Großteil ihrer Zeit mit Reisen in Europa, oder sie weilte in dem Palast, den sie sich auf Korfu bauen ließ. Am 10. September 1898 war sie mit ihrem Gefolge auf den Straßen von Genf unterwegs, auf dem Weg vom Hotel zum Dampfer, als ein Anarchist namens Luigi Luccheni plötzlich auf die Straße sprang und ihr eine Schuhmacherahle in den Rücken stach. Die Polizei ergriff den Mann unverzüglich und wollte ihn abführen, doch die Kaiserin gebot Einhalt und befahl, ihn loszulassen. ›Er hat mich ja gar nicht verletzt‹, sagte sie, ›und ich möchte ihm für diesmal vergeben.‹ Sie ging weiter zum Dampfer, ein Weg von gut achthundert Metern, und sprach von Deck noch einige Worte zum Abschied. Dann zog sie sich in ihre Kabine zurück und legte sich hin. Stunden später fand man sie tot. Luccheni hatte sie verwundet, ohne daß sie es bemerkt hatte, und erst nach einigen Stunden war sie an den inneren Blutungen gestorben. Dies war das letzte einer langen Reihe von Unglücken, die dem Kaiser widerfuhren, und ganz Europa war in Aufruhr deswegen.‹«*

Vance schloß das Buch und warf es auf den Tisch.

»Verstehen Sie jetzt, was ich meine, Markham?« fragte er. »Ein Toter kann die merkwürdigsten Dinge tun und gar nicht wissen, daß er tot ist ... Aber warten Sie, ich habe noch ein anderes Buch hier ...«

Er ging zu einem anderen Regal und zog einen schwarzen, goldgeprägten Band hervor.

»Eine Rarität, Markham – ›An Old Gate of England‹ von A. G. Bradley.* ... Da gibt es eine Passage, die ich Ihnen vorlesen möchte. Im Kapitel über Rye, wenn ich mich recht erinnere.« Er blätterte darin. »Es ging, glaube ich, um einen Besuch des Herzogs von Cumberland in Rye, zur Inspektion der Festungsanlagen, und Mr. Lamb, der damals noch Bürgermeister war, bewirtete ihn ... Ah, hier haben wir es – ich hoffe nur, ich langweile Sie nicht: ›*Die folgende Erzählung verdanke ich dem letzten Nachfahren der Familien Lamb und Grebell, die heute in Rye fast ausgestorben sind. Zu dem Mord an Grebell, der von besagtem Haus seinen Ausgang nahm, konnte mein Informant mir Einzelheiten berichten, die dem lokalen Chronisten nicht oder nicht vollständig bekannt waren, und sie sind, physiologisch gesprochen, von Interesse. Mr. Grebell hatte mit seinem Schwager Lamb zu Abend gegessen, und da er noch etwas in der Stadt zu erledigen hatte, borgte er sich anschließend dessen scharlachroten Mantel. Auf dem Rückweg über den Friedhof spürte er, wie jemand ihn, wie er glaubte, anstieß, und er rief nur «Fort mit dir, du betrunkener Schurke» und ging weiter zum Haus Lamb, ohne sich etwas dabei zu denken. Er berichtete von dem Vorfall, und als die Familie zu Bett gehen wollte, sagte er, er sei so müde, er werde nicht nach Hause gehen, sondern in dem Sessel am Kamin nächtigen. Am nächsten Morgen fand man ihn tot, mit einer Stichwunde im Rücken, die zu inneren Blutungen geführt hatte.*‹** Verstehen Sie, Markham? Erinnern

* A. G. Bradley, »An Old Gate of England« (»The English Countryside Series«), erschienen bei Robert Scott , London, 1917.
** Bradley, »An Old Gate«, S. 64.

Sie sich, was Doktor Doremus gesagt hat? ›Innere Blutungen‹! Das ist die Erklärung – das ist der Schlüssel zu allem. Das erklärt, wie Archer seinen tödlichen Stich in der Bibliothek versetzt bekam und trotzdem noch nach oben ging.«

Markham erhob sich und ging im Zimmer auf und ab.

»Gütiger Himmel!« Er sprach so leise, er war kaum noch zu hören. »Das ist also die Erklärung! Kein Wunder, daß wir nicht dahintergekommen sind, was in jener Nacht dort vorging. Unglaublich ist das!«

Vance hatte sich erleichtert wieder in seinen Sessel sinken lassen. Er war zu neuem Leben erwacht, wie ein Mann, der mitten im feindlichen Dschungel plötzlich auf eine einladende Siedlung gestoßen ist.

»Wirklich, Markham«, sagte er mit einem leichten Augenaufschlag und zog das Etui mit seinen geliebten *Régie*s hervor, »das werde ich Ihnen nie verzeihen können – niemals! *Sie* sind auf die Lösung zu diesem Fall gekommen. Dabei habe ich es die ganze Zeit gewußt und konnte nur die Fäden nicht verknüpfen.«

Markham blieb mit einem Ruck stehen.

»Was soll das heißen, ich hätte die Lösung gefunden?«

»Waren Sie es denn nicht«, fragte Vance milde, »der gesagt hat, die einzige Erklärung für unser Dilemma sei, daß ein Toter die Treppe hinaufgegangen sei? ... Nein, Markham, das kann ich Ihnen nicht verzeihen.«

Markham setzte sich und stieß einen lästerlichen Fluch aus. Dann paffte er eine Weile schweigend.

»Die innere Blutung erklärt vieles«, gestand er schließlich zu. »Aber warum Brisbane sterben mußte und warum die Tür verriegelt war, das verstehe ich immer noch nicht.«

»Und doch paßt alles wunderbar zusammen«, erwiderte Vance, »jetzt wo wir den Schlüssel haben.«

Er lehnte sich in seinem Sessel zurück und streckte die Beine aus. Er nahm mehrere Züge von seiner Zigarette und hatte die Augen halb geschlossen.

»Ich glaube, Markham, ich kann die unglaublichen Dinge, die sich am Mittwoch abend im Hause Coe zugetragen haben, jetzt rekonstruieren ... Ich habe meine Zweifel, ob Wrede tatsächlich vorhatte, Archer Coe an jenem Abend zu erstechen. Mit dem Gedanken trug er sich wahrscheinlich schon lange, denn offensichtlich hatte er ja Vorsorge getroffen und sich einen Nachschlüssel zur Hintertür verschafft. Aber ich könnte mir vorstellen, daß er am Mittwoch nur einfach ein ernstes Wort mit Archer reden wollte und nicht erwartete, daß es zum Äußersten kommen würde. Er hatte diesen Abend dazu ausersehen, Archer davon zu überzeugen, daß er genau der Richtige für Hilda Lake war. Archer war anderer Meinung – und sagte es deutlich. Das dürfte der Streit gewesen sein, den Liang mit anhörte. Ich male mir aus, daß dieser Streit den Punkt erreichte, an dem es zu Handgreiflichkeiten kam. Der Schürhaken war zur Hand, und Wrede mit seinem entsetzlichen Minderwertigkeitskomplex war genau der Mann, der, um sich durchzusetzen, zur Waffe griff. Er schnappte sich den Haken und versetzte Archer damit einen Schlag auf den Kopf.

Archer fiel nach vorn gegen den Tisch, warf ihn um und brach sich eine Rippe. Wrede war in der Zwickmühle. Aber wieder packte ihn sein Gefühl der Unterlegenheit. Er sah sich im Zimmer um, erblickte den Dolch in der Vitrine, nahm ihn heraus und stach ihn dem am Boden liegenden Archer in den Rücken ... Die Tat war begangen. Er hatte seinen Mut bewiesen und hatte alle Hindernisse aus dem Weg geräumt. Er glaubte, er sei allein mit Archer im Haus; aber wenn der Verdacht sich auf einen anderen lenken ließ, um so besser. Sogleich kam ihm Liang in den Sinn, von dem er schon immer vermutet hatte, daß er mehr als nur ein Diener war. Er malte sich aus, daß der Verdacht wie selbstverständlich auf Liang fallen würde, wenn er den chinesischen Dolch in der Bibliothek liegen ließ. Er warf ihn in die Ting-yao-Vase. Aber er warf zu fest. Die Vase zerbrach – und wieder war Wrede in der Zwickmühle. Er nahm den Dolch und steckte ihn in die zweite Vase auf dem Tisch. Dann las er die Tingyao-Scherben zusammen, trug sie durch die Küche und warf sie in den Mülleimer hinter dem Haus. Den Schürhaken hatte er wieder an seinen Platz am Kamin gesteckt. Und er verließ das Haus durch die Hintertür, huschte hinter der Hecke des unbebauten Grundstücks nach drüben, öffnete die Pforte zur Rückseite seines Apartmenthauses und ging in seine Wohnung.»

»So weit, so gut«, sagte Markham. »Aber was ist mit Brisbane?«

»Brisbane? Ah ja. *Er* war eine schwere Komplikation. Aber Wrede wußte nichts davon ... Soweit ich es sehe, Markham, hatte Brisbane sich just diesen Abend ausgesucht, um Archer ins Jenseits zu befördern. Die Fahrt nach Chicago war nur die Fassade. Mit seinen kriminologischen Kenntnissen und seinem scharfen Verstand hatte er sich einen perfekten Plan ausgedacht, um seinen Bruder aus dem Wege zu räumen und es so einzurichten, daß es wie ein Selbstmord aussah. Natürlich wählte er den Mittwochabend, wo er wußte, daß Archer allein im Haus sein würde. Er sorgte für sein Alibi, indem er Gamble anwies, einen Platz im 5-Uhr-15-Zug nach Chicago für ihn zu buchen. In Wirklichkeit wollte er zum Haus zurückkehren und dann einen späteren Zug nehmen. Es war ein ausgezeichneter Plan, und eine Entdeckung hatte er kaum zu befürchten. Und er kam tatsächlich zurück zum Haus, Markham, mit der festen Absicht, Archer zu töten ...«

»Aber ich verstehe immer noch nicht ...«

»Oh, das ist ganz einfach«, fuhr Vance fort. »Aber bevor Brisbane an jenem Abend wieder im Hause eintraf, geschahen seltsame, ungeheuerliche Dinge. Etwas kam ihm in die Quere, und statt daß er das perfekte Verbrechen schuf, verstrickte sich Brisbane in Geschehnisse, die weitaus diabolischer waren als alles, was er sich ausgedacht hatte ...«

Vance richtete sich in seinem Sessel auf.

»Denn inzwischen war einiges geschehen: Archer kam nach dem Hieb mit dem Schürhaken wieder zu sich, und da er die Wunde im Rücken nicht bemerkte, ging er nach oben auf sein Zimmer. Die Rollos waren noch nicht heruntergezogen, und Wrede, der von seiner Wohnung aus quer über das unbebaute Grundstück das Haus beobachtete, konnte ihn sehen ... Keiner wird je erfahren, was Coe in jenen Augenblicken durch den Kopf ging. Aber es liegt nahe, daß er wütend auf Wrede war, und wahrscheinlich setzte er sich hin, um ihm einen Brief zu schreiben, in dem er ihm verbieten wollte, jemals wieder einen Fuß in sein Haus zu setzen. Er wurde müde – vielleicht erdrückte das Blut ihm allmählich die Lungen. Der Federhalter fiel ihm aus den Fingern. Er versuchte noch, sich auszukleiden. Er zog Jacke und Weste aus und hängte sie ordentlich in den Schrank. Dann zog er seinen Hausmantel an, knöpfte ihn zu, zog den Gürtel zu und schloß ihn mit einer Schleife. Er ging an die Fenster und zog die Rollos hinunter. Das zehrte beinahe alles auf, was an Leben noch in ihm war. Er wollte noch seine Pantoffeln anziehen, doch der schwarze Nebel des Todes umhüllte ihn zusehends. Für ihn war es Erschöpfung – wahrscheinlich stellte er sich vor, daß er von dem Schlag, den Wrede ihm versetzt hatte, benommen war. Er setzte sich in seinen Sessel. Aber, Markham, *er stand nicht mehr auf*. Er kam nicht mehr dazu, seine Schuhe zu wechseln. Er saß da, und der Nebel erstickte ihn! ...«

»Gütiger Himmel, Vance«, stöhnte Markham. »Das ist ja entsetzlich!«

»Es war eine makabre Lage«, fuhr Vance fort, »und Schritt folgte logisch auf Schritt ... Aber malen Sie sich aus, wie Wrede zumute gewesen sein muß, als er zu seinem Fenster hinaussah und den Mann, den er ermordet hatte, durch sein Zimmer gehen sah – er sah, wie er sich an den Schreibtisch setzte, wie er Jacke und Weste auszog, wie er seinem ganz normalen Leben nachging, als sei überhaupt nichts geschehen!«

Vance nahm mehrere tiefe Züge von seiner Zigarette und

streifte die Asche in einem Schälchen ab, das er neben sich stehen hatte.

»Liebe Güte, Markham! Malen Sie sich Wredes Verblüffung aus! Er hatte einen Mann erstochen, aber er blickte aus dem Fenster und sah diesen Mann, der sich benahm, als sei nichts geschehen. Wrede mußte die ganze Sache neu aufrollen. Er durfte keinen Fehler machen. Er wußte, daß er Archer Coe einen tödlichen Dolchstoß versetzt hatte. Aber Archer lebte – und würde ihn zur Verantwortung ziehen. Und vergessen Sie nicht, das Licht in Archer Coes Zimmer brannte weiter. Verzweifelt fragte sich Wrede immer und immer wieder, was hinter diesen vorgezogenen Springrollos vorging. Das Unerklärliche der Lage muß ihm angst gemacht haben, aber noch mehr quälten ihn gewiß seine eigenen Spekulationen über das, was hinter diesen Vorhängen geschah … Ich möchte in den Stunden zwischen acht und zehn Uhr an jenem Abend nicht in Wredes Schuhen gesteckt haben. Es mußte etwas geschehen, das begriff er – eine weitere Tat war gefordert. Aber er hatte keinerlei Anhaltspunkt, er wußte nicht, was vorging: er hatte nichts außer seiner eigenen Phantasie …«

»Und er kam noch einmal zurück«, hauchte Markham.

»Jawohl.« Vance nickte. »Er kam zurück. Es ging nicht anders! Aber in der Zeit, die er gezögert hatte, war etwas Unvorhergesehenes, etwas Unglaubliches geschehen. Brisbane war zurückgekehrt – heimlich, er hatte mit seinem eigenen Schlüssel die Tür geöffnet. Er war zurückgekehrt, um seinen Bruder zu ermorden! Er warf einen Blick in die Bibliothek: die Lichter brannten, aber Archer war nicht da. Er ging zum Schreibtisch und holte den Revolver aus der Schublade. Dann ging er nach oben. Vielleicht sah er das Licht in Archers Schlüsselloch. Er öffnete die Tür …«

Vance hielt inne.

»Wissen Sie, Markham, ich denke mir, daß Brisbane an alles gedacht hatte. Er hatte sich einen Plan ausgedacht, wie er Archer umbringen, ihn mit dem Revolver in der Hand in sein Zimmer setzen und die Tür von außen verriegeln konnte, so daß es aussehen würde wie Selbstmord. Und als er Archer, anscheinend eingeschlafen, in seinem Sessel sitzen sah, da muß es ihm vorgekommen sein, als meinten die Götter es gut mit ihm. Ich sehe es vor mir, wie er auf Zehenspitzen zu dem Sessel schleicht, in dem sein Bruder sitzt. Ich sehe es, wie er Archer den Revolver an die rechte Schläfe hält und abdrückt – die Art, wie Archer den Kopf nach links geneigt hatte, kam von der Wucht der Kugel. Und ich sehe Brisbane, wie er Archer den Revolver in die Hand drückt und zur Tür zurückkehrt, wie er seine komplizierten Fäden spannt, mit denen er vom Flur aus die Tür von innen verriegelt … Meine Güte, Markham, was für ein Bild! – Brisbane, der einen Toten erschießt und dann unter unendlichen Mühen alles herrichtet, daß es wie ein Selbstmord aussieht!«

»Gütiger Himmel!« rief Markham.

»Doch während diese tragische Farce ihren Lauf nahm«, fuhr Vance fort, »kam Wrede zu einem Entschluß. Er beschloß, daß er noch einmal zu Archer Coe gehen und zu Ende bringen mußte, was ihm anscheinend beim erstenmal nicht gelungen war. Er dachte an die Ting-yao-Vase, die er zerbrochen hatte, und da er wohl fürchtete, daß ihr Fehlen bemerkt würde, nahm er eine auf den ersten Blick ähnliche Vase aus seiner eigenen kleinen Sammlung und nahm sie mit zurück zum Haus Coe. Das dürfte, würde ich vermuten, gegen zehn Uhr gewesen sein … Wrede öffnete im Garten hinter dem Apartmenthaus das Tor zum freien Grundstück und ließ es angelehnt; und das war der Moment, in dem der Scotty ihm auf seinem Weg zu weiterer Untat folgte. Er betrat das Haus Coe durch die Hintertür, die er offenließ – und der Scotty lief hinein. Alles im Haus war dunkel und still. Durch die Eßzimmertür ging er in die Bibliothek und stellte seine minderwertige Vase auf den Teakholzsockel, wo die Ting-yao-Vase gestanden hatte. Er holte den Dolch aus seinem Versteck in der anderen Vase und ging in den Flur …«

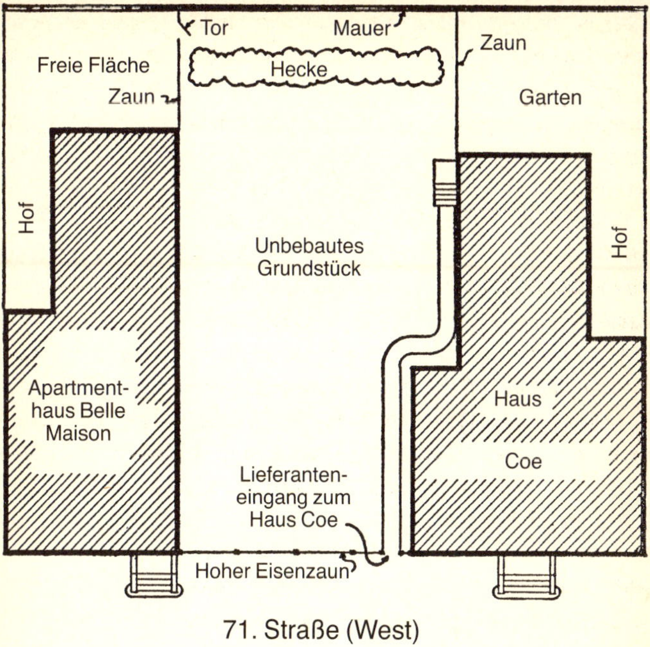

Lageplan: Belle Maison, Haus Coe und das unbebaute Grundstück

Vance setzte sich ein wenig aufrechter in seinen Sessel.

»Und als er in der Tür stand, Markham, da sah er eine Gestalt, die die Treppe vom ersten Stock herunterkam. Er hatte das Licht in der Bibliothek brennen lassen, aber es war nicht hell genug, um wirklich zu sehen, wer es war. Für Wrede war der, der da die Treppe herunterkam, Archer. (Archer und Brisbane hatten ja ungefähr die gleiche Statur und sahen sich auch recht ähnlich.) Wrede versteckte sich hinter den Vorhängen an der Bibliothekstür, den Dolch in der Hand, und wartete auf den richtigen Augenblick. Die dunkle Gestalt langte am Fuße der Treppe an und ging zur Garderobe am Ende des Flurs – Brisbane ging, das liegt auf der Hand, Mantel und Hut holen, die er bei seiner Ankunft dort gelassen hatte. Aber Wrede mit seiner aufgeputschten Phantasie malte sich aus, daß Archer das Haus verlassen wolle, um von seinem Angriff zu berichten – ihn vielleicht bei der Polizei anzuzeigen. Er wußte nicht, was vorging, aber für ihn stand fest, daß er in Gefahr war. Und er war entschlossener denn je, Archer ein für allemal aus dem Weg zu räumen …

Brisbane, stelle ich mir vor, hatte eben die Fäden, mit denen er Archers Tür verschlossen hatte, in die Manteltasche gesteckt, da kam Wrede lautlos von hinten heran und stach ihm den Dolch in den Rücken. Er ging sogleich zu Boden, und Wrede, der ja immer noch glaubte, daß er Archer vor sich habe, schob den Toten in den Schrank und schloß die Tür. Er ging zurück zur Bibliothek, und das dürfte der Punkt gewesen sein, an dem er den Scotty bemerkte, der ihm ins Haus gefolgt war. Er beschloß, daß es das Sicherste war, wenn er den Hund auf der Stelle beseitigte. Vielleicht hat er gebellt oder sonst Laut gegeben, als Wrede über ihn stolperte, und Wrede war nicht in der Verfassung, um einer neuen Komplikation noch logisch zu begegnen. Er steckte den Dolch wieder in die Vase und griff zum Schürhaken. Damit versetzte er dem Scotty einen Schlag auf dem Kopf – die einfachste und unmittelbarste Art, mit dieser neuen Bedrohung, die sein Verstand nicht mehr bewältigen konnte, fertigzuwerden. Der Hund war unerwartet aufgetaucht, er war unberechenbar …

Wir dürfen wohl annehmen, daß der Mann inzwischen in Panik war – und Grund hatte er ja genug dazu. Er schaltete nicht einmal mehr das Bibliothekslicht aus. Die ganze Sache war schwindelerregend. Er nahm die Hintertür und ging nach Hause, im Glauben, Archer liege tot im Garderobenschrank. Als Gamble ihn dann am nächsten Morgen rief, mußte er feststellen, daß Archer nach wie vor in seinem Schlafzimmer war, hinter verschlossener Tür! Dem Mann muß zumute gewesen sein, als sei die ganze Welt verrückt geworden. Ich nehme an, im ersten Moment, in dem Gamble nicht hinsah, stürmte er zum Schrank auf dem Flur, um zu sehen, ob er, wenn man so sagen kann, noch bei Verstand war; und was er dort sah, war der tote Brisbane. Da muß ihm die Wahrheit zumindest gedämmert haben. Er hatte seinen Freund, seinen Verbündeten erstochen – aus Versehen! Welche Höllenqualen muß sein Verstand gelitten haben! Zumal er sich ja fragen mußte, wie Archer zu Tode gekommen war … Ich finde, da ist es geradezu verblüffend, in wie guter Verfassung er war, als wir hier eintrafen. Kalte Verzweiflung war wohl das einzige, was ihm noch blieb …»

Markham ging rastlos im Zimmer auf und ab.

»Jetzt verstehe ich«, murmelte er, wie zu sich selbst. Er blieb stehen, drehte sich mit einem Ruck um. »Aber wieso hat Wrede dann noch versucht, Grassi umzubringen?«

»Das war nur logisch und paßte zu seinem Charakter«, antwortete Vance. »Miss Lake hat uns die Erklärung schon geliefert – mörderische Eifersucht auf seinen erfolgreicheren Rivalen. Wrede glaubte, er habe uns Sand in die Augen gestreut, und diese Überzeugung gab ihm Selbstvertrauen. Er wußte, wo der Dolch zu finden war, er kannte die Gebräuche im Hause Coe, er hatte einen Schlüssel zur Hintertür, und er wußte wahrscheinlich auch, daß Grassis Tür sich nicht verschließen ließ. Er grämte sich über den Verlust der reichen Braut, bis er es nicht mehr aushielt und dem Drang nachgab, dem – wie er glaubte – erfolgreichen Mord an Archer den Mord an Grassi folgen zu lassen. Damit wäre sein Sieg über die Kräfte, die ihn gedemütigt hatten, vollkommen gewesen. Wieder war die innere Schwäche der Antrieb zu seiner Tat. Und wäre nicht Liang mit seinem Scharfblick gewesen – den Wrede unterschätzte – und hätte nicht Grassi im entscheidenden Moment den Arm gehoben, dann wäre ihm auch das noch gelungen.«

»Aber«, fragte Markham, »wie sind Sie denn überhaupt auf die Idee gekommen, daß Wrede der Mörder war?«

»Durch den Scotty, Markham. Als ich erst einmal wußte, daß

er Higginbottom gehörte«, erklärte Vance, »wußte ich auch bald, daß er ihn seiner *inamorata* geschenkt hatte und daß diese im Apartmenthaus Belle Maison wohnte. Ich folgte der Spur des Scottys, und als ich erfuhr, daß der kleine Hund ins Nachbarhaus gehörte, ging ich der Sache nach. Ich erfuhr von einem grundehrlichen irischen Dienstmädchen, daß Higginbottom und seine Herzensdame – eine Miss Delafield – zu der Zeit, als Coe ermordet wurde, bei einem Abschiedsessen saßen. Ich hatte ja den Gedanken, eine Blondine mit Lippenstift von Duplaix könnte den Hund schon früher am Abend ins Haus gelassen haben. Miss Delafields Lippenstift war tatsächlich ein Duplaix, und sie war auch tatsächlich vor halb acht bei Archer Coe gewesen, aber den Scotty hatte sie nicht mitgebracht; der war noch nach neun an jenem Abend in der Delafieldschen Wohnung und verschwand erst zwischen neun und halb elf, zu welcher Stunde das Dienstmädchen mit der Suche nach ihm begann. Was ich ebenfalls erfuhr, das war, daß der Scotty nur zum Haus Coe gekommen sein konnte, wenn jemand die Pforte aufgeschlossen hatte, die vom Belle Maison auf das leere Grundstück neben dem Coe-Anwesen führt. Und ich erfuhr, daß der Scotty aus dem Belle Maison nicht anders fortkonnte als durch den hinteren Hof. Nur jemand, der die Pforte aufgeschlossen hatte und durch die Hintertür ins Haus Coe gegangen war, hätte den Scotty mit ins Haus bringen können. Und der einzige, der das gewesen sein konnte, war Wrede.«

*

Im Jahr darauf heirateten Hilda Lake und Grassi, und allem Anschein nach sind sie ein glückliches Paar. Miss MacTavish blieb bei Vance. In den Tagen, die er sie gesundgepflegt hatte, hatte er sich mit dem kleinen Hund angefreundet, und die Romanze (wenn man es so nennen will) zwischen Higginbottom und Doris Delafield erlitt kurz nach ihrer Rückkehr aus Europa Schiffbruch. Nach dem Bruch mit dem Major hatte sie kein Interesse mehr an dem Terrier, und Higginbottom, der in dem vagen Gefühl lebte, Vance habe ihm einen Gefallen getan, schenkte ihm die Hündin. Vance steckte sie zunächst in seinen Zwinger, aber sie wurde nicht glücklich dort, und so nahm er sie schließlich in seine Wohnung. Er hat sic noch immer, und die Freundschaft dürfte wohl lebenslang sein. Manchmal denke ich, Vance würde sich eher von einem seiner geliebten Cézannes trennen als von der kleinen Miss MacTavish.

Nachwort

Vier Jahre lang, eine amerikanische Wahlperiode also, ist John F.-X. Markham Bezirksstaatsanwalt des Countys New York im Staate New York. In dieser Zeit hat er es sich zur Angewohnheit gemacht, bei spektakulären Mordfällen, die zu seiner Kenntnis gebracht werden – Routinefälle erledigt die Mordkommission eher selbständig bzw. unter seiner nominellen Oberleitung –, seinen Studienfreund Philo Vance hinzuzuziehen. Vance entstammt einer der reichsten Familien der Ostküste, deren Namen jeder kennt, weshalb ›Vance‹ ein Pseudonym ist. Sein Träger hat in Harvard und Oxford studiert, kann von seinem Vermögen leben und führt so das Leben eines vornehmen ›Dilettanten‹ im Sinne des 18. Jahrhunderts, der sich ganz seinen Reisen, seinen breit gestreuten wissenschaftlichen Studien, zu denen auch die Kriminologie gehört, und seinen Sammlungen widmen kann. Seine vielfältigen Aktivitäten und seine Vermögensinteressen erfordern die Arbeitskraft eines eigenen Anwalts, eben »S. S. van Dine«, der ganz im Dienst an seinem Freund aufgeht. Er begleitet Markham und Vance durch ihre Fälle, macht sich Notizen und formt später, als Markhams Amtszeit abgelaufen ist, daraus seine »Mordfall«-Berichte, in denen er selbst nur als alles registrierende und aufzeichnende Kamera erscheint, weshalb der Leser häufig seine Anwesenheit auf der Szene übersieht oder regelrecht vergißt.

Daß Markham den Langschläfer Philo Vance für dessen Verhältnisse sehr früh am Morgen des 11. Oktober, einem Donnerstag, aufsucht, ist eher ungewöhnlich, wie es auch außerhalb der Routine ist, daß Markham selbst alarmiert worden ist, scheint doch ein schlichter Selbstmord vorzuliegen: Durchs Schlüsselloch der von innen verriegelten Schlafzimmertür konnte der Butler seinen Herrn, Archer Coe, in einem Sessel sitzen sehen, eine Wunde in der rechten Schläfe und einen Revolver in der rechten Hand. Da der mit im Hause lebende Bruder Brisbane

Coe verreist ist, alarmiert der Butler einen Freund des Hauses, beiden erscheint die Angelegenheit nicht recht geheuer, und da sie wissen, daß der Tote und Markham sich kannten, benachrichtigen sie den Bezirksstaatsanwalt.

Auch Vance kannte den Toten von gemeinsamen Interessen her als Besitzer einer hochkarätigen Sammlung chinesischer Keramik, und auch ihm erscheint der Selbstmord nicht so recht plausibel. Ein Mord hätte durchaus nahe gelegen, hatte der generell wenig beliebte Verblichene doch bisweilen durch an Betrug grenzende Praktiken einige Stücke an sich gebracht; ja, selbst Grabschändungen in China wurden ihm nachgesagt. Aber Selbstmord? Welcher Sammler erschießt sich denn, wenn er am Tag vorher zwei exzellente Vasen für seine Sammlung erworben hat, fragt Vance mit unwiderlegbarer Alltagspsychologie. Überhaupt sei Coe viel zu egozentrisch für einen Selbstmord gewesen. Zudem – warum sollte ein intelligenter Mann die Türe verschließen, bevor er sich erschießt?

Daß der Raum verschlossen war, steht außer Zweifel – zwei kräftige Polizisten müssen die Tür gewaltsam aufsprengen. Wie man sich dann rasch überzeugt, waren auch alle Fenster sorgsam verriegelt – und daß tatsächlich kein Selbstmord vorliegt, wird vom Gerichtsmediziner rasch bestätigt. Dessen eindeutiger Befund wird übrigens auch geübteste Krimileser überraschen, weshalb er, auch wenn er im Buch schon früh enthüllt wird, hier nicht verraten werden soll. Mithin haben wir es mit dem berühmten Mord im hermetisch verschlossenen Raum, den niemand betreten und niemand verlassen konnte, dem englischen »locked room mystery« zu tun, einem Lieblingsproblem der Gattung. Denn, wie schon Philo Vance treffend bemerkt, gibt es solche Morde nur in Detektivromanen, weshalb er einen Fan des Genres bzw. der Kriminologie generell als Täter vermutet. Van Dines »Der Mordfall Terrier« erschien 1933, und von hier bis zu Dr. Fells berühmter Feststellung aus dem Jahre 1935, schließlich befinde man sich in einer Kriminalgeschichte und man könne keinen Leser darüber hinwegtäuschen, indem man so tue, als sei dies nicht der Fall (John Dickson Carr: »Der verschlossene Raum«, DuMonts Kriminal-Bibliothek Bd. 1042, S. 195), ist es nicht mehr weit. In dem sich an diese Worte anschließenden »Vortrag über den verschlossenen Raum« wird die spätere Lösung – oder besser: die beiden Lösungen – Vance' erwähnt, und es heißt zu der einen: »Philo Vance, vor dem ich meinen Hut ziehe, hat uns mit der gelungensten Durchführung dieses Tricks erfreut.«

Doch diese Erkenntnis des »Tricks« bringt noch lange nicht die Lösung. Inzwischen hat man eine weitere Leiche im Garderobenschrank und einen halbtoten Scotchterrier hinter einem Vorhang gefunden – und das in einem dezidiert hundefeindlichen Haus! Nichts paßt hier zueinander, alles ist seltsam inkongruent, von der Kleidung des Hausherrn bis zu seiner im Tode so seltsam friedlichen Miene, die überhaupt nicht zu dem Kampf passen will, der vor seinem Tode stattgefunden haben muß. Vance erinnert das Ganze an die uns allen aus der Mittelstufenmathematik bekannten Gleichungen mit vielen Unbekannten, die in diesem Falle allesamt widersprüchliche Faktoren enthalten. Vance, der seine Detektion gern mit der Zuschreibung eines Gemäldes an einen bekannten Maler vergleicht, hat in diesem Falle das Gefühl, das Bild könne nur von einem Wahnsinnigen stammen, so heterogen seien seine Züge. Oder, wie er an anderer Stelle sagt, alles wirke so, als habe der Mörder seine Partie zwar selbst aufs sorgfältigste gespielt, aber jemand anders habe zuvor die Karten gegen ihn manipuliert.

Was Vance bei diesem schon bald als unlösbar geltenden Fall dennoch letztlich zu einer Lösung verhilft, sind seine Spezialkenntnisse auf so heterogenen Gebieten wie Chinesisches Porzellan, Schottische Terrier und Internationale Kriminologie – extreme Beispiele seines abstrusen Weltwissens, das er sich durch seine Liebhabereien erworben hat, hier durch eine kleine, aber exquisite Porzellansammlung und dort durch eigene Zwinger für die Zucht von Scotchterriern in New Jersey. In der Tat zeigt der blasierte, arrogante, meist gelangweilte und durch nichts zu erschütternde und etwaige Emotionen hinter seinem Oxford-Akzent verbergende Superdetektiv erstmals menschliche Züge, als ihm die schwerverletzte kleine Hündin gezeigt wird, die er sogleich persönlich zu New Yorks bestem Tierarzt bringt. Auf ihn scheint in der Tat das französische Motto zuzutreffen, das van Dine dem Buch vorangestellt hat: Je besser man die Menschen kennenlernt, desto mehr beginnt man den Hund zu schätzen.

Wie es Philo Vance dann gelingt, die exakte Herkunft eines herrenlosen und nach Meinung der Polizei herumstreunenden Hundes in dem nicht gerade kleinen New York inklusive seines Umfelds zu ermitteln, gehört zu den glänzendsten Beispielen gezielter Ermittlung in einer Nebenfrage. Der Hund dankt ihm seine Fürsorge dann auch, indem er Vance den entscheidenden Clue zu den Bewegungen des Täters in der Mordnacht liefert.

Willard Huntington Wright (1887–1939) war ein renommierter Kunstkritiker, Publizist und intellektueller Streiter der amerikanischen Avantgarde, bis ihn eines Tages seine langjährige Drogenabhängigkeit in den Bankrott trieb. Es gelang ihm schließlich, sich an den eigenen Haaren aus dem Sumpf zu ziehen, indem er den in England in dieser Zeit entstehenden Detektivroman als Kunstform sui generis, etwa aus den Federn von Agatha Christie und Dorothy L. Sayers, in die USA verpflanzte und als Helden ein amerikanisches Ostküstenäquivalent zu Lord Peter Wimsey kreierte. Wie Christie und Sayers hatte auch er das Ziel, den Detektivroman aus der Sphäre der »Eisenbahnliteratur« – man kauft sie vor dem Einsteigen und wirft sie am Zielbahnhof in den Papierkorb – herauszubringen und zu einer eigenständigen literarischen Form zu erheben. Die in den zwanziger Jahren äußerst populären und überproduktiven Autoren E. Phillips Oppenheim und Edgar Wallace waren sozusagen die natürlichen Feinde all derer, die Höheres anstrebten, und ihre größte Angst war es, für »wallacey« zu gelten.

Wo Sayers die Veredelung des bislang verachteten Genres über die Verschmelzung mit dem Gesellschaftsroman suchte (weshalb sie heute wohl allgemein als ›die Größte‹ gilt), sah Wright unter dem seinem kriminalistischen Schaffen vorbehaltenen Pseudonym S.S. van Dine die Chancen eher im sauber konstruierten Rätselroman, ähnlich wie Agatha Christie. Zu dessen Propagierung veröffentlichte er 1928 »Zwanzig Regeln für das Schreiben von Detektivgeschichten«, die den Detektivroman als intelligentes Rätselwettspiel zwischen zwei Partnern etablieren sollen. Auf der einen Seite steht ein Autor, der dem Leser alle Clues zeigen muß und der ihn trotzdem irreführen und mit der Lösung überraschen will, auf der anderen ein Leser, der fair behandelt und trotzdem überrascht werden will. Zusätzlich zu den Regeln für dieses intellektuelle Spiel gelten weitere den Praktiken, Themen und Klischees, die durch zu häufigen Gebrauch obsolet geworden oder schlicht primitiv sind, wie ein Geheimgang im doch nicht hermetisch verschlossenen Raum. Folgt man diesem Konzept, und das taten viele seiner Kollegen, hat Wright alias S.S. van Dine von 1926 bis zu seinem Tode 1939 eine Reihe äußerst erfolgreicher Meisterwerke geschaffen, deren Qualität andere vielleicht gelegentlich erreicht haben mögen, die aber kein Zeitgenosse übertroffen hat.

Wenn man bei van Dine gelegentlich etwas vermißt, worüber sogar Sir Arthur Conan Doyle und Agatha Christie verfügen, so ist es der Humor. Im vorliegenden Band aber findet sich ein verstecktes artistisches Spiel mit der Gattung, nicht nur in der Verankerung des »Verschlossenen Raumes« im Kriminalroman, sondern auch in der Gestalt des chinesischen Kochs Liang Tsung Wei. In einer seiner Regeln hatte van Dine nämlich dekretiert, im Detektivroman dürfe kein Chinese vorkommen. Zu oft hatte der Sensationsautor Sax Rohmer seit 1912 im Gefolge der »Gelben Gefahr« seine Leserschaft mit sinistren

Chinesen traktiert, die fernöstliche Geheimnisse mit westlicher Bildung verbanden, als daß ein anspruchsvoller Leser und erst recht ein ernsthafter Autor sie hätte ertragen können – und nun taucht beim Gesetzgeber selbst ein Prachtexemplar der Spezies auf, und das zusammen mit einem Italiener, den der biedere Sergeant Heath gleich des Stilettmordes bezichtigt. Und noch eine weitere der eigenen Regeln bricht der Kodifikator: das Verbot einer Liebeshandlung in einem Detektivroman (weshalb Dorothy L. Sayers ihren letzten Detektivroman »einen Liebesroman mit einer detektivischen Handlung« nannte). S. S. van Dine tut das von ihm ausdrücklich Verbotene und führt auf der letzten Seite »ein liebendes Paar vor den Traualtar«.

Will Cuppy nannte das Buch bei seinem Erscheinen in der »New York Herald Tribune« einen der Krimis, »bei denen man alles fallenlasse.« Man müsse »ihn einfach lesen, ob man Zeit hat oder nicht ... Er hat alle die Vorzüge, die van Dines Markenartikel in der ganzen bewohnten Welt berühmt gemacht haben.« Der »Philadelphia Public Ledger« ernannte das Werk zum besten Krimi der Saison, und die Konkurrenz, »Philadelphia Record«, befand, der Plot sei der kunstvollste in allen sechs bisher vorliegenden Van-Dine-Romanen. Dem ist wohl nichts hinzuzufügen. Vielleicht eins noch – für die Lösung spielt das Schicksal der in Deutschland so beliebten Kaiserin Sissy eine entscheidende Rolle.

Volker Neuhaus